陣内（じんない）

村倉沙那
むらくらさな

村倉綾香
むらくらあやか

加月真
かつきまこと
青己花乃
あおきかの

不可逆怪異をあなたと　床辻奇譚

古宮九時
ILLUST 二色こぺ

目次

デザイン
佐野ゆかり（草野剛デザイン事務所）

○——先触れ

地に突っ伏して泣いていた。

自分でも何故こんなにも悲しいのか分からない。むしろ「これは喜ぶべきことではないか」と己に言い聞かせてみる。

怪奇に巻きこまれて死んだと思った妹が生きていたのだ。もう二度と会えないだろうと思ったのにこうして会えた。それは悲しむことではないはずだ。

——ただ一つ、たった一人の妹が変わり果てた姿になっていたということを除いて。

「おにい、ちゃん」

声に空気の漏れる音が混ざる。それはけれど、懐かしい呼び声だ。自分がずっと聞きたかったものだ。

「わたしは今、ちゃんと幸せ、だよ。ありがとう。……ごめんね」

その言葉が嘘ではないと、二人だけの兄妹だからこそ分かる。

分かるのに、なおも悲しいのだ。涙に濡れた己の視界に妹の首が映る。

妹はそんな姿にもかかわらず、昔のように笑顔を見せてくれる。

「……どうして、こんなことに」

妹は物心ついた時から、人には見えないものが見え、聞こえないものが聞こえていた。怪しいものに狙われることも決して少なくなかった。けれどそれが妹の人生を損なわないよう、自分はずっと専心して生きてきたのだ。

なのに、ただ一人の家族を守りたいと思ったのに守れず、こんな姿にしてしまって。

悲しくて、悔しくて、腹立たしくて。

そんなだから自分は……彼方（かなた）からのあの声を信じたのだろう。

そうすることが何をこの街に呼びこみ、どんな結果をもたらすのか知らないまま。

いや、たとえ知っていたとしても結末は変わらなかったのかもしれない。

皆が「間違っている」と声を揃（そろ）えて言ったとしても。

はたして家族を取り戻したいと願うことは——罪なのだろうか。

一――血汐事件

『床辻に住むと早死にする』

西日本の海に面したこの地方都市には、古くはそんな俗説が流れていたという。

きっと医療も発達していなかった頃の話だ。現代、床辻市の平均寿命は、国の平均寿命より男女ともに一歳半短い程度で、これは他の市と比べてそれほど早死になわけではない。

ああでも、他の市と比べてなんて、今は無意味な話かもしれない。

一昨年辺りから、日本のあちこちでぽつぽつと街が消える現象が起きている。最初は街の中で行方不明者が増えだして――ある日突然、街の人間全てが消えてしまう。

そして消失した人間の数は、既に全国で三百万人を超えている。

だから、先に言っておこう。

これは平穏な日常に潜むささやかな怪奇の話ではなく

怪奇が当たり前のものとして定着した、変質後の世界の話でもなく

今まさに街の生活に流れこんできている異物との――闘争の話だ。

※

「花乃(かの)、朝だぞー」

コン、コンコンコン、とドアをノックする。

だがいつも通り扉が開く気配はない。ただ中で少しがさがさと物音がしただけだ。

俺は家の二階にあるこのドアが開いたところをもうずっと見ていない。ただ中に閉じこもっている妹も食事やトイレの必要はあるから、俺の知らないところで出入りしているのだろう。時々夜中にそういう気配を感じる。

コン、コンコンコンコン。

「俺は学校に行ってくるから。誰か来ても玄関開けなくていいからな」

「……わ、かった」

微(かす)かに引(ひ)き攣(つ)れた声で返事が聞こえる。俺は妹の声に安堵(あんど)すると、高校の制鞄(せいかばん)を持って家を出た。ちょうど斜め向かいの家から出てきた綾香(あやか)が、俺に気づいて手を振る。

「蒼汰(そうた)さん、おはようございます」

「おはよう。今日は珍しく徒歩なんだ？」

「お父さんが出張中だから。久しぶりに電車で行こうと思いまして」

「それは……大変なことになったな。途中まで一緒に行くよ」

「ありがとうございます」

幼馴染の村倉綾香は、俺とは違う市外の高校に通っている。普段は父親が出勤ついでに車で送っていっているけど、今日は駅まで自力で行くみたいだ。

ただ綾香ってすごい方向音痴なんだよな。「近所のコンビニに新作プリン買いに行ってくる」って出かけて、逆方向のホームセンターに辿り着いて駄菓子を買った、とかは日常茶飯事だ。さすがに駅までは道が分かりやすいから行けると思うけど、恐いから一緒に行こう。

綾香はちらりと俺の家の二階を振り返る。カーテンがしまったままの窓は花乃の部屋だ。半年前からそこは、まるで描かれた絵みたいに変わらない景色になってしまっている。

「……花乃ちゃんの様子は、どんな感じですか？」

「いつもと同じだよ。でも別にいいかなって。今は登校しなくても、ネットで授業を受けられる高校に進学したっていいんだし。俺が心配しすぎてもよくないだろ」

幸い親の遺産には余裕がある。今、花乃が部屋から出たくないっていうなら、無理じいしようとは思わない。それより出たくなった時に困らない環境作りをしておきたいと思ってる。

綾香は空き地の横を通り過ぎる際、ふとそこのフェンスに結ばれている黒いリボンに気づいて会釈した。俺もそれにならって会釈する。

「蒼汰さんは、いいお兄さんですね」

「だったらいいんだけどさ。普通だよ」

そう、こんなことは普通なんだ。花乃は俺の妹で、俺は花乃の兄。

両親は二年前に事故で死んで、ただ一人の血縁である伯父さんは「床辻には帰りたくない。お前たちもそこを出ろ」と電話してきただけで葬式にも現れなかった。ただ代わりに、相続とかの面倒な手続きは伯父さんが全部やってくれて、今でも節目節目には「何かの足しに」と口座にお金が振りこまれている。

それ以来、花乃と俺は二人きりの家族だ。これ以上減りようがない最小の家族。

だから俺はずっと「花乃にはできる限り不自由がないように、寂しかったり恐かったりすることがないようにしよう」と心がけてきた。けど、残念ながらそれができていたかは不明だ。花乃はずっと自分の部屋から出てきていない。

そうなったのは両親が死んですぐにってわけじゃない。もっと後だ。花乃は俺と二人になってから一生懸命家のことを分担してやってくれた。俺に気をつかっていつも笑顔でいて、何も困っていないようなそぶりで学校に行っていた。

そして、ふっとその糸が切れてしまったのが半年前だ。花乃は部屋から出てこなくなった。花乃の同級生に何かあったか聞いたけど、苛められていたとかではないらしい。

ただ妹は昔から、他の人間には見えないものを見て、聞こえないものを聞いてしまうとこがあった。それが原因で一人になりがちだったから、今もその延長線上にいるのかもしれない。

「蒼汰さん、このまま真っ直ぐでいいんですか？」

「っと、よくない。危なくまた遅刻するところだった」

いつの間にか国道の交差点まで来ている。真っ直ぐ行くと駅が見えているけど、俺の高校はここを右に曲がるんだ。

「綾香はちゃんとこのまま行って駅の改札を通るんだぞ。乗り場は一番線な。それ以外に来る電車に乗るなよ！　快速とか急行とか欲張らなくていいから各停で！」

「そんなに心配しなくてもちゃんと行けますよ。任せてください」

「俺も心置きなく任せたいんだけど……気をつけてな」

俺は駅に向かう綾香をしばらくその場で見守った。よし、道を逸れないな……大丈夫そう。父親が出張中なら他の家族が送って行ってやれば、って思うけど、綾香の家はお姉さんが独立して市内のマンションに住んでいて、お母さんの方は車の免許持ってないんだよな。綾香ももう高一だし、自力通学を確立した方がいいってことなんだろう。

俺は綾香が駅に入っていくまで見届けると、国道沿いに西へ歩き始めた。車通りが少なくなったあたりで、道にしゃがんで側溝を覗きこんでいる女の子に出くわす。

小学生くらいに見えるその子は、困り顔で側溝の蓋に開いてる小さな穴をにらんでいた。

「何か落としたの？」

俺が声をかけると、女の子は驚いた目で見上げてくる。だけどすぐに視線を逸らした。

「いいのじゃ。妾が落としたとしたら、そのものとは縁がなくなったということじゃ」

……ずいぶん変わった言葉遣いだけどキャラ付け重視だろうか。

まあ、そこは個人の自由だし触れないでおこう。

「よし、ちょっと待ってて」

俺は側溝の蓋に手をかける。かなり厚みがあって重いけど、ひょいと力を入れて手前側を引き起こした。幸い中はそう深くない。見ると乾いた泥の上に黄色いビー玉が一つ落ちていた。

俺はそれを取ると、手の中で転がして砂を取る。そして女の子に渡した。

「はい、どうぞ」

女の子は唖然とした顔でそれを受け取る。あれ、反応がない。まさか事案になるのか？

俺が気まずい思いをしながら側溝の蓋を閉めていると、呆れた声が聞こえる。

「今時、押しの強い人間じゃな。……と思ったら『足跡付』か。そのおかしな力の強さもそのせいじゃな」

「へ？　あしあとつき？　力は子供の頃からこんなだったけど」

確かに身体能力は「お前、ちょっとおかしくない？」って言われることもあるけど、異常ってほどじゃない。せいぜい部活の助っ人に重宝されるくらいだ。

「ふん、幼い時分に妾以外の誰かから力を浴びたか。この街では珍しいことでもないが、自覚がないとは幸運じゃな。……まあ、これはありがたく受け取っておく。せっかく妾が子供たちにもらったものじゃからな」

「役に立ったならよかったよ」

見ると女の子はビー玉を太陽にかざしている。確かめるように片目をつぶっていた彼女は、けれど急に何かに気づいたように顔を顰めた。

「——なんじゃこれは。吉野め、見逃すにしても穴が大きすぎじゃ」

「え？」

まるで大人みたいな苦々しい声。側溝の蓋を閉めていた俺が立ち上がってみると、既にそこに女の子はいない。

「あれ？　なんでだ？」

今まですぐ隣で話していたよな？　気のせいだとしたら割と怖い。

俺は首を捻りつつも、その後、道に迷っている海外の観光客の案内をして、貧血でしゃがみこんでいる女性を公園のベンチまで連れて行って、拾った財布を派出所に届けて……そんな風にいつもと変わらない感じで、学校に向かった。ちなみに人助けに特に理由はない。巡り巡って花乃の助けになることがあればいいな、ってくらいだ。それくらいの方が俺自身、気負わずやっていける。

そんな感じで結局俺が学校についたのは九時半になった。

思いっきり遅刻で、ここまで派手に遅れることはさすがの俺でも月一くらいだ。留年はしないように心がけているけど、この段階で焦っても仕方ない。

俺はのんびり校門を通り過ぎて、昇降口に向かい――

そこで、立ち尽くした。

「は……？」

空は清々しいくらいの青空だ。

そして差しこむ光が、下駄箱から滴る赤い液体を照らしている。

「血、だよな……」

ちょっと怪我で飛び散ったって量では、まったくない。下駄箱は、血の雨に降られたように真っ赤に濡れそぼっていた。

けれど凄惨と言うには現実味がないのは、それを流した人間の姿が辺りにないからだろう。

ただ大量の血は、まるでバケツででもぶちまけたように、昇降口の奥から左右の廊下へ続いている。嫌な生臭さが鼻をついて、俺は反射的に口元を押さえた。

「え、ちょっと意味が分かんないんだけど。何かのイベントか？」

文化祭には早い。今はまだ五月だ。それに校内で何かイレギュラーなことをする場合、まっさきに話が来るのは俺のところだ。「お祭り人間」「イベンター」「何でも屋」なんて言われているけど、要は面倒事を頼みやすい人間ってだけで……そんな俺が知らないまま派手なイベントなんて起きるはずがない。

——つまりこれは、正真正銘の異常事態だ。

「は……うそだろ」

息が浅くなってくる。校内は静かだ。自分の心臓の音が聞こえてきそうだ。

俺は一歩を踏み出そうとして、その時ようやく足元にあるものに気づく。

「白線……」

昇降口の入ってすぐのところにある、横に引かれた白線。まるでスタートラインのような真っ白い線に俺は息をのむ。

【もし、何かの入口に白線が引かれていたなら、その先に入ってはいけない】

それは床辻市に古くから伝わる禁忌の一つだ。

もっとも市内に住んでいる人間でも、禁忌を知らない人間は多い。でも知っている人間は少なくない。俺も亡くなった祖母からいくつか床辻のタブーを聞いている。「床辻で生きるなら、これらを知らないと行き当たってしまった時、命に関わるから」と。

「なんで学校に白線が——」

ペンキで勢いよく引いたようにも見える線は、昨日までは確かになかったはずだ。

ならこの先はどうなっているんだ。

どうして誰もいない？　なんでこんなに校内が静かなんだ。現実にしてはたちが悪すぎる。

「……警察、を」

呼んでいいものか迷う俺の耳に、不意に着信音が聞こえてくる。制服の後ろポケットから聞こえてくる音に、俺はあわててスマホを抜いた。

「え、なんで」

そこに表示されている名前は「花乃（かの）」だ。電話なんて珍しい。いつも用事があってもメッセージで済ませるのに。俺は強張（こわば）りかけた指で通話ボタンを押した。スマホを耳に当てる。

「花乃（かの）、どうした？」

返事はない。というか電波が悪いのか、ざざ、とノイズ音が微（かす）かに入っている。

「花乃（かの）？」

『きこーえますかー』

唐突な声は、俺の言葉にかぶせるように返ってきた。

花乃（かの）の声じゃない。知らない女性の声だ。

「……誰だ」

『聞こ……えま……すかあ……』

声はまるでボリュームをめちゃくちゃに動かしているみたいに、遠くなったり近くなったりしてる。その度に声も高くなったり低くなったりする。なんで花乃（かの）の電話からこんな声が聞こえてくるんだ。嫌な汗が額に滲（にじ）んでくる。

その時、通話の声が唐突にクリアになった。

『妹さんはあなたの教室にもう来ていますよ』

「は？」

あなたって俺だよな。え、俺の教室？

「……花乃は部屋にいるだろ。あんた誰だ」

『妹さんは、あなたに会いに先に教室に来ました。ほら、その下駄箱の下を見てください』

言われて俺は白線の向こうを見る。

当たり前のように広がっている血溜まりの中に、靴が片方落ちている。青いラインの入ったスニーカーはうちの玄関にあるはずのものだ。踵にちょっとついている緑の斑点は「学校でペンキがかかっちゃった」って言っていた。花乃が恥ずかしそうに笑ってそう言ったんだ。

「そんな馬鹿な」

俺は白線を踏み越える。

自分に「違う」と言い聞かせながら血溜まりに踏みこむ。

ぴちゃん、と血が跳ねて制服を汚した。誰のものかも分からない大量の血の川を、俺は自分の教室の方へ歩いていく。

花乃は、もう半年も学校に行っていない。今朝も部屋の中にいた。

第一、ここは花乃の学校じゃない。花乃の籍があるのは隣の中学だ。

だから——ここに花乃がいるなんて、そんなことがあるはずない。

一年四組の教室が見えてくる。俺が在籍しているクラスだ。けれど人の気配はない。ここに来るまでの廊下にもやっぱり誰もいない。ただ壁も天井も鮮血に塗れているだけだ。

俺は、恐る恐る教室の中を覗きこむ。

「花乃？」

全ての机が血の海の洗礼を受けている中、ただ一つ汚れていない教卓。

その上に置かれているものを、俺は穴が開くほど見つめる。

「……なんで」

こんなことは夢だ。あってはならない。

遅刻したら、学校が無人で血まみれになっていることも。

家にいるはずの妹が、生首になって教卓に置かれていることも。

「花乃……？」

あってはならない。

悪い夢だ。

花乃の、日に焼けていない白すぎる肌。

伸びすぎてしまって傷んだ髪。固く閉ざされた両眼。

それだけが俺の前に、現実としてある。

よく料理を作ってくれた手も、子供の頃に神社でつけた傷痕が残る足も、何故かない。

意味がわからない。

俺は自分の呼吸が浅くなる音を聞きながら、ぐらりと倒れそうになる。

けどその時、花乃はうっすらと両目を開けて――俺を、見た。

「……お……あ……」

掠れた声が聞こえる。言葉になっていないそれは、けど確かに花乃の声だ。

「花乃！」

俺はスマホを投げ捨てると教卓に駆け寄る。小さな首に両手を伸ばすと、花乃はちゃんと俺を見上げた。胸に抱きしめた花乃は確かに体温を感じる。生きてる。

俺は子供の頃から何度もかけてきた言葉を呟く。

「大丈夫だ、花乃」

何が大丈夫なのか、何が起きているのか、少しも分からない。

「俺がついてる。大丈夫だ」

ただ一人の妹を抱いて、俺は血の海の中に立ち尽くす。

血溜まりの中に落ちたスマホから女の声が聞こえる。

『妹さんは間に合わなかったようで残念でした。ですがそうなってしまった以上、体を取り戻す方法は一つだけです』

淡々と、驚きもなく喜びもなく。

声は俺がこれからすべきことを告げる。

『この街に存在する怪奇を、これから百体滅ぼしてください。そうすれば妹さんの体を取り戻す機会が来るはずです』

俺はその声を、どこか別世界の出来事のように聞きながら血の海の中で花乃(かの)を抱きしめる。

「大丈夫だ」と何度も繰り返して。

これが世に言う——『血汐(ちしお)事件』だ。

二――禁忌

その日、三田奈月は委員会のせいで、学校を出るのがすっかり遅くなってしまった。

彼女は、薄暗い街灯が照らすバス停に立ちながら、所在なく辺りを見回す。バスを待っている人間は他にいない。車通りもほとんどない。真っ暗な中に立っていると、自分が闇の中に埋没していきそうな気さえする。

そうでなくても、ここ一年の間少しずつ市内で行方不明や家出が増えているのだ。確か皮切りになったのは、一年前に東の山中から若い女性の遺体が発見されたという事件で、身元不明の遺体は首と胴が切り離されていたらしく、未だに未解決だ。

そして、そこからいなくなる人間が増えだした。彼らが全員死んでいるとは思いたくないが、あまり夜に一人でいたくない。スマホを持っていないと、こういう時に不安だ。中学三年の奈月の周りでは、スマホを持っていない人間の方が少ない。

「今年は委員会があるから、スマホ買って欲しいって言ったのに……」

奈月はぼやきながら、祖母にもらった腕時計で時間を何度も確認した。まだバスが来るまであと五分もある、と思ったところで、暗闇にバスのヘッドライトが浮かび上がる。

「あ、よかった……」

思っていたよりもずっと早かった。奈月は暗闇の中、目の前に停まったバスに急いで乗りこむ。乗客がいない車内で一人掛けの椅子に座ると、彼女は読みかけの文庫本を取り出した。そうして本を読みだしてしばらく、奈月はバスがいつまでも停まらないことに気づいた。

「あれ？　なんで……？」

気づいてみれば次のバス停を案内する放送もない。奈月を乗せたバスは、ただ夜の住宅街を走っているだけだ。今どこを走っているのか、彼女は窓に顔を近づけて目を凝らす。

そこは床辻市内の住宅街で、けれどいつものルートとはまったく違う。本来なら駅方向に向かうはずのバスは、今は東の山の方へと向かっていた。奈月はぎょっとして体を引く。

その時、道路のカーブミラーにバスの外観が映った。

対向車のライトに照らされたその色は、見間違いようがないほど【赤い】。

「え、嘘でしょ……赤バスじゃん……」

子供の頃、市内の小学校に広まって恐れられていた噂の一つ。

【市内を走っている赤いバスが自分の前に停まっても、決して乗ってはいけない】

子供たちの中で「赤バス」と呼ばれていたその話を、奈月はもちろん知っている。知っていて、けれど忘れていた。奈月自身も友達も、実際赤バスが走っているところなど見たことがなかったからだ。だから彼女はそれを「よくあるオカルト話」と思って記憶の奥底に押しやっていた。まさかその噂が、床辻市に伝わる多くの禁忌の一つだとは知らずに。

「嘘……うそうそ、どうしよう」

赤バスの噂では「乗ってしまった人間はどこかへ消えてしまう」と言われているだけだ。実際に乗った人間がどんな終わりを迎えるかは不明だ。奈月はぶるぶると震えかけて、けれど全てが自分の早とちりである可能性にすがった。運転席に向かって弱々しい声をかける。

「す、すみません……乗るバスを間違えてしまったみたいで……」

返事はない。バスの前方は妙に暗く、行先の電光掲示板は真っ暗だ。運転手もよく見えない。

奈月は勇気を振り絞ってもう少しだけ声を張った。

「すみません！　下ろしてください！」

反応は、ない。奈月は目の前が暗くなるような感覚に襲われた。窓越しに犬の散歩をしている老人が見えて、奈月は窓に飛びつく。

「助けて！　助けてください！」

だが、手をかけた窓はびくとも動かない。叫ぶ声も車内に虚しく響いただけだ。バスは老人の横を通り過ぎる。

奈月は絶望して車内前方に視線を向け——道の先に、誰かが立っているのに気づいた。

ヘッドライトに照らされた横断歩道の真ん中に、男子高校生が一人立っている。

異様なのはその高校生が、真っ直ぐに向かってくるバスを見据えていることだ。彼はその手に見慣れぬ何かを構えている。

黒塗りのクロスボウ。奈月が初めて見るその武器の照準は、赤バスに向けられていた。

バスは、横断歩道の上に人がいても止まる気配がない。スピードを変えぬまま走っていく。

残り五メートル。

奈月は、高校生が人形のように撥ねられるところを想像して思わず目を閉じた。

だが――

「え？」

次の瞬間、奈月の体は空中高く放り出されていた。

家々の屋根が眼下に見える。生臭い風が下から吹き付けて、彼女はその時、自分が乗っていた赤バスの前半分が地上で左右に裂かれているのを目にした。普通のバスのように金属でできているわけではない、まるで煙の塊が風で散らされたかのように、バスは真ん中から二つに割れている。

その只中にいるのは、横断歩道に立っていた男子高校生だ。

彼は持っていたクロスボウを捨てると、背に負っていたケースから木刀のようなものを取り出す。彼は散らされたバスが緩やかに元に戻ろうとする、その中心へ問うた。

「――神隠しにあった女の子の体がどこにあるか知っているか」

凜、と響く声。

それは夜の中に鋭さを以て切りこむ。彼の持っている木刀が街灯の光に青白く照らされ、まるで真剣のように見える。

返事はない。

彼は、二度は問わなかった。代わりに再生しようとするバスの只中へ踏みこむ。

一閃。

空気さえも断つ速度で薙がれた赤バスは、パン、と軽い破裂音を立てて四散する。

そこから先を奈月は見ることができなかった。落ちていく自分の体に悲鳴を上げる。

「ひっ、きゃぁぁぁあ！」

——地面に叩きつけられる。

そう覚悟して身を竦めた時、けれど奈月の体は一瞬だけ、ふわりと下から空気に押し上げられた。勢いが減じたところで彼女の体は二本の腕に受け止められる。固く目を閉じていた奈月は、薄目を開けて様子を窺った。

街灯の白色光に照らされて見えたものは、自分を抱きとめてくれた男子高校生の顔だ。

少し猫毛の黒髪に意志の強さを感じさせる眉。その下の細められた目に既視感を覚えて、奈月は口を開く。

「あ……花乃ちゃんの、お兄さん？」

確かに彼は、同級生である花乃の兄、蒼汰だ。何度も顔を合わせたことがあるから間違いない。ただ最後に会ったのは不登校になってしまった花乃について聞かれた時のことで、当時と比べて蒼汰の印象は正反対だ。

快活で、誰にでも優しくて、運動万能な人気者で、「みんなの憧れの兄」だった彼とは違う。今の蒼汰は夜の暗闇と慕わしいような翳を、全身から立ち昇らせていた。

あまりの様子の違いに奈月は驚いて、だがすぐに思い出す。

蒼汰の高校はあの『血汐事件』の被害に遭った学校だ。彼自身は遅刻して難を逃れたと聞くが、それでも相当のショックを受けただろう。花乃が巻きこまれなかったことは救いだが、それが何の慰めになるわけでもない。

奈月がそこまでを考えた時、蒼汰は彼女を道路に下ろした。

「赤いバスに乗っちゃいけない。あれは床辻市の禁忌の一つだ」

「す、すみません。よく見てなくて……」

「うん。次は気をつけて。あと、ここで俺と会ったことは誰にも言わないで」

蒼汰は言いながら、身をかがめてクロスボウを拾い上げる。そうして立ち去りかけた彼は、けれど不安げな奈月の様子に気づくと「家まで送ってくよ」と苦笑した。

※

コン、コンコンコン、と俺は厚い木のドアをノックする。

このリズムは子供の頃に花乃と決めたものだ。両親が共働きだった我が家は、花乃の方が俺より先に帰って留守番をすることが多かった。

その時、花乃が「お兄ちゃんじゃないものが来る」とひどく怖がった時期があった。俺じゃない誰かがなんだったかは今も分からないけど、以来俺は、花乃のいる部屋をノックする時には、このリズムで叩くようにしている。

「――ただいま」

そう言って開けたのは、看板も出していないアンティークショップの扉だ。

古いビルの地下にあるこの店の名は「ミラビリス」。もっとも、俺はもっぱらこの店を「記憶屋」って呼んでいる。アンティークショップとしてはほとんど客がいないから、こっちの通り名の方が分かりやすいとまで言える。

時間は夜の二十二時。本来なら閉店している時間だけど、俺はちょっと特殊客だ。

いくつものランプで照らされた店内は、本来的には広いんだろう。でもそこには丁寧に磨かれたキャビネットやチェスト、丸テーブルなど家具類を始め、年季の入った置物や雑貨が所狭しと置かれている。

奥のカウンターの傍には年代ものの揺り椅子があり、そこには白いアンティークドレスを着た花乃と同じくらいの年の少女が座っていた。彼女は膝の上に小さな籠を抱えている。

その籠の中にいる妹に、俺は声をかけた。

「ただいま、花乃」

「あ……お……にぃちゃん」

掠れた声が首だけの妹から返ってくる。ノックの音が聞こえていたんだろう。籠に敷かれたクッションの上で花乃は薄く目を開けていた。俺はほっと笑顔になる。

「遅くなってごめん。今日は調子いいみたいだな」

いつもと比べて、比較的言葉が聞き取りやすい。一年前の一件で体が失われた花乃は、どういう仕組みか分からないけど、首だけで生きている。けど体がないせいで、駄目な時だと声を発するのに時間がかかって、ずっと息しか洩れないこともあるんだ。ヒュウヒュウと空気だけが行き過ぎるそんな音を聞く度、俺は「どうしてあの日、学校に遅刻してしまったのか」と叫び出したくなる。

俺の高校で起きたあの一件は、世間では『血汐事件』と呼ばれている。

校内から突然全生徒と教師が消えてしまった。それも大量の血液を残してだ。

ただ凄惨と言ってしまうには謎が多すぎる事件だ。第一発見者は俺で、午前九時半に学校へ着いた時には既に全てが終わってしまっていた。近所の人は八時半までは普通に生徒が登校しているのを見ていたらしいから、本当に俺が到着する直前に何かが起きたんだろう。

血汐事件は全国ニュースでも取り上げられ、けれどすぐに他の事件の中に埋没した。と言うのも日本ではこの時、似たような怪事件が頻発していたからだ。

最初に事件が起きたのは、山に囲まれた小さな漁村だった。

ある朝、隣の町の漁師が車で村を訪ねたところ、村中の人が消えていなくなっていた。その代わりに、大量の汚物が村の道路から家の中にまでぶちまけられていたらしい。

多くのメディアがこの怪事件をこぞって取り上げ、ネットには様々な考察が現れた。

しかし当然のように答えが出ないまま、今度は三百キロ離れた小さな町で似た事件が起きた。

これらの事件の共通項は以下のようなものだ。

・被害に遭うのは人間及び、飼われていた動物で、野生動物には被害がないこと。
・中にはいくつか、まるで巨大な力に叩き潰されたかのような建造物があったこと。
・消えた人間の代わりに、ある町では汚物、ある町では吐瀉物、ある町では薄黄色の膿が、大量に残されていること。

大規模神隠しはその後も連続して起こり、人口二百万人の大都市がまるまる犠牲になった時には誰もがその異様さに戦慄した。ネット上には更なる情報を求める書きこみが溢れ、もっともらしいデマとそれより質の悪い現実に人々は絶望し、街中からは人の姿が激減した。流行を牽引していた華やかな店の閉店や倒産が相次ぎ、あちこちに「広告募集中」のシールを貼られた空白が目につく——そんな景色は日本人に「なんとか平穏に生きられた時代の終わり」を実感させたらしい。陰謀論や終末論がそこかしこに溢れ、半年間で約十二万人の人間が海外へと移住した。

けれど、そうやって少しだけ広くなった日本では今や、恐怖や諦観さえものみこんで新しい日常が始まりつつある。「明日どこかの街が消えてしまうかもしれない。でもそれは多分自分たちではないだろう」というふんわりとした楽観で社会が動いているのは、どんどん流れていく時間の中で、そうしなければ生きていけないからだ。

だからきっと、一地方都市で起きた高校消失事件を未だに気に留めているのは近隣の人間くらいで、当然俺もそのうちの一人だ。両親が亡くなって、部屋に閉じこもるようになった花乃に何もできなかった上、変わり果てた姿にさせてしまった。とんだ駄目兄貴で自分が嫌になる。可能なら前世からやりなおしたい。

でもだからって凹んでいる時間はない。まだ花乃についてやらなきゃいけないことがある。

『血汐事件』で失われた人間は、教師が四十二人と生徒が六百二十三人。それだけの人間が学校から跡形もなく消えてしまった。残っていた大量の血液は、警察の調査いわく「人間のものではないが、何の生物の血か分からない」らしい。他の街の神隠しに残されていた汚物も吐瀉物も同様で、今のところ事件の捜査は難航している。

第一発見者である俺の扱いは「人助けをした結果、運よく遅刻して巻きこまれずに済んだ」人間だ。ただ俺を幸運だなんて言えるのは、花乃のことをみんなが知らないからだろう。俺はあの日、咄嗟に首だけの妹をバッグに隠した。そうして警察や駆けつけてきた人たちが校内の惨状に大混乱に陥っている中、密かに花乃を家に連れ帰ったんだ。

今思い返してもまるで現実味がない。悪夢みたいな時間だった。全身から拭いても拭いても汗が湧いてきて、足も手も震え続けていた。

後から花乃に聞いたところによると、俺が家を出てすぐにスマホに電話がかかってきたらしい。俺からの着信になっていたその電話に出てみると、知らない女性の声で「お兄さんが学校で亡くなったから、今すぐ来てほしい」と言われたのだという。悪質すぎる誘いだ。

それで花乃は、半年ぶりに家を出た。飛び出した。そのまま寄り道しまくっている俺を追い抜いて高校に辿り着いて、事件に巻きこまれた。

花乃が到着した時には、まだ校内の様子は普通だったらしい。ちょうど一時間目が始まったばかりの教室に花乃は飛びこんで、みんなの注目を浴びた。

そこで、誰かに後ろから手を引かれて「危ない」と言われた。次の瞬間白い光が溢れて……そこから先の記憶がない。気がついたら体を失って俺が目の前にいたという。

唯一残された鍵は——あの時、スマホで言われた言葉だ。

『妹さんは間に合わなかったようで残念でした。ですがそうなってしまった以上、体を取り戻す方法は一つだけです。この街に存在する怪奇を、これから百体滅ぼしてください。そうすれば妹さんの体を取り戻す機会が来るはずです』

誰だか分からない通話相手は、そう言った後すぐに通話を切ってしまった。花乃のスマホもそれ以来見つかっていない。俺の教室に駆けこんできた時までは持っていたらしいけど、血溜まりが掃除された後にも出てこなかった。

結局あの通話相手が誰だったのか、可能性としては「花乃を学校に呼んだ誰か」か「花乃が教室についた時、手を引いて危険を警告した誰か」かとも思うけど、確証はない。ただ今のところ花乃の体を取り戻す手がかりはあれだけだ。

百体の怪奇を滅ぼせ、なんて普通の高校生がやるようなことじゃない。

でも家族がかかっているなら別だ。実際、この街にはみんなが避けて通る【禁忌】がある。そこにまつわる怪奇に俺は積極的に向かっていく。きっと命知らずの愚行だろうけど花乃にかえられるものじゃない。首だけの妹は間違いなく生きているし、体もきっとどこかで無事なはずだ。たとえば今の花乃は飲み食いしなくても平気だけど、吸い飲みで水を飲ませると、その水はどこかに消えてしまう。おそらく体の方に移動しているんだ。今、見る限り首と体が離れているだけで、本当はまだ繋がっているんだと思う。

今のところ、確実に消滅させたと言える怪奇は十二だ。一年間でこれじゃ時間がかかりすぎる。もっとペースを上げたいのが本音だ。

ただ花乃自身には「体の情報を集めるために怪奇から情報収集してる」って言ってある。本当のことを言えば、妹はきっと俺を止めるだろうから。

「花乃、絶対お前の体を見つけるからな」

「おに……ちゃ、むり、しないで……」

「大丈夫。怪我もしてない」

　正直、バスの前に立ちふさがったのはかなり怖かったけど、それは内緒だ。あれがただ真っ赤に塗っているだけの普通のバスだったら死ぬところだった。一応、赤バスが出没しているって情報を聞いたから待ち伏せはしていたんだけど。

「蒼汰さん、何か新しいことは分かりました？」

「グレーティア」

　花乃を膝に抱いた少女が俺を目だけで見上げる。薄茶色の長い髪に青い両眼。日本人のものではない顔は綺麗に整っており、等身大の人形そのものだ。

　彼女はこの記憶屋の人間で、俺や花乃の事情を知って手助けをしてくれている一人だ。

「赤バスは討伐してきたけど、今日は情報はなし」

　今まで花乃の体について怪奇に尋ねて返ってきた答えは『この街にある』『これが初めてではない』『捧げられた』『守られている』『どこにでも現れる』って感じだ。ふんわりしていて、よく分からない。

「そうですか。郷土資料に前例が残っているくらいですから、知っている怪奇もいるとは思うのですが、なかなか当たりませんね」

グレーティアの言う通り、実は市内の郷土資料に当たって、花乃と似た事例も見つけている。今から三百年前の江戸時代、床辻で一人の少女が行方不明になった。数日後その娘は首だけになって家に戻り、でもその首は生きていた。少女は「体は差し出してしまった」と言っただけで、不思議なことに痛みを感じる様子も衰弱する様子もなかった。そして首のまま老いることなくそこから五十年を生き、時折予言めいたことを口にするので重宝されたという。

不思議な話だけど花乃と似ている。予言めいたことを話すっていうのはよく分からないけど、首だけになったのをきっかけに、花乃のように「見える」ようになったってことかもしれない。

肝心なのはこの話において、なくなった体は「どこかに差し出した」ってなっていることだ。

多分、花乃もこれと同じ怪奇に見舞われたんじゃないかと思うんだけど、どっちの事例も

「体を失った」って結果しか分かってない。床辻の怪奇は触れないで済むように、先触れか禁忌かが知られている場合が多いけど、これについてはどの禁忌を侵したらそうなるのか分からない。神隠しが起きる禁忌は割と多いし、やっぱり百体を目標に潰していくのが当面の目標だ。

そうなると協力者は必要だ。

「グレーティア、花乃と留守番しててくれてありがとう」

「花乃とお話は楽しいから」

「ならよかったよ。怜央は？」

「――いるぞ、ここに」

ちょうど死角になっているカウンターの裏から声が聞こえてくる。俺は奥まで行くと、カウンターの上にクロスボウと袋に入ったままの呪刀を置いた。二つの武器はこの記憶屋から格安でレンタルしているものだ。実際に使ってみてフィードバックするまでが俺の役目。

「怪奇破りのクロスボウはやっぱり強かった。けど相手との距離が近いと次の矢が装塡できないから、今のところ初撃専用だと思う」

「あー、やっぱりか」

カウンターに戻ってきた怜央は、当然のようにそう言う。

二十代半ば過ぎに見えるこの男が記憶屋の店主だ。とは言え、怜央はおおよそ「アンティークショップの店主」という肩書から想像される人間じゃない。スーツを着た長身はかなり鍛えてあって、正直俺より断然強い。というか『血汐事件』の後、俺に一通りの立ち回りを教えてくれたのも怜央だ。一年前、怪奇の落ち武者に殺されかかっていた時、たまたま通りかかって助けてくれたのがきっかけで、それ以来事情を話して細々と協力をしてもらっている。

ただ怜央自身はオカルトの専門家ってわけじゃなく、元は海外で傭兵みたいな仕事をしていたらしい。それが数年前グレーティアを拾って、彼女を育てるために引退して日本に帰ってきたそうだ。今では現役時代の伝手で輸入アンティークを売りながら、裏では特殊な商売もしている。怪奇に対抗する物品の取り扱いもその一つで、床辻に店を開いたのは単に「この街が一番不可思議な揉めごとが多くて、他の地方都市よりよく物が売れるから」という理由らしい。

床辻で生まれ育った俺には微妙な顔になってしまう話だけど、そのおかげで今助かってる。

「あとはクロスボウだと、どこを狙っていいか分からない現象相手に使いづらいんだよな」

「それはどの武器もそうだろう。火炎放射器でも持っていかないと」

「あるの？」

「普通の火器でいいなら手配はできるけど、捕まってもうちの店の名前は出すなよ」

それは実質無理ってことじゃないだろうか。床辻市はちょっとオカルト系の話が多いってだけで無法地帯でもなんでもないし、呪刀振るっているところも通報されたら結構やばい。

俺は悩んだ結果クロスボウを返却して別の武器を借りる。呪刀は使いやすいからそのままで。なんでもどこかのいわく付きの木から削り出したって刀らしいけど、謎のお札がべたべた貼ってあるし、俺の手元に来るまでも色々あったらしい。でもそれに関しては突っこむ気がないし、怪奇については今更だ。床辻にはそんなもの嫌になるくらい溢れている。

怜央は、俺が手首に嵌めている水晶の数珠をちらりと見やった。透明なそれは三粒だけ中に亀裂が入っている。

「役に立ったみたいだな」

「おかげで腕が折れずに済んだよ」

どこかの好事家の蔵から出てきたっていう数珠は「稀に持ち主を衝撃から守る」というお守りだ。代わりに体のどこかに小さな傷ができるし、発動するかどうかも運任せ。でも今日は降ってくる女の子を受け止める時に発動してくれた。残りは三十三粒。保険としては十分だ。

「お前の呪刀みたいな特異A級の武器はなかなか手に入らないけど、そっちの数珠はC級くらいだからな。その程度の稀有さなら半年に一度くらいはお目にかかれる」

「Cで半年に一度とか途方もないな」

そう思うとこの呪刀を借り受けられたのは本当に幸運だった。とは言え、引き取り手がいなくて、お札を何枚も貼ってようやく俺が使える状態になっているそうだから当然の帰結か。

俺は椅子に座る少女を振り返る。

「グレーティアに新しい記憶は入ってる?」

「入ってる。ついさっきだ。お前が花乃を預けていった後に売り手がきた」

「それ、買い取るよ」

「助かる」

俺はポケットから出した二千円をカウンターに置く。これは「記憶」の値段としては最安値の部類だ。怜央が俺たちの事情を鑑みて割り引いてくれているし、そうでなくても彼は、グレーティアにあまり怪奇の記憶を保持させたくないらしい。

俺は、揺り椅子のグレーティアの前までいくと、身を屈めた。彼女は軽く頷くと、長い睫毛を伏せて目を閉じる。その額に、俺は前髪を上げると自分の額を触れさせた。

一秒待つ。

——目を閉じた暗闇に、記憶が流れこんでくる。

※

『おーい』

野太い男の声が聞こえる。

見えるのは古い鳥居だ。三叉路の正面にひっそりと設置された鳥居。

記憶の主である誰かは、その鳥居の前を通り過ぎようとする。ちらりとスマホを見て、時間が午前二時過ぎであることを確認した。スマホの画面の上部には、洋子さんって人から「先に寝るね」というメッセージが入っている。

『おーぃ』

また、声が聞こえてくる。

その声は遠くなったり近くなったりしているようだ。誰かは聞こえないふりをして鳥居の前を行き過ぎる。その時、背後でガシャン、と何かが割れる音がした。

誰かは思わず振り返る。俺はそれを「ああ、やってしまったか」と思う。

きっと最後まで反応しなければよかったんだ。でもこの誰かは振り返ってしまった。

小さな鳥居の真下には、白く蠢く肉塊があった。

その中に埋もれる男の顔が、にたにたと嬉しそうに笑う。

『やっと、こっちを見た』

記憶は、そこで途切れた。

※

俺は触れていた額を引く。改めてグレーティアに尋ねた。

「これ、記憶売った人どうなってたの？」

「気絶したみたい。気が付いたら道路で倒れてたって」

「えー。酔って寝てたと思われそうだな、それ」

ともかく、その誰かは自分の見た記憶に耐えられず、手放すことを選んだ。

手放すなんて言っても普通はできないだろうけど、この店ではそれができる。グレーティアは人から記憶を引き取ったり与えたりする能力を持っているんだ。どういう仕組みかは分からないけど、本人曰く「子供の時からそうだった」らしい。

俺がこの店を「記憶屋」と呼ぶのは、それが事実、店の商品だからだ。グレーティアは記憶の運び屋を依頼されることもあれば人から持っていたくない記憶を買い取ることもある。この店をぽつぽつと訪れる客たちは、大体が以前の客から紹介されてくるそうだ。そうやって密かな口コミで持ちこまれた記憶を俺は買っている。怪奇の貴重な情報源になるからだ。

「あの鳥居見たことあるな。明日の学校帰りにでも行ってみるよ。ありがとう」

俺は礼を言いながら、スポーツバッグに花乃の頭をそっと入れる。癖のある茶色がかった髪がファスナーに絡まないように気を付けて閉めていった。花乃はこの状態になってから髪が伸びなくなった。一切の成長が止まったみたいだから今ある分を大事にしないと。俺は花乃が苦しくないよう、ファスナーの端の五センチだけを開けておく。

そうして店を出ようとする俺に、怜央が声をかけた。

「あんまり無茶しすぎるなよ。何があるか分からないし、そろそろ監徒に目を付けられるぞ」

怜央は、俺の目標が「百の怪奇を滅する」であることを知っている唯一の人間だ。

グレーティアは花乃と仲がいいから言えないし、記憶屋以外の人間はそもそも俺が怪奇を回っていること自体知らない。だから俺に忠告してくるのは怜央くらいだ。

ただその忠告も、ありがたくはあるけど聞くことはできない。

「監徒って床辻の都市伝説だろ。本当にオカルトを監督している秘密機関なんてあるなら、こっちから会いに行きたいくらいだよ」

俺は、記憶屋の二人の返事を待たぬまま、扉を出て階段を上り始めた。

記憶屋から家までは徒歩二十分くらい。住宅地を抜けるのが近道だ。

夜の住宅街は人通りも少ない。細い電柱に「探してます」と女の子の写真入りの貼り紙があるのを見ながら、俺はその前を行き過ぎる。

暗い夜道は静かすぎるくらいだ。他の街の事件や血汐(ちしお)事件の影響もあるんだろうけど、もともと床辻市には多くのタブーがある。


【垣根やフェンスに結わえてある黒いリボンの前を横切る時には一礼すること】

【深夜に聞き慣れないサイレンが鳴っても、外の様子を見てはならない】

【木々に赤い紐(ひも)が結んである山道には、立ち入ってはならない】

【放課後に五人で集まって、いなくなった子の名を呼んではいけない】

【街の東西と南北を結ぶ道路を、一度も立ち止まらず歩ききってはならない】

【黄昏(たそがれ)時に一人で家に帰ってはならない。帰る時は途中で祖父母の名前を呼ばれても、返事をしたり振り返ったりしてはいけない】


『血汐(ちしお)事件』の時に引かれていた【白線】や、【赤バス】以外にも床辻市には色々な禁忌があって、その中には「夜」や「一人」に抵触するものが多い。だから駅周辺の繁華街以外はもともと夜になると人は少なくなるんだ。

床辻の禁忌は「こんなこと注意されなくてもやらないだろ」というものから、「知らなければうっかりやってしまうこと」まで様々だ。俺が知らないものも多分あるし、そういうのが知りたければ『トコツジ警告所』ってネット掲示板で盛んに話されている。

『トコツジ警告所』は、主に床辻市の住民が匿名で投稿している板で、そこには新規オープン店の評判から、ちょっとした市政への意見まで色々書きこまれているけど……一番盛況なのは恐怖体験談と、それに対する注意喚起・考察スレ。

書きこみには創作ももちろんあるんだろうけど、実話も結構混ざっている。今現在盛り上がっているのは「仕事から帰ってきた妻が別人みたいなんだが」という投稿だ。

いつもの時間になっても奥さんが帰ってこないから書きこみ主が心配していたところ、次の日になってようやく帰ってきた。けどバッグは失くしているし、ぼーっとして何があったか聞いても答えられないからどうしようか、という内容だった。俺としては、警察と病院に行った方がいいと思うしスレ内の意見も大体同じ。二割くらいのレスが、該当する禁忌がないか書きこんでいる。「精神が壊れる怪奇に出会ったんじゃ」とか「何かと入れ替わったんじゃ」とか。

このスレにまとめられているタブーは三十近い。詳しい人曰く、古くは鎌倉時代から伝わる禁忌なんだそうだ。それらを知らないで生きている市民も多いけど、知っていた方が安全だ。だから『トコツジ警告所』を見ている人間は多いし、書きこんでいる人間もいるはずだけど、みんなリアルではそのことを口にしない。まるで禁忌を語ること自体が禁忌であるみたいに。

「ぃろいろ……ご、めんね……おにぃちゃん……」

スポーツバッグの中から、花乃のかぼそい声が聞こえてくる。

何一つ花乃のせいじゃないし、俺がやりたくてやってるんだっていつも言っているのに、花乃は納得しない。自分のことは別にいいから危ないことをやめて欲しいと思っているみたいだ。

でも、そこでやめられるなら俺は花乃の兄貴じゃないだろう。

「俺が好きでやってるんだから大丈夫。それに今日は、奈月ちゃんを助けられた」

「奈月……ちゃん？」

「そう。覚えてるだろ。赤バスに乗ってたから家まで送って来た」

「あ……りがとう、おにぃちゃん」

消え入りそうなお礼の言葉に、俺は昔の記憶を思い出す。

まだ花乃が小学校に上がってなかった頃、俺は学校から帰るとよく、妹の手を引いて外に遊びに行っていた。その頃、子供の目に家の周りはとても広く見えていた。少し山に向かって歩けば、小さな森がある。森の入口には姉妹が住む家があって、二人は綺麗な石を集めたり、枝や花で小物を作ったりして俺たちと遊んでくれた。他にもちょっと古い屋敷の庭先でその家の兄妹たちと遊んだり、小さな空き地で俺の友達に混ざってサッカーしたり、ごく当たり前のように花乃とずっと一緒だった。

今になって振り返れば、相当乱暴な遊びにも付き合わせていたと思う。それでも俺は花乃と一緒が楽しかったし、花乃はいつも「また行こうね！」と喜んでくれた。時々同級生たちが言うように「弟妹の存在がわずらわしい」とは思わなかった。それは「家族ってそういうもの」って思っていたのもあるし、単純に花乃自身が聡くて優しい子供だったからだと思う。

俺たちは二人でいることが自然で、両親を失ってからは更にそうなった。葬儀の時、花乃が俺の手を握って離さなかったことを覚えている。

俺はだから花乃を一生守るつもりでいて——結果はこの有様だ。

「ぉに……ちゃ……あぶなぃ……こと、しない……で」

「大丈夫だよ。無茶しないように気をつけてる」

最初はかなり用心しながら始めたけど、怜央に戦い方を教わったこともあって回数を重ねるごとに要領が摑めてきた。知識があれば、手には負えなそうな怪奇を見極めることもできる。そういうのは今のところ後回しだ。何しろ俺に何かあったら残された花乃が困る。

「とりあえず明日は、さっき買った記憶の鳥居に行ってみて——」

その時ふと、俺は気づく。

道の先の電柱に貼り紙が貼られている。見覚えのあるそれは、さっきのいなくなった女の子を探す貼り紙だ。通りすがりざま見ると、やっぱりさっきと同じ。「子供を探しています。井上きさこ六歳。見かけた方はこちらの番号まで」と床辻警察の番号が書かれている。後は服装とかいなくなった時の状況とか。大分長く貼られているのか右端がちぎれていた。

『血汐事件』でいなくなったみんなも、こんな風に探されていたりするんだろうか。そんなことを考えながら、俺は電柱の前を通り過ぎる。しばらくそのまま進んで——

「……まずいな」

道の先の電柱には、また同じ貼り紙が貼ってあった。

いくらなんでも間隔が狭すぎる。人探しのポスターをたった五十メートルおきになんて普通は貼らない。おそらく俺たちはいつの間にか何かの怪奇に巻きこまれている。

「お……にぃちゃ……？」

「花乃、ちょっと走ったりするかもしれないけど我慢しててくれ」

俺は呪刀を取り出すと、それを手に走り出した。次の電柱が見えてくる。そこに貼られている貼り紙は右端が少しちぎれていた。さっき見たものとまったく同じだ。

「つまり、閉じこめられた？」

知らない間に何かの禁忌に触れたんだろうか。俺はもう少し走ってみたけど、やっぱり同じ電柱の前に出てしまった。念のためスマホを取り出してみるけど、電波がない。

「そう簡単には脱出できないか」

閉じこめられ型の怪奇からの脱出パターンはいくつかあるけど「外の世界に電話で連絡を取る」ってのは代表的な一つだ。でもどうやら今回はそれができない。

「他の解法としては抜け道を見つけるか、鍵になっているものを探して破壊するかだったか？」

セオリー的にはそんな感じだけど、知らない人間は多分脱出できない。そういう人間はいわゆる「神隠し」扱いになるんだろう。普段は怪奇を探して回っているけど、予備知識なしで出くわすのはできれば遠慮したかった。

　俺はとりあえず明かりがついている家の玄関前まで行く。庭先に見える窓からはカーテン越しに食事をしている人影が見えた。それを確認して俺はインターホンを押してみる。ピンポンと軽い音が家の中に響き、けど食卓にいる人は立ち上がる様子がない。もう一度鳴らしても同じペースで食事を続けているままだ。

　俺はおもむろに庭に入りこむと、人影が見えるガラス窓を叩いてみる。

「……なに、してる……の？」

「んー、他の人間に接触できるかと思ったけど駄目だな。反応がない」

　窓をどんどん叩いても人影はこっちを気にしない。おそらく全部の家がこうなんだろう。俺はそのまま家の裏に回る。ループしている道路からできるだけ離れてみようっていう試みだ。向こう側の塀にあった通用口を開けて外に出る。

「おおっと」

　けどそこに広がっているのは元の道路だ。電柱の貼り紙も変わらない。空間がループしている。じゃあ他の可能性は、ということで俺は電柱に歩み寄ると貼り紙に手をかける。溶けかけたテープに手をかけ引きはがした。けどやっぱり辺りには変化がない。

「これが一番怪しいと思ったけど、ただ目立ってただけか」

　無関係の貼り紙だとしたら悪いことをしてしまった。俺は剝がしたテープでもう一度電柱に貼り紙をくっつけようとして――

「あれ？　昭和五十三年？」

貼り紙に書かれた文章を、俺は改めてちゃんと読む。

【井上きさ子ちゃんが、昭和五十三年、五月五日午後五時ごろ、いなくなりました。最後に目撃されたのは、自宅前で遊んでいたところです。服装は、白いブラウスに赤いスカート、赤いサンダルです。見かけた方は床辻警察署までご一報ください】

思わずぞっとする。こんな昔の貼り紙、今の時代に残っているはずがない。

やっぱりこれも怪奇の一種だ。俺は貼り戻そうとした貼り紙を畳んで電柱の下に置く。

そうして顔を上げて、違和感に気づいた。

「さっきより辺りが暗い……」

気のせいじゃなくて道の先が暗くなっている。建ち並ぶ家々から灯りが消え始めているんだ。

まだそんな夜中じゃないし、これは早いうちに脱出しないとまずい。

そう思っているうちに背後の家がぱっと暗くなった。さっきインターホンを押した家だ。

「お……にぃちゃ……だいじょ……ぶ？」

「大丈夫だ」

そう断言する。焦っていても、それを見せたら花乃が不安になる。

今まで怪奇に踏みこんだことはあるけど、知識なしに空間タイプに閉じこめられたのは初めてだ。空間タイプのトリガーに出くわしたこともあるけど、今までは禁忌の情報があったから避けられていた。けどこれは知らない。知らないってことは巻きこまれて戻れた人間が少ないってことだ。いわゆる初見殺し。こんなことなら記憶屋で火器を借りて帰ればよかった。

　ふっと、また遠くで一軒灯(あか)りが消える。

「ひょっとして……灯(あか)りの数がタイムリミットか」

　全部の灯(あか)りが消える前に脱出しないと、俺たちは多分ここに閉じこめられる。

　どこに進むべきか逡巡(しゅんじゅん)していると、三軒先、灯(あか)りの消えた家の窓がガラリと開いた。

　真っ暗なそこから声だけが聞こえてくる。

「き、きサ子ちゃぁん、どこナのぉお！」

「うげ……」

　引きつれたような高い声は、明らかに人間のものじゃない。しかも何十年も前に行方不明になった子供を探す声だ。俺は少しだけ迷って足元にスポーツバッグを置く。

「花乃(かの)、ちょっとここで待っててくれ。すぐ戻ってくるから」

「気……をつけ、て」

「任せとけ」

　短く請けあって、俺は呪刀を持ったまま声のした窓へ走る。塗りつぶされたみたいに黒い窓からまた調子外れの声が聞こえる。

「キさ子ちゃァン！　どこに隠れたノォ！」

「知るか」

黒窓のある家の塀を、俺は左手をかけて乗り越える。敷地内に降りると、すぐそこに見える窓に向かって距離を詰めた。迷わず躊躇わず呪刀で窓の只中を突く。「ひぎっ」と小さな悲鳴が上がり、窓の中から気配が消えた。

──けど、それだけだ。

辺りは暗いままで、今度は別の窓から声が聞こえてくる。

「イラッシャアイ、イラッシャアイ！」

「キさコちゃンの好きナモノ、イッパイあるよォ！」

「……なんなんだよ」

かしましく夜の街に響き渡る声は、まるで囃し立てるようだ。神経を逆なでするような呼び声に俺はうんざりするけど、それ以上にまずい。脱出の手立てが分からない。

──ここで死ぬかも。

ふっとそんな考えがよぎる。背筋が凍る。

それは怪奇に対する恐怖じゃない。ただ「終わってしまうこと」への恐怖だ。

花乃を守れずあんな状態にして、戻してやることもできない。

失って失ってただ二人の家族になったのに、それさえも失ってしまう。

なんて情けない。悔しい。せめて花乃(かの)に——

「不器用さんだなぁ」

「は？」

その声は、俺の真上から降ってきた。

顔を上げると、屋根の上に誰かが立っている。月も見えない空の下でそれが誰かは見えない。ただ細い声は若い女性のものだ。わずかに見える爪先は真白い革のブーツに見えた。

俺が答えないでいると、その人物は不満そうな声を上げる。

「あれ、どうして何も言わないの？　ここは助けが来たって両手を挙げて喜ぶところじゃ？」

「助けかどうか分からないからじゃないか？」

「あ、そっか」

あっさりと納得の声を上げて、彼女は俺の背後、塀の上に飛び降りてくる。地面にまで降りないのは、高いところが好きなんだろうか。けどおかげで全身が見えるようになった。

その少女は、一言で言えば嘘(うそ)みたいに綺麗(きれい)な顔をしていた。

長い髪は染めているのか淡い紫色で、腰近くまで綺麗(きれい)に広がっている。服は……上部分は白い立て襟の上に浴衣(ゆかた)を着て、下はロングスカートか？　大正時代のコスプレみたいな格好だ。

俺と同い年くらいのそいつは、整い過ぎている顔で楽しそうに笑う。

「本当はもっと別の時に君と会いたかったけれど……今が選びうる中で最善と信じてる」

何故か懐かしい、その声。

彼女の言葉は、始まりとしては意味が分からず。

運命としては飾り過ぎで。

何よりもこの街にふさわしく、忌まわしくて不可解な。

——そして誰よりも、「彼女」らしい言葉だった。


夜にもかかわらず白い日傘をステッキのようについて、彼女は名乗る。

「私は一妃。久しぶり、蒼汰くん。覚えてる？」

「俺のこと知ってるのか？　悪いけど、まったくもって記憶にない」

こんな目立つ髪色と顔の子は知らない。髪は染めているんだろうけど、それを差し引いても彼女の顔は忘れるには綺麗すぎると思う。

「そっか……。ならいいよ。よかった」

一妃と名乗った彼女は少しだけ淋しそうに微笑む。その表情に俺は確かに一瞬、どこかで見たような懐かしさを覚えた。けれどその既視感を確かめるより早く、彼女は普通の笑顔に戻る。

「君にとって重要なのは、私が君のしてきたことをちゃんと見てたって方かな。【桜島山邸】に【沢花の水溜まり】、【禁祭事物】【おめかうさん】や他にも色々。一番最近のは【赤バス】

かな。危なくなったら手を出そうと思ってたけど、一人で切り抜けてすごかったよ！」

「ちゃんと見てた？」

「全部じゃないけどね！　だってまさか、花乃ちゃんのために禁忌の中を探し始めるなんて思わなかったし。そんなの気になっちゃうでしょ？」

「…………」

俺の目的もやってきたことも知られている。そんなことをする人間がいるとしたら——

「まさか、監徒の人間か？」

監徒っていうのは都市伝説の一つだ。床辻市において、怪奇事件の動向を監視する組織があって、その名前が「監徒」。さっきも記憶屋で聞いたばかりだけど、今まで出くわしたことがないから、実在しないんだとばかり思っていた。

けれど彼女は、あっさりと首を横に振る。

「違うよ。蒼汰くんはそろそろ監徒に目をつけられてそうだけど、私は違いますー」

「目をつけられるって……監徒って実在するのか」

「この街で『都市伝説だから実在しないだろう』なんて、ちょっと楽観的すぎるよ」

「それに関しては確かに」

床辻に積まれた禁忌には、単なる都市伝説ももちろんあるんだろうけど、本当のものも混ざっている。というか、本当だと思ってかからないと危ない。

なのに俺が監徒の実在を信じてなかったのは、『血汐事件』の時でさえ俺のところには警察以外来なかったからだ。一日検査入院をして、その間色々聞かれただけだ。もし本当に怪奇事件を監督しているのなら監徒はその時に来るべきだった。花乃に何が起こったのか、どうすれば助けられるのか、俺が死に物狂いで考えている時に。

「で、監徒じゃないなら誰なんだ？　もしかして、妹のスマホから俺に電話くれた人？」

「え。花乃ちゃんのスマホなんて知らないよ。私はただ助けに来ただけの蒼汰くんの友達。今、困ってるんだよね？　なら私が——」

「困ってない」

「え？」

試しにそう言ってみると、一妃は目に見えてショックな顔になった。塀の上でよろめきかけた体を日傘がかろうじて支える。

「え、本当に……？」

「まだとりあえずは」

「そ、そう？　それは失敗……しちゃったよね……」

手袋を嵌めた手で一妃は顔を覆う。その隙間から見える頬は真っ赤だ。

意外なことにめちゃくちゃ恥ずかしそう。ちょっと罪悪感が湧く。

一妃は軽く涙目になりながら、それでも笑って見せた。

「じゃ、じゃあまた今度出直してくるね。なんか……ごめんなさい」

「いや、本当に誰？　先にそっちを教えてくれ。困ってるのは困ってるから」

「困ってる⁉」

叫ぶなり一妃は俺の前に飛び降りてくる。それも眼前に。

「って、近い！」

反射的に飛び下がった俺に構わず、一妃は嬉しそうに笑う。

「困ってるなら、助けてあげる！」

「……喜怒哀楽が激しくないか」

質問に答えてくれないし、全然反応が読めない。自分の聞きたいところだけ聞くのは、まるで子供みたいだ。大きな目がきらきらと光って、その色の不思議さについ見入ってしまう。

一妃は俺に向かって白い手を差し伸べた。

「見守ってあげる。手を貸してあげる。きっと君の役に立つからね！」

「役にって……」

「まずはここから出ることかな」

勢いがありすぎて訳が分からないけど、脱出の手立てがあるんだろうか。

一妃は上機嫌で日傘を広げかけて、何かに気づいたようにその手を止めた。

「あ、先に花乃ちゃんと合流しないと」

そう言って、一妃は道路の方へ駆けていく。

「え、ちょ、待て！」

しまった、花乃を道路に置いてきたままだ！　俺はあわてて一妃の後を追う。

でもなんで一妃は花乃の名前を知っているんだ？　俺が覚えてないだけでやっぱり面識があるんだろうか。

「俺の友達って言ってたけど……」

小さい頃から友人は多い方だけど『血汐事件』でその半分以上がいなくなってしまった。ずっと床辻で暮らしていたから、小中高と一緒だった人間が多いんだ。もちろん別の高校に通っていた友達はいるけど、一妃はその誰でもない。あと可能性があるとしたら――

ふっとそこで紫色の髪の後姿が脳裏をよぎる。

寂しそうな、でも綺麗な背中。

どこかで見た、おぼろげな記憶に俺は気を取られた。そこに一妃の声が聞こえる。

「蒼汰くん！　早く！」

「あいつ、なんで……！」

一妃はスポーツバッグの中から勝手に花乃を取り出すところだった。やばい、怪しいやつに花乃を見られた、っていうかなんでバッグの中に花乃がいるって知ってるんだ。俺は背中にどっと冷や汗を感じる。

でも一妃は、俺の恐怖に反して壊れ物を扱うように優しく花乃を胸に抱いた。

「久しぶり花乃ちゃん。一妃だよ。けど蒼汰くんが覚えてないんじゃ、花乃ちゃんも私のこと覚えてないよね」

「……あ、ごめ……なさ……」

「大丈夫。安心して。私がついてるから」

一妃は曇りない微笑を見せる。首だけの花乃を見ても驚くわけでも怖がるわけでもない。

その姿は嘘のない慈しみに溢れて綺麗で……俺はふっと泣きたくなる。

不思議と郷愁に似た気分を覚えて喉の奥が熱い。問う声が自然に掠れた。

「……お前はどうして俺たちのことを知ってるんだ？　味方なのか？」

「味方だよ。子供の頃、よく一緒に遊んでた。蒼汰くんには友達が多かったから覚えてないんだろうけど」

それを言われると、確かに昔は名字も知らない友達とかあちこちにいっぱいいたんだ。

一妃は子供のような笑顔を見せる。

「覚えてなくてもまた始めるからいいよ。私は後世一妃。それ以外のことはここを出たら教えてあげる！　だから蒼汰くん。準備はいい？」

「準備って何をすればいいんだ？」

俺は路上に置いたままのバッグに歩み寄るとそれを取ろうとする。でも一妃は俺を手で留めた。手袋を嵌めた彼女の手が器用に片手で日傘を開く。

「決まってる。この怪奇の主を叩くの」

一妃は目を細めて街並みを見やる。作り物めいて綺麗な顔は、微笑っているけど目だけは笑ってない。俺はその時初めて一妃の瞳が濃い紫に見えることに気づいた。

月もない。家の灯りはどんどん消えていく。

そんな中で、日傘だけが世界の始まりみたいに白い。

「怪奇の主？　ここにそんなのがいるのか」

「うん。核みたいなものだよ。どの怪奇にもそういうのがいるの」

また一つ家の灯りが消える。甲高い声が聞こえてくる。

「――キさ子ちゃン！　どコォ！」

「どこにもいないよ」

一妃の答えに、しん、と辺りは静まり返った。

俺が呪刀で突いた時とはまるで違う。街中に潜んでいる何かが息を詰めた気配がする。まるで薄氷の上にいるみたいな嫌な緊迫感が襲ってくる。

呪刀を握りなおす俺の隣で、一妃は開いた日傘を大きく振る。そこから白い飛沫が上がった。光る粉を撒いたみたいな輝きに、周囲の気配が怯んだ、気がする。

一妃は愛嬌さえ滲ませて続けた。

「だって喜佐子ちゃんは君たちが隠して……食べちゃったじゃない」

それは閉鎖空間の隅々にまで行きわたるような、力ある声だった。

そして薄氷を叩(たた)き割(わ)る言葉だ。

一瞬の沈黙が立ちこめる。

直後、街中から耳障(みみざわ)りな笑い声が上がった。

「ひひひぃいぃいぃひひひぃいぃ！」

明確な悪意を感じる笑い声。変声機をかけたみたいな声に、さすがに俺はぎょっとした。

「なんだこれ。何したんだ？」

「隠された本質を暴いたんだよ。そうすると怪奇はもう隠れられなくなるから。核が表に出てくるしかないんだ」

「そういうものなのか……。にしてもこの笑い声聞いているとおかしくなりそうだ」

「でも蒼汰(そうた)くん動じてないよね。宣伝カーが通ったくらいの反応なんだけど」

「ちゃんと不気味だと思ってるよ。でも怖がると向こうが喜ぶだろ」

「あー、そういう怪奇もいるね。でもそんな理由で怪奇と張り合う人はあんまりいないよ」

「こういうのは気の持ちようだから」

ちなみに花乃(かの)はというと、一妃(いちひ)がその耳を自分の手と胸で押さえている。本人は聞こえてないのか怪訝(けげん)そうな顔だ。よかった。

「蒼汰くん、そろそろ来るよ」

言われて俺は一妃の視線の先、暗い道の向こうを見る。

そこに集まっていくのは悪意の気配だ。今まであちこちに広がって散っていたものが集束していく。はっきりとした輪郭はない。けれど闇の中にうっすらと赤黒い何かが浮かび上がった。

「なんだあれ……あれが核か？」

「うん。蒼汰くんにはどう見えてるの？」

「生きている内臓（闇）」

「かっこやみ？」

大きな人影くらいの内臓は、そう言っている間にも俺たちの方ににじり寄ってくる。暗い中、しのび笑いを上げて近づいてくるそれからは明確な害意が感じられた。

「気持ち悪さはともかく分かりやすくなった。あれを倒せば脱出ってわけか」

「そうそう。もう大丈夫でしょ？」

確かにこういうタイプの急場には慣れてきてる。

俺は呪刀を握りなおす。息を整えて相手を見据える。それは今まで何度も見た人ならざるものだ。一妃の言う通りなら、何十年も前に一人の女の子を食った何か。

……そんなものはあっていいはずがない。家族のもとに帰れなくなってしまう。

だから、俺に行き合ったならこれで終わりだ。

「——一度だけ聞く。お前は、俺の妹の体がどこにあるか知ってるか？」

「タ、タ、食べちゃッタよおオオ」

「嘘つきめ」

見え透いた醜悪さに俺は息をつく。

そして地面を蹴ると、床辻の禁忌である一つを……散り散りになるまで何度も叩き切った。

気づいた時、街には灯りが戻っていた。思わず近くの電柱を見たけど、そこには探し人の貼り紙はない。近くの家からはテレビの音が聞こえてきていた。

「お疲れ様。安心して見てられるね。予想以上だよ！」

楽しそうにそう言う一妃はまだ花乃を抱いたままだ。俺はもう周囲に気配がないことを確認すると、彼女の手から花乃を引き取る。

「ありがとう、助かった。で、助けてくれたところにいきなり聞くのはなんだけど、これだけ怪奇に対応できるって何者なんだ？」

怪奇の核を炙り出すなんて普通の人間にできることじゃない。それに何より彼女は落ち着きすぎてる。こういう事態に慣れているんだろう。

一妃はくるくると器用に傘を畳んでいく。

「私は【迷い家】の主人って言われてるかな」

「迷い家？」

「うん。怪奇に好かれやすい人とか呪われちゃった人とかを匿ったりする避難所。ずっと昔から床辻にあって時々稼働してるの」

「あー……対怪奇のシェルターみたいなものか」

「そそ。今は他に避難してる人もいないけど」

さすが床辻。そんな場所があったのか。怪しさはあるけど「この街ならそれくらいあるかも」って思うくらい一年の間に慣らされてしまった。

「それって監徒とは違うのか？　監徒はオカルトを監督してる秘密機関だろ？」

「秘密っていうならこっちも避難所だから秘密だけど、監徒とは違うよ。監徒は街の治安維持が第一で個人を助けないから。こっちはただの有志」

「なるほど？」

ふんわりだけど何となく雰囲気は摑めた。監徒がやることは街単位の問題解決で、そこから取りこぼされた個人を、有志の団体が救済するって感じか。

「で、どうして今になって俺たちを助けてくれたんだ？　怪奇に閉じこめられていたから？」

怪奇とやり合うのはこれが初めてじゃないし、発端の『血汐事件』からもう一年経っている。どうして【迷い家】が今現れるのか、向こうからは旧知の間柄というなら余計に分からない。

けれどそう警戒する俺に、一妃は嬉しそうに笑う。

「うーん、今だから助けに来たっていうより、そろそろ残ってる怪奇は蒼汰くん一人じゃ面倒そうなものばっかりになってきたから。友達なら助けないと！」

「面倒そうなものばかりって」

不吉なことを言わないで欲しい。今まで面倒な怪奇しかいなかったのに、これ以上のものを相手にしないといけないのか……。

げっそりしている俺と対照的に、一妃は何が嬉しいのかにこにこと笑った。

「大丈夫、ここから先は私が手伝うから。そういう友達が蒼汰くんには必要でしょ」

白い日傘をくるりと後ろ手に回して、一妃は大きな目で俺を見る。

「だから、私が君の運命を変えてあげる！」

屈託ない宣言をして、彼女はまっさらな笑顔を見せる。

その微笑は今まで俺が見たどんな人間より美しく——

そして、夢で見るように不吉だった。

三——三叉路

「――妹が健やかな一生を送れるよう、自分で守ればよい」

そう人ならざるものに言われた。

苦渋の決断ではあるのだろうが、それには確かに利があるとも思った。

親を失って今まで、妹を守りながら必死に二人で生きてきた。その中で常に願っていたのは「妹が幸福な一生を送れればいい」ということだけだ。

妹は幼い頃から、見えないものが見え、聞こえないものが聞こえていた。それに怯え、けれど気丈に明るく振舞っていた。だから兄である自分だけは、妹を守り続けると決めたのだ。

そのために今すべき選択とは何か。

周囲の森は燃えている。倒れて動かないいくつもの体。遠くから聞こえてくる泣き声。ぼろぼろになった己の体を見下ろす。今日は予定外なことばかりだ。こんなことになるはずではなかった。ただの脇役程度の存在のつもりでここに来たのだ。

血と傷に塗れた体はゆっくりと死につつある。結局、妹に別れの言葉も言えなかった。ただ「気をつけて」と心配そうに送り出されただけだ。

そして自分は物言わぬ体となって家に帰される。もう妹を守ってやれない。何もできない。

ならば、それよりは——

昇り始めた朝日が体を照らす。その眩しさに目を細める。

目の前に立つ、かつて人であったものに答える。

「分かった……受諾する」

死の淵でしたその選択は——けれど後から思うとやはり、間違っていたのかもしれない。

次に妹と再会できた時、彼女は変わり果てた姿になっていたのだから。

※

カーテンの隙間から朝日が入りこんでくる。その光で俺は目を覚ました。時刻は五時半。壁際のカラーボックスの上では、花乃がまだ目を閉じている。

俺は妹を起こさないように着替えて家を出ると、日課のランニングに出かけた。

怪奇の大安売りをしている床辻も朝は比較的安全だ。頭の中で地図を確認しながら、俺はグレーティアから買った記憶で見た、三叉路の鳥居まで足を延ばしてみる。

まだ通勤通学の人間も少ない中、床辻の北東にある三叉路は朝の静けさに包まれていた。

「別に……普通の鳥居だな」

記憶で見た白い肉塊もなければ怪しい声もない。そこまでは予想通りだ。どっちかというと夜行った時に「どんな変化があるか」が重要で、そのために俺はできるだけ昼間に下見するようにしている。

目的を果たして帰ろうとした時、スマホからポン、と通知音が鳴る。見るとメッセージを送ってきたのは一妃だ。『今から行くね！』と書かれている。

「今からって……どこに来るつもりだよ」

「蒼汰くんのいるところかな」

「うわっ⁉」

背後からの声に振り返ると、そこには一妃が立っている。

ってか、まったく気配を感じなかったし、なんでいるんだ。こわい。

俺の心の声を読み取ったように、一妃は白い日傘を振った。

「だって、昨日言ってたでしょ。『三叉路の鳥居を見に行く』って」

「あー、言った。確かに」

でもだからってこの早朝に待ち伏せはおかしい、気もするけど、一妃は怪奇が当たり前の人間らしいし、多少奇行に見えても普通のうちなのかもしれない。彼女は上機嫌に笑う。

「せっかく再会したんだし、ちゃんとお手伝いするよ！」

「……それはありがとう」

昨日出会ったばかりの一妃は、怪奇と相対するにあたって俺を助けてくれるつもりらしい。色々聞きたいこともあるけど、昨晩は花乃も疲れていたから連絡先だけ交換して別れたんだ。できれば夢でもよかったかもと思っていたけど現実だった。

俺は失礼にならない程度に一妃の全身を眺める。髪の色はやっぱり薄い紫だ。でもそれが奇抜じゃなくてしっくりくる。多分変わった格好をしているからってわけじゃなくて、一妃の顔が綺麗すぎるからだろう。そこだけ世界が違うみたいで、違和感をねじ伏せてくる。

「で、蒼汰くん。何か分かった？」

わくわくした顔で聞いてくる彼女は遠足気分なのかもしれない。俺は首にかけたタオルで額の汗を拭く。

「今のところ特には何も。夜来てみないと分からなそうだ。あと、俺も後世さんにそっちのこととか花乃のこととか聞きたいんだけど……学校があるから終わった後でいいか」

「今からでも別にいいよ。それと一妃って呼んで欲しいな。そっちの方が私の名前だから」

「ん、了解」

世の中には自分の名字が嫌いな人間もいるから、本人の希望にあわせよう。一妃は俺が来た道を指さす。

「蒼汰くんはその格好だと一回家に帰るでしょ？　私も一緒に行くから、行きながらお話しよ。あ、住所とかの個人情報は気にしないで。もともと知ってるから、へーきへーき」

「それ平気じゃなくない？　むしろ怖くないか？」

と言っても俺は『血汐事件』の生き残りとあって、市内で俺のことを知ってる人間は多いんだよな。家を知ってる人間もいると思うからまあいいや。問題はそうじゃなくて。

「ランニングの途中だから走って帰るよ。じゃないと遅刻するし。だからまた放課後な」

「え」

ぽかんとしている一妃に手を振って、俺は再び走り出す。

最近、街中で道路工事の通行止めがやけに多くてあちこち迂回しないといけない。そんな感じでぐるっと街を半周して帰って来た時、家の玄関前にはふてくされた顔の一妃が立っていた。

「は⁉　なんでだ⁉　結構距離あるだろ！」

「……近道したの。おかえりなさい」

そう言って頬を膨らませる一妃に、俺は内心引きながら謝って玄関を開けた。

ざっと風呂場で汗を流してリビングに向かうと、花乃と一妃の笑い声が聞こえてきた。短い間に意気投合したらしい。花乃は俺に気づくと、一生懸命声を出してくる。

「お……いちゃ……、いち、ひさん……いい人だ……よ」

「いい人って言われると『いやいや、それほどのものでは！』って言いたくなるけど、花乃ちやんに言われるのは嬉しいね！」

リビングテーブルの上に籠を置いている花乃と、ソファに座る一妃はそろって俺を見てくる。

なんか……妙な圧を感じるな。謎の連帯感ができてしまっている。

一妃がココアを飲んでいるのは、花乃が置いてある場所を教えたからだろう。花乃は今の体になってから食事が要らないけど、時々甘味が欲しい時はココアを作ってスプーンで飲んでいる。今も一妃は、自分用のカップとは別に小さなカップにココアを作って、それを花乃の口に少しずつ運んでいた。

うーん、平穏極まる光景ではあるんだけど……

「何で勝手に部屋から花乃を連れ出してるんだよ」

「だって蒼汰くんは学校行かないといけないんでしょ？　だったらその間、私が花乃ちゃんを見てるよ。一人で留守番より誰かいた方がいいだろうし」

「それはそうだけど、昨日会ったばかりの人間に任せるのはさすがに心強すぎだろ」

そもそも玄関先で待たせておいたはずなのに、なんで一妃はこんなにくつろいでいるんだ。

苦い顔になってしまった俺に、花乃があわててフォローを入れる。

「わ、たしが、たのんだ、の。お話、してって……」

「頼んだって言ったって」

花乃がいたのは二階の俺の部屋だ。玄関先にいた一妃に頼みごとが聞こえるはずがない。

けれどあからさまに訝しむ俺に、一妃は得意げに顎を逸らす。

「花乃ちゃんの声はある程度近くにいれば聞こえるよ。私はそういう感覚が鋭敏なんだ」

「それって、異能者だってことか？」

　普通の人間とは違う特性を持った、いわゆる異能者が存在してることは俺も知っている。記憶屋のグレーティアがそうだし。昨晩の一妃も、俺には分からなかったけど怪奇に何かをしたみたいだった。

【迷い家】の主人である彼女はあっさり頷く。

「うん。異能者って言っちゃうとちょっと語弊があるけど、普通の人間とは感度が違うし、干渉できる深度も違うかな。だから異変にも気づきやすいよ！　えへへー役に立てるでしょ！」

「そりゃ昨日も助かったけど……」

　怪奇の核を引きずり出した言葉といい、一妃は察知できる範囲も声を届けられる範囲も広くて、それが怪奇にまで及ぶってことなんだろう。地味にも思えるけど重要な素質だ。俺とか怪奇が見えなくて困ったことたくさんあるし。

「っていうか、花乃と留守番ってお前は学校行かないのか？」

「行ってないから平気だよ。学校で教わるようなことは大体知ってるし」

「え、まじで？　俺とか成績ぎりぎりアウトくらいなのに？」

「そこはぎりぎりセーフの方が語感よくない？」

「語感のために成績上げられる力があったら、最初からアウトにはならないんだよ」

俺は割と赤点・追試の常連なんだ。特に暗記系の科目は覚えきれなくて駄目。あんまり家で勉強する時間もないし。

一妃は何が楽しいのか目を輝かせると、自分の薄い胸を叩いた。

「あ、じゃあ分からないことがあったら私が教えてあげる！　どの教科でもいいよ！」

「まじか……」

俺は学校行っていても授業がよく分かっていないのにすごいな。テスト前に教えてもらいたいかもしれない。自信満々の一妃は、けれど不意にふっと大人びた微笑を見せる。

「本当はああいう人が集まるところって、あんまり得意じゃないんだよね」

「……ああ、なるほど」

怪奇に鋭敏な人間にとって、学校は過ごしやすい場所じゃないと聞いたことがある。だからグレーティアも学校に行かないで怜央に勉強を教わっているらしいし、一妃もそうなんだろう。花乃も、学校に行けないならそれでもいいと俺は思っていた。

ただそれならなおさら一妃は花乃と話が合うのかもしれない。怪しくないと言ったら嘘になるけど、助けてもらったのは事実だし。花乃の体についても何か知ってるかも。

その花乃を見ると、今日は顔色がいい。調子がよさそうだ。

花乃は普段、俺としか話さないし家で留守番している時間の方がずっと長い。たまに外出しても記憶屋に預けられるくらいだ。一妃と話せるのが楽しいんだろう。

確かに花乃を一人で留守番させるのは、心配と言えば心配だけど……

「おに、ちゃん、だいじょ、ぶだよ」

「花乃」

「わた、し、これ以上、ひど、くならない、し」

「………」

「いちひ、さん、から、わたしが、話、聞いと、くよ」

花乃は、一生懸命に口を動かして訴える。

今の体になってから、花乃が一人でできることは皆無に近くなった。記憶屋にいる間、怜央やグレーティアから情報を聞くことと、家で留守番している間、音声入力でタブレットを多少弄るくらいしかできない。だから、協力者らしい一妃から話を聞く役目が嬉しいのかもしれないし、単純に家で一人じゃないことが安心するのかもしれない。けど——

「花乃。大事なことだから言っておくけど、お前が自分をどう思っていたとしても、俺はお前を元に戻すつもりでいるし、これ以上傷ついたり嫌な目にあって欲しくない」

「おに、ちゃん……」

「でも、お前が一妃と一緒に待っている方がいいって言うなら、できれば叶えてやりたい」

今の俺は、ただでさえ花乃から色んなものを取り上げがちなんだ。花乃がやりたいってことならやらせてやりたい。だからあとの問題は一妃だ。

「で、一妃。悪いけど俺は、まだ昨日出会ったばかりの相手を信用できてない」

率直過ぎる物言いで申し訳ないけど、ここは言葉を濁すところじゃないと思うから。

一妃もそれを分かってくれているのか、あっさりと頷く。

「うん。それでいいと思うよ。だから私は、ちゃんと信じてもらえるよう努力をするし、何か要求があるならできるだけ応えるよ」

「じゃあまず一つ質問。子供の頃遊んだって、どれぐらい前のことだ？」

「えーと、蒼汰くんは小学校の低学年で、花乃ちゃんは幼稚園だったかな」

「やっぱりそのくらいの頃か。忘れててごめん」

「別にいいよ！　確かね、蒼汰くんは家の梅を飛び蹴りの練習で折っちゃったって言ってたよ。あとは、花乃ちゃんを守って犬に噛まれた傷がお尻に残ってるって見せてくれて――」

「よし分かった、やめよう」

俺が両手を挙げて話題を打ち切ると、一妃はきょとんとした顔になった。そんな顔してないで昔のことは忘れて欲しいんだけど、実際に忘れてるのは俺の方だから申し訳なさが勝つ。

それにしても梅を折った話はともかく犬に噛まれた方は、小さい頃に仲が良かった友達しか知らないはずなんだ。つまり一妃はいわゆる幼馴染にあたるんだろう。覚えてない幼馴染とかどうすればいいんだ。一方的に子供の頃の恥ずかしい話を知られていていたたまれない。

ただそれくらいの頃が一番外で遊んでいた気がする。毎日どこかで誰かと一緒になって駆け回っていた。山の中に入ったこともあるし、川の堤防を下りて大人に怒られたこともある。顔をあわせれば初対面の子とでも普通に遊んでいたし、お互い本名も知らないとか当たり前だった。だからその中に一妃がいたかどうか、ちゃんとは思い出せない。

一妃は昨日と同じくからっとした笑顔を見せる。

「思い出せなくても別にいいよ。昔は昔だし。今の方が大事だからね」

「そう言ってくれるのはありがたいし覚えてない俺が悪いんだけど、今はちょっと慎重でいないといけない」

俺はリビングの棚に向かうと、引き出しから小さな箱を取り出す。

「だからもし今日、花乃と二人で留守番するっていうなら……これくらいの保険はかけたい」

トランプが入っていそうな大きさの銀の箱を見て、一妃は目を瞠った。

「それ、蒼汰くんが持ってきたんだ？」

「譲り受けたんだ。長嶋さんが持っていたくないからって」

――【禁祭事物】

床辻に存在する禁忌の中でもこれはほとんど人々に知られていない一つで、ある古い家に伝わっていたものだ。床辻に何百年も続く名家の長嶋家――戦前には床辻の約四分の一の土地がここの持ち物だったって家で、でも今は年老いた当主と孫の二人しかいない。

この箱の効果は単純で、当主にのみ伝わるこれを開けて自らに課す禁を一つ宣言する。そうして蓋を閉めた瞬間から契約成立となり、この禁を破らない限りは家に幸運がもたらされ、破った時には本人に反動が返る。記録上、反動は破った禁の倍返しになることが多くて、何人も死人が出ている。いわば長嶋家にとってこの箱は当主を贄に家を繁栄させるブースト装置だ。

でも時代の流れと共に家族の人数も減って、長嶋さんは「箱を手放したいけど、家の敷地内から出せない。何とかできないか」と記憶屋に相談したんだと。で、それを俺が引き受けた。箱を長嶋家の壁に留めていた手首を呪刀で斬って、取れた箱をもらってきたってわけだ。

そうなるまでに色々大変だったんだけど、まとめるとこんな感じ。長嶋さんは箱を手放した時すごくほっとした顔をしていた。

「っていうか一妃はこれが【禁祭事物】だって知ってるんだな」

「うん。特に古いものだしね」

【禁祭事物】は一応門外不出だったはずなんだけどな。一妃が昨日の夜、俺が遭遇した怪奇をぽんぽん言い当ててきた時も驚いたけど、なんでそんなに色々把握できてるんだろう。そもそも【迷い家】っていうのも、避難所とは聞いたけど実際どういうものなのか。

床辻の怪奇で【迷い家】っていう名前のものは聞いたことがないが、割と有名な同名の民間伝承があるのは知ってる。山の中にある広い屋敷で、人がついさっきまでいた気配があるのに探しても誰もいない。迷いこんだ人間には富が与えられる、って感じの話だ。

そんな伝承と同じ名を名乗ってる以上、用心もしたくなるんだけど、一妃自身はあっけらかんとした様子だ。【禁祭事物】を知ってるならそれがやばいことも知ってるだろうに、彼女はあっさりと銀の小箱を手に取る。紫がかった瞳が俺を見上げた。

「で、私は自分に何を課したら、蒼汰くんが安心できるの？」

「……花乃を絶対傷つけないこと、かな」

「それでいいの？　蒼汰くんは対象に入れないの？」

「俺に対してまで縛りを課すのはやりすぎだろ」

一妃が異能者だとしても、体格差のある相手に枷があって抵抗できない、ってのはやっぱりいい状態じゃない。

「俺が欲しいのは『花乃を傷つけない』って保証だけだからな。それ以外のことはまた後で話を聞くよ」

花乃を守ることが大前提で、後のことは後で判断すればいい。【迷い家】のこともよく知らなければ一妃がどんな人間かもまだ分からないわけだし。

一妃は目を丸くして俺の話を聞いていたけど、不意に笑い出した。

「蒼汰くんは面白いね」

「普通だろ。こんなことをやっている以上、できるだけ自分のやっていることに自覚的でいたいとは思ってるよ」

危ない橋を渡っているとは分かっている。家族が一番大事なのは変わらないけど、それで他の人間を踏みにじることはしたくない。それに、床辻には明確に悪意を持っている怪奇も多いけど、ただ迷っているだけの怪奇も稀にいるんだ。そういう怪奇であっても、俺は百に到達するまでは消滅させていくだろう。それは完全に俺のエゴで、自分のやっていることが正義なんだとはき違えてはいけない。せめて人として自分なりのラインは保っておかないと。

「もちろん、契約したくないってのも全然アリだし、どちらかっていうと俺はそっちを勧める。その場合花乃と二人きりにはさせられないけど、こんな状況だから受け入れてくれると嬉しい」

何かあっても花乃は叫ぶことも逃げることもできないんだ。用心し過ぎるってことはない。

そんな俺の心配を理解したのか、一妃は笑うのをやめると表情を和らげた。

「うん、そうだね。蒼汰くんらしくていいと思う」

「それはどうも」

覚えてない幼馴染に「俺らしい」って言われると、なんかそわそわしちゃうな。ただ思っていたより一妃は話が通じるみたいだ。やっぱり人を出現の仕方で判断するのはよくない。

一妃は視線を転じると、花乃の方を見る。

「あのね、花乃ちゃん。さっき言ってた話だけど、自分を卑下する必要はないの。花乃ちゃんは自分で思ってるよりずっと価値があるし、替わりがいない存在だよ。今のその状態であってもそれは同じ。私が保証する」

きっぱりと、事実でしかないことを告げるように一妃は言う。

それを聞く花乃の目に光がよぎったように見えたのは、気のせいじゃないだろう。

花乃は睫毛を震わせて目を伏せた。

「あ、りがと、う、一妃さん」

「お礼を言われるようなことじゃないよ。本当のことだし友達だからね」

一妃は胸を張ってそう言うと、俺の手から銀の箱を取る。

「だから安心して。契約くらいお安い御用だよ！」

一妃は止める間もなく蓋を開けると、そこに詰められた暗闇に囁く。

「──私はここから先、青己花乃と青己蒼汰に危害を加えることを、自らに禁じる」

「は？　ちょ、待て！」

なんで俺が入ってるんだって声を上げた時にはもう遅い。

部屋中に激しい異音が鳴り響く。箱の内側をキィキィと引っ掻くようなその音は、神経に直接爪を立てられるような不快さだ。そして音は不意に止む。

見ると一妃が持っていたはずの蓋が、いつの間にか勝手に閉じられている。これはつまり契約が成立したってことだ。え、俺は解き方知らないんだけど。

「……どうして人の言うことを聞かないんだよ」

「蒼汰くんのこと信じてるもん」

不思議そうな顔で言われた。身に覚えのない信頼が恐すぎる。

「いや信じるなよ。十年くらい会ってなかっただろ。いいか？『俺に危害を加えない』って

ことは、俺に対して自衛もできないんだぞ。なんかあったらどうするんだ」

「その時は、蒼汰くんが後悔するんじゃないかな？　あ、それとも喜ぶ？」

「喜びません」

一妃がスカートの両脇を摘まんで広げて見せたので、思わず丁寧語になってしまった。冷え切った俺の反応に一妃は唇を尖らせる。なんだこいつ面倒くさいな。

俺は仕方なく右手を伸ばすと、一妃の手首を袖の上から摑む。うわ、細っ。

一妃は摑まれた自分の左手首を見て、首を傾げた。

「どうしたの？」

「こういう風にされると振りほどけないだろ」

言われて一妃は両手を挙げようとする。でも左手は俺が押さえてるから、元気よく挙がったのは右手だけだ。彼女はそのままぴょこぴょこと二、三度右手を上下させる。本人的には万歳したり下ろしたりしているつもりなんだろうけど、当然ながら右手をばたばたさせてるだけだ。

一妃は動かないままの左手を見て、感心した顔になる。

「ほんとだ！　動かせない！　すごいね！」

「なんでちょっと面白がってるんだ。これ何を言っても聞き流されそうな気がするな。でも途中でやめたら俺が一妃の手を摑んだだけの変な人間になるから、一応最後まで言う。

「こういう力の差があるんだ。暴力を振るわれたら困るだろ。もっと用心深く動けよ」

俺が手を放すと、一妃は不思議そうに摑まれていた自分の手を見た。

「蒼太くんって、結構面倒くさいところあるね」

「俺もさっき同じこと思ったよ」

「友達だから、それくらいは許容するけど？」

「いつ友達になったんだ。許容してるのは俺の方も同じだから」

「えー、子供の頃は友達だって言ってくれたのに」

「ごめん。俺が悪かったです。じゃあ改めて今日から友達で」

お互いが「こいつ面倒くさいところあるな」と思いつつもスルーして付き合っているのは確かに友達らしいかも。いやでもまだ距離感が摑めない。俺の新しい友達は面倒くさい子だ。

「おに、ちゃ……遅刻、する、よ」

「あ」

そこから俺は、制鞄を引っ摑むと全速力で高校に向かった。

※

「蒼汰さん、やっぱり電車通学の方がよくないですか？　今日も遅刻でしたよね」

「今日の遅刻は本当の遅刻なんだよ……」

　一時間目が終わっての休み時間、幼馴染でクラスメートの綾香が、俺の机の前で心配そうに首を傾げている。

『血汐事件』で俺の通っていた高校はなくなってしまったので、色々な話し合いと調整の結果、俺は綾香の通う隣市の公立高校に転校した。そう遠くもないので体力作りを兼ねて自転車通学で。ただ、ちょこちょこアクシデントに出くわして遅刻することも多い。義務教育じゃないから留年には気を付けないと。無難に卒業して就職して花乃の将来に備えたい。

　そんなわけで綾香に一時間目のノートを借りて写している。申し訳ないけどありがたい。

「みんな心配してましたよ。蒼汰さんがまた何かに巻きこまれたんじゃないかって」

「それは更に申し訳ないな……。前歴が前歴だし……」

　このクラスの生徒はみんな優しい。いわくつきで転校してきた俺にも普通に接してくれるし、親しくしてくれる。綾香が間でうまく立ち回ってくれたっていうのもあるんだろうけど、新年度が始まって二カ月ちょっと経った今、クラスの人間は気さくに話してくれる状態だ。今も廊下を歩いているクラスメートの女子たちが、俺に気づいて窓越しに手を振ってきた。完全に名物遅刻人間として面白がられている。

「蒼汰さんは前歴とかじゃなくて、道端で誰かを助けたりして転々と遠くまで移動していっちゃうから心配されてるんですよ。ほら家猫が野良猫に追われて家から離れてくみたいに」

「言い方がひどい……」

とんだ言われようだけど意味は分かる。けど連鎖的に人助けが入るなんてことはさすがに稀だ。怪奇絡みで長時間拘束されることがたまにあるくらい。

それより俺は綾香に、気になっていたことを聞いてみる。

「な、この辺で紫の髪の女子って見たことある？」

「何ですか、それ。いつもの怪談の一種ですか」

「違う。普通の人間」

普段、怪奇話を仕入れるのに学校はうってつけの場所だ。噂話が広がりやすいし「大人には言わない話」も多い。そういう話は記憶屋に流れてこないし、ここは床辻市外の学校だから適度な距離感がある。元の学校は完全に床辻の内側だった分「禁忌について話さない方がいい」という暗黙の空気があった。一方こっちはみんな怪しい話を普通に聞いたり話したりする。

ただ今、聞きたいのは一妃のことだ。

「紫の髪の子、ですか。美容師さんとかですか？」

「いや、俺たちと同じくらいの年齢。顔が引くくらい綺麗だから、そっちの方が印象的かも」

「え？　顔？」

「うーん、やっぱ知らないか。いや、別に悪い意味で有名とかでなきゃいいんだ」

怪訝そうな綾香にそう言うと、彼女は困ったような笑顔になる。

「じゃあ、一応友達に聞いてみますね。何か分かったらメッセージ送っときます」

「助かるよ。ありがとう」

女子同士の会話にはなかなか加われないけど、綾香づてに入ってくる話は多い。怪奇がらみの噂話もそうだ。ただ俺が怪奇を潰して回っているっていうのは秘密にしてる。心配されそうだし、動きにくくなると困るから。だから俺は単に「怪奇話が好きで、常に新しい怪奇や禁忌を聞きたがっている人間」って感じだ。『血汐事件』を経てこうなんだから相当やばいやつだと思われるだろうけど、周りは気にしないでくれている。

綾香が女子たちの中に戻っていくと、隣の席の陣内が話しかけてくる。

「村倉さんって優しいよな」

「ほんとにな。いつかまとめて恩返ししないと」

綾香のことは子供の頃から知っているけど、昔は体が弱いとかで家から出られなかったんだよな。そのせいであんな方向音痴になったんじゃないかってちょっと疑ってるけど。だから綾香とは中学校に上がってからの方が顔をあわせている。彼女は面倒見がいいからクラスの中でも目立つ方だ。

「そうだ、陣内。借りてたこれ面白かった。ありがとう」

俺はバッグの中から取り出した文庫本を返す。陣内はよく本を貸してくれるんだ。大抵がＳＦかホラーで短編集。読み終わるのに一カ月くらいかかるんだけど、気長に待っていてくれる。

「お、どれがよかった？」

「最初の話かな。毎日目が覚めると違う人間になってるってやつ。同じ街の人間の体を転々としながら暮らしていくってのが、人間の生活自体を外から見てるみたいで面白かった」

「あー、あれか。終わり方がいいよね。僕としては表題作も好きなんだけど。じゃあまたお勧め考えてみるよ」

俺の感想を聞いて、陣内は次の本を貸してくれる。お勧めされる短編は俺の好みにあっているものから、「え、こんな展開になるの」と驚くものまで色々だ。陣内はこれをクラスの何人かにやっているらしく、いつも鞄には教科書以外に何冊か文庫が入っている。成績もいいし大人びて人当たりのよい性格で、みんなから頼りにされている人間だ。

そんな陣内は受け取った文庫をバッグにしまうと、ためらいがちに口を開く。

「なあ、青己。今日って放課後予定あるか？」

「うん？　小さな鳥居のある三叉路を見に行こうって思ってるけど」

視界の端で廊下を歩いていた男子生徒が俺の方を振り返る。一瞬目が合った気がしたけど気のせいかな。知らない人だし。やけに綺麗(きれい)な顔だった。

陣内(じんない)は俺の返事を聞いて何故(なぜ)か押し黙る。その視線が前方の席に座った綾香(あやか)を見た。

あ、ひょっとしてそういうことか。俺は大体を察すると自分から切り出す。

「伝言を預かろうか？　それとも呼び出す？」

「違う……全然察せてない……」

その時ちょうどチャイムが鳴って教師が入って来る。それきり話が中断したかと思ったら、陣内(じんない)はしばらくしてノートをちぎったメモ書きを渡してきた。

それを見た俺は、上げかけた声をのみこむ。

『僕と村倉(むらくら)さんが通っている塾に、他の人には見えない猿がいる』

白いノートには、震える筆跡でそう書かれていた。

※

「見えない猿、かあ」

一妃(いちひ)は顎に手をかけ俺の言葉を繰り返す。

時間は十九時過ぎ。俺たちがいるのは、大通りに面した四階建てのビルの前だ。

ここはビルまるごと進学塾になっている。床辻市のぎりぎり東端にある塾だ。

いったん家に帰って、呪刀を持ってきた俺は屋上を見上げる。隣にいる一妃は裾の長いワンピース姿だ。俺が学校に行っている間、一妃は花乃と話をしたり、ゲームで遊んだりしてたらしい。帰った時には二人でテレビに向かって騒いでいた。

出かけようとしたら、一妃は「お手伝いしについてく！」って騒いだけど、元の格好だとあまりに目立つから花乃の服に着替えてもらった。と言っても髪色は変えられないから、まとめてキャスケットの中に入れてもらっている。一妃は最初「えー、なんで着替えないと駄目なの？」と文句を言っていたけど、花乃と俺が「そっちも似合う」と誉めたら機嫌が直ったみたいだ。ちなみに似合うのは本当。

「で、その友達が言ってた猿って、あれ？」

一妃は、それだけは手放さなかった日傘で屋上を指す。塗装の剝げかけたフェンスの上には確かに大型犬ぐらいの真っ白い猿が座っていた。猿はじっとビルの入口を見下ろしている。俺たちのことも見えているはずだけど何の反応もしない。気になることと言えば、まず――

「あれって、やけにはっきり見えるけど本物の猿じゃないよな」

「うん。普通の生物じゃないね。狒狒って言われるやつだよ」

「ヒヒ。アフリカに生息してるやつとはちょっと違うな」

動物図鑑で見たことがあるマントヒヒより今見ている狒狒の方が長毛な気がする。あと色もあんなに白くないだろ。

俺たちはビルの前に立って屋上を眺めているけど、塾に入っていく学生たちは白い猿に気づかないみたいだ。ってことはやっぱりあれも怪奇の一つか。

「普通の人には見えないタイプの怪奇でここまでくっきり見えるの、俺は初めてかも」

確実に「見える」人間っていうと、花乃や記憶屋のグレーティアがそうだけど、俺はどっちかというとまったく見えない人間だった。それが変わったのが『血汐事件』で、あの日血浸しの学校に足を踏み入れて以来少しずつ、ぼんやりと色んなものが見えるようになった。

けれど、それでも今まで怪奇が見えるかは半々くらいだったんだ。だから俺は「もともと実体がある」か「手順を踏めば確実に遭遇する」禁忌を選んで討伐数を稼いでいた。

「見えるか見えないかって、場数を踏んでいけば変わるものだよ。怪奇に近づけばそれだけ感覚も鍛えられていくから」

「あー、なるほど。ってことは陣内って見えるやつなんだな。床辻市民でなくてよかったな」

床辻は福祉が行き届いているし、大企業の工場があるおかげか買い物や交通にも不便がない、いわば住みやすい町だ。だから昔ながらの禁忌とか『血汐事件』とかあっても極端な過疎化はしないんだろうけど、それは普通の人の事情だ。

見える人間にとっては、やっぱり床辻って生きづらい土地じゃないかと思う。よく何もないところで怯えている花乃を見ていた俺は、『血汐事件』があってからようやく「見えないものを見て聞こえないものを聞いていた」妹が、どんな恐ろしい毎日を過ごしていたのか、ぼんやり想像できるようになった。

できれば友人にもそんな思いはして欲しくないし、陣内も俺に打ち明けるまで「気のせいだと思いたかった」とさんざん悩んだそうだ。察するにあまりある。

「えーと、で、どうすればいいんだ。とりあえず屋上に行ってみるか」

「んー、あれは放っておいていいと思う」

「そうなのか？　花乃についてとかの話も聞けないかな」

確かに、「屋上に座っている白い猿」なんて禁忌は聞いたことないけど。

「あれは何度か見たけど話をしないタイプだよ」

「え、前にもどこかにいたのか」

「うん、ずっと昔にも目撃譚があると思う。この街についてる怪奇だね。でも今のところただ『見てるだけ』だから。下手に刺激しない方がいいと思う」

「見てるって、何を見てるんだ？」

「さあ？　人間か、街をかな」

確かに、あの位置から見えるのはそれくらいだろうけど。一妃の言うことってどれくらい信頼できるんだろう。

「――青己？　来てくれたのか」

後ろからの声に振り返ると制服のままの陣内が立っている。陣内は恐る恐る屋上を見上げた。

「やっぱりいるだろ？　青己に相談しといて自分は休むってのもなんだから来たけど……」

「いる。けど放っておいても平気らしいってさ」

「平気だよー」

陣内はそこで初めて一妃の存在に気付いたらしい。

「その人は？」

「あー。床辻のオカルトに詳しい友達。昨日から一緒に行動してるんだ」

紹介されると一妃は軽く目を細めて陣内を見た。

「君はかなり見える方だね。血筋的なものかな。できればここにはもう来ない方がいいよ」

「え？」

「一妃、急に何言い出してるんだよ。さっきは猿を放っておいてもいいって言ってただろ」

「狒狒は放っておいた方がいいよ。当分動かないから。でも見える人間があんまりあれの近くにいると、どんどん感覚が鋭くなると思う。それって、この街で暮らす人間にとってよくないことでしょう？」

「俺みたいにか」

陣内は床辻市民じゃないけど、猿を見続けると怪奇に近くなっていく。それはやっぱり、いい結果にならないだろう。この前の俺みたいに昭和の街に閉じこめられるかもしれないし。

俺が納得したのを見て、陣内はふっと息を吐き出す。

「授業料は半年分先払いなんだけど……分かった。別の教室に移れないか聞いてみる」

「大丈夫なのか？」

陣内は薬学部志望でかなり勉強には力を入れているはずだ。高二のこの時期に塾を変わるってのは、結構痛手なんじゃないだろうか。

けれど心配する俺に、陣内は苦笑いした。

「大丈夫じゃないかもしれないけど。僕から相談した話なら忠告は聞かないと、だろ」

そう言う陣内は大人だ。でもそれだけじゃなくて少し肩の荷が下ろせたようにも見えた。

申し訳ないけど、俺もその決断はありがたい。当たり前のように毎日顔を合わせていた友達をある日突然一気に失うなんていうのは、やっぱり二度と経験したいものじゃないから。

陣内はもう一度屋上を見上げようとして、でも「見ちゃまずい」って途中で気づいたらしく視線を外した。

「僕はこれから事務手続きをしてくるよ。あ、村倉さんにも忠告した方がいいかな」

「綾香か。一妃、見えない人間もここを避けられるなら避けた方がいいのか？」

「まったく見えないなら平気だよ。この街で全部を避けようなんて不可能だし。見えないものがいないところなんてないんだから」

「うへ。そりゃそうだろうけどよ」

それは『何百年も遡れば、人が死んでない場所なんてない』みたいな話なのかもしれないけど、知らない方が心安らかに暮らせる。もっとも床辻は禁忌を知らないと命取りになるから、一概に「知らない方がいい」とは言えないんだけど。

「――なあ、青己」

呼ばれて俺は陣内を見る。真剣な表情を見て、陣内が何を言いたいかすぐ察した。

「悪い。綾香には俺から言っとくよ。『できれば別の教室に移った方がいい』って」

見えないからいいだろなんて、少なくとも俺が幼馴染に言っていいことじゃない。『血汐事件』で消えた生徒が全員「見えていた」なんて、そんなことはないんだから。

陣内は、俺の答えを聞いて少しだけ眉根を緩めた。

「それなら安心だけど。それだけじゃなくて、本当は青己にもこれ以上おかしな話に興味を持って欲しくないって思ってるよ。多分、青己のことだから何か事情があるんだろうし、自分がこういう不思議な話に直面してようやく言い出すのも情けないけど」

「……情けなくないよ。言ってくれてありがとう」

普段は花乃くらいしか俺を諌めないんだ。純粋にありがたいし嬉しい。むしろ友達の忠告を聞けないし事情も話せない俺の方が情けないとも思っている。

そんな感情が面に出ていたのか陣内が心配そうな顔になる。

「気にしないでくれ。ただのおせっかいだ。クラスの誰が相手でも似たことを言うと思う」

「言われそうなことやっているのって俺だけだけどな」

「みんな何かしらあると思うよ。学校では見せないようにしてるだけだ」

ビルの前で立ち話をしている俺たちを、行き過ぎる生徒たちが不思議そうに見てくる。陣内は成績優秀だから塾内でも有名なのかもしれない。

「じゃ、青己。また明日学校で。ありがとう」

「こっちこそ、ありがとう」

俺たちは手を振って別れる。ビルに入る陣内を見送ると、俺は一妃に言った。

「これから朝見た三叉路に行ってみるけど、一妃は行く？」

一妃にはまだ「百の怪奇を倒せ」って言われていることは教えてない。花乃と仲よくなったみたいだから言うのも迷う。だから一妃はきっと俺のことを「花乃の体の情報を集めるために怪奇を回っている」と思っているはずだ。だから俺としては、あんまり危険な場所に他の人間を連れまわしたくないんだけど。

「もちろん、行くよ！　花乃ちゃんにも言ってあるしね」

やる気満々に一妃はガッツポーズしてくる。うん、可愛いんだけどやる気過ぎて不安だ。

「じゃ、危なくなったら逃げてくれよ」

そう言って歩き出しかけた俺は、ふと屋上の白い猿を振り返る。

「……笑ってる」

大きな猿は、眼下の街を見下ろしながら、唇を剝いて笑っていた。

　鳥居に向かいながら俺は花乃から来たメッセージを読み返す。それは俺が学校に行っていた間に、花乃が一妃から聞き取った内容だ。

「……一妃は家族がいないのか」

　それはちょっと、いやかなり俺に効く……。俺が悪いわけじゃないのに罪悪感に近いものが湧くというか。でも当の一妃はけろりとした反応だ。

「そうだけど、別に困ったことないよ。家族ってあんまりいい印象ないし。私には蒼汰くんとか花乃ちゃんとか友達がいるし」

「あー、うん。そういうのは人それぞれだしな」

　家族とあわない、って人間がいるのは分かる。ただ俺の一番大事なものが花乃——家族だから刺さってしまっただけだ。

「他にも花乃ちゃんとは色々話したよ。好きなものとか」

「犬は黒柴が好きって書いてあるよ」

「マロ眉の犬が好きなんだよね。ちょっと困り顔に見えるのが可愛いの」

「分かるような分からないような」

　あとは「和菓子より洋菓子」とか、「飛ぶ虫が嫌い」とか、そんなプロフィールがたくさん。楽しそうに話していたんだろうなってのは伝わってくる。

　他には床辻の生まれじゃなくて、ずっと昔によそから引っ越してきたってある。家族とは折り合いが悪くて今は一人で暮らしている。子供の頃から人には見えない怪奇を見たり話ができたりするし、怪奇からの視線を遮ることもできるから、【迷い家】の主人になっているんだと。

【迷い家】自体は何百年も前から床辻にあって、昔は実際に市内の山中に屋敷があったらしい。そこで一妃みたいな力を持った異能者が、怪奇に見込まれてしまった人間を時々保護していたんだけど、保護されている間はいわゆる神隠しみたいな状態になってしまうことも多いから、【迷い家】なんて名前がついたんだそうだ。その屋敷自体は第二次大戦時に焼けてしまって、そこからは一妃みたいに怪奇の追跡を妨害できる異能者が【迷い家】の役目を受け継いで動いている、という話。

「今は他に避難してる人間もいないって言ってたよな」

「うん。【迷い家】の名を冠してるのは私一人だけだし、あんまり頻繁には動かないかな」

「一人って、一妃はなんで――」

【迷い家】を継いだのか。そう聞こうとして俺は口を噤む。さすがにちょっと踏みこみ過ぎに思えたから。異能を持っていて家族から離れて暮らしている以上、一妃にはあまり選択肢がなかったのかもしれない。

　けど一妃は俺の言葉の続きを察したのか、ふっと微笑んだ。

「私が【迷い家】をやってるのは適性があるからだよ。多分、床辻市内には私しかいないんじやないかな。怪奇の目を完全に誤魔化せる力を持ってる異能者って」

「そんなに稀少なのか」

怪奇に脅かされない人間は、怪奇をまったく知覚できないタイプっていうのがセオリーなんだけど、一妃みたいなタイプもいるんだな。

「でも、ここ一年くらいは誰も保護できてないんだ。一人だとなかなか手が回らなくって」

「それは仕方ないだろ。あと俺たちは昨日、ちゃんとお前に助けてもらったよ」

怪奇に狙われている人を助けるなんて、溺れている人間を救助するようなものだ。無理をすれば自分も死ぬ。一妃はよくやっていると思う。

一妃はぱっと目を輝かせる。

「役に立てたならよかった！　監徒より蒼汰くんの助けになるからね！」

そう言う一妃は嬉しそうで、見てると俺も和んでしまう。いやでも言っている内容は割と強気だ。そこまで言われる監徒が気になる。

「結局、監徒って具体的には何してるんだ？　街の治安維持をしてるんだろ？」

秘密機関だけあって監徒は『トコツジ警告所』でもあんまり情報がないんだよな。『怪奇事件を管轄している』とか『捕まえた怨霊を匿ってる』とか『目撃者は消される』とか。消されてたら書きこみないだろ、って思って全然信じてなかったんだけど一妃は知っているみたいだ。

「んー、すごく大雑把に言っちゃうと、監徒はこの街を怪奇から守ろうとしてるの」

「それは……言っちゃ悪いけど守れてなくないか？」

実際『血汐(ちしお)事件』を筆頭に他にも細々と犠牲は出てる。これはなかなかに駄目な状況じゃないかって思うんだけど、その辺りはどうだろう。

交差点まで来た一妃(いちひ)は、キャスケットのつばを上げて信号を確認する。

「だから監徒は個人を助けないって言ったじゃない。それに、単純に手が足りないってのはあるかな。ほら、禁忌を避ければ怪奇に出くわさないものって多いから」

「自己責任が大きすぎる……」

「あと無事守れた結果は目に見えにくいってのはあるかも。守る存在がいなかったら、床辻はもっと早く街ごと消えてるよ」

「え、そんななの？」

うわ、そこまでの話なのか。街が消えてないのが努力の結果で、実際は影で平穏を維持しているってやつ。いわばインフラと一緒だ。もしかして他の消えちゃった街はこのインフラが崩壊してああなったってことか。動画で見たけど、住人がまるごと消えてしまった大都市は今でも封鎖状態にあるらしい。街中に溢(あふ)れた汚物の臭いも落ちないし、街に至る道路には赤いテープが張られていて、その周辺は住んでた人が退避したこともあって、ちょっとした無法状態になっているらしい。

そんな風に今は国内のあちこちに空白地帯ができていて、「何が起きてもおかしくない」って空気も流れている。隣り合わせの非日常にみんなの心が半分麻痺してしまったような、それでも常に恐怖を抱えていて早くそこから逃れたいと思っているような落ち着かない雰囲気だ。緩やかな終末感って言ったらいいんだろうか。でも床辻にはそんな状態でも街を守っている機関があるってことか。

月の明るい夜道を歩きながら、一妃は畳んだ日傘を振る。

「床辻は、昔から他の土地よりずっと危うい土地なんだよ。でもその分の知識の蓄積があって、今も抵抗できてるって感じ」

「抵抗って何に？　どうして最近日本中で街が消え始めたのか一妃は知ってるのか？」

昔から神隠しや怪奇事件は全国でもあっただろうけど、ここ最近のはさすがに規模が大きすぎる。世間でも「何かの前触れか」なんて話が多いんだ。

けど一妃は首を傾げただけだ。

「さあ？　多分周期的なものだと思うけど」

「いやいや、周期的に街が消えてたらやばいだろ」

「そう？　たとえばその周期が三千年ごととかだったら気づかなくない？」

「うわ……それ、嬉しくない当たり年だな。下手したら初回じゃん」

「初回限定になればいいね！」

「そもそも初回も来ないで欲しい……」

周期のスケールが大きすぎるし、みんなそんな時代に産まれたくないだろう。一妃は苦い顔の俺に笑って見せる。

「そういう個人じゃどうにもできない流れっていうものはやっぱり存在するよ。でも床辻は危ない時があっても、人から人へ情報を伝えることで消失の危機をしのいでこられたんだよね」

「それが禁忌の伝承か」

「そう。人間が生きていく上で破ってはいけないタブー。だから禁忌を信じない人間たちが怪奇に巻きこまれちゃうことがあるのは、カバーしきれないから仕方ないっていうのが監徒のスタンス。昨日、禁忌を知らないで閉じこめられた蒼汰くんみたいにね」

「あー」

やっぱりあの街に閉じこめられたのは、知らないうちに禁忌を侵していたからなのか。帰還者が少ない怪奇はこういうのがあるから困る。一応、後学のために聞いとこう。

「昨日のって、何の禁忌に引っかかってたか知ってる？」

「——【夜、電柱に貼ってある探し人を見かけても、読んではいけない】だよ」

「難易度が高い……。普通、『探してます』って貼り紙があったら読んじゃうだろ……」

子供ならなおさらだし、猫とか犬でも多分見ちゃう。

「ってことは、今まであの怪奇にはかなりの人数が捕まってたんじゃないか？」

「あ、そうでもないよ！」

溜息をつく俺の前に一妃は回りこんでくる。うお、危ない。急に軌道を変えないで欲しい。

俺はすんでのところで止まったけど、一妃はじゃれつく子犬みたいに激突してきた。ちょっと嬉しそうなのはなんなんだ。散歩中のマロ眉犬か。

「あのね、昨日の怪奇は昔一度監徒に封じられてるんだ！　それが緩んできて昨日が久しぶりの現出だったんじゃないかな」

「封じられてた？　そんな怪奇もあるのか」

インフラ整備の一環か。監徒も実は色々やっているんだな。

「あと蒼汰くんは、今までの積み重ねで怪奇に出会いやすくなってるから、そのせいもあるね。ほら、普通の人が一カ月に一回引くクジを蒼汰くんは毎日引いてる感じ？」

「そりゃ嬉しくないな……」

いやでも、記憶を買ってまで怪異を探してるんだから、嬉しいと言えば嬉しい……のか。

「周期にもいくつかあるから。大きい周期は多分、日本全国を襲ってるやつだね。小さい方は床辻だけの周期があるの。今はその二つが重なってるって感じ。記録を見ると床辻の方は四十年ぶりくらいかな。こんな風にたくさんの怪奇が顕在化してくるのは」

「四十年か……ぱっと想像つかないな」

もしかしたらその頃にできた禁忌とかもあるのかもしれない。昨日の「探し人」もちょうどその頃の日付だったたし。【迷い家】や監徒って結構歴史があるんだな。

一妃はくるくると畳んだ日傘を回して、夜の歩道を歩いていく。

「そんなだから、蒼汰くんは出会う怪奇には困らないと思うよー。どんどん行っちゃお！」

「ノリが軽い……」

「あ、でも情報を集めてるなら、会話ができる怪奇に絞りたかったりする？」

「いや、それは問わない。贅沢言える立場じゃないし」

本当は討伐数を稼ぎたいからなんだけど、一妃は別に疑問に思わなかったみたいで「ならよかった！」と笑顔になった。黙っているのちょっと心が痛む。

「なあ、どうしてそんなに付き合ってくれるんだ？　子供の頃のことがあるからか？」

怪奇からの保護って観点なら、俺のしようとしていることは保護範囲外のはずだ。自分から怪奇に向かっていくわけだし。それに「友達だから」っていう理由にしても、一妃の付き合いはよすぎる気がする。

「うん！　あの頃、私はたくさんいる蒼汰くんの友達の一人にすぎなかったんだろうけど」

一妃の紫がかった目がじっと俺を見つめる。その目に俺は吸いこまれそうな錯覚と、不思議な懐かしさを覚えた。

「蒼汰くんは、私にも私の友達にもまったく偏見を持ってなかったんだよね。普通に一緒にいてくれて友達だって言ってくれた。それがとても嬉しかったんだよ。だから蒼汰くんが危なくなることがあったら、今度は私が助けようってずっと思ってたの」

にっこりと笑う一妃は屈託がない。その笑顔を見ると、嬉しかったって言葉もきっと本当なんだろう。俺としては他の友達にするのと同じようにしただけだと思うんだけど、一妃にとっては印象的だったんだろうな。

「なんか……覚えてなくて悪いな」

「大丈夫。昔のことだしね。私が一方的に覚えてるだけだからいいの」

「俺は自分の薄情さがあんまりよくないんだけど」

でも確かに子供の頃遊んでいた全員の顔と名前を覚えているかって言われたら覚えてない。どこで何をしてたかとかは断片的に覚えているんだけど。

「ちなみに、一妃は花乃の体を戻せる心当たりってある？」

「んー、ちょっとわからないかな。ごめんね」

「そっか。いや、いいんだ」

これは仕方ない。むしろ「百体倒す」って目標があるんだから幸運な方だ。それに今まで怪奇から聞き出せた情報から察するに、花乃の体はこの街にある。それには正直安心している。『血汐事件』に類似した事件は全国で起こっているし、花乃の体もそんな風に持ち去られていたら追いきれない。だからあとは『どの怪奇が持っているか』で、それにあたるまで倒しながら探すだけだ。

俺はその後も一妃と雑談しながら通りを歩いていく。そのうちに三叉路が見えてきた。

床辻の山近くに位置するこの道は、朝同様人通りがない。多分、人の動線から微妙に外れているんだろう。ここを通る人間は東側と北側にある住宅地を行き来する人間くらいだ。鳥居の前には何もない。何の声も聞こえない。街灯の白色光が、すぐ隣の地面にぼんやりとした光の輪を投げかけている。

俺たち二人は、鳥居のすぐ前まで行って中を覗きこんだ。そこには小さな社がある。

「何を祀っているんだろうな。お稲荷さんって感じじゃないけど」

社の中を開けるのはさすがに躊躇われるな。最終手段だ。朝来た時と何が違うかと言ったら、白い饅頭が三つお供えされていることくらいか。誰かがあの後置いていったんだろう。

でもそれ以外は何も変わらない。謎の呼び声も白い肉塊もない。

「空振りかな。遭遇条件の禁忌があってそれを満たしてないのかも」

「平気だよ。私がいるし」

そう言いきって一妃は日傘を開く。昨日の夜も見た真白い日傘は、夜だけあってめちゃくちゃ目立つ。誰かが見たら一妃こそ怪談になりそう。

「すぐ動くと思うから、蒼汰くんも準備してね」

「準備って」

俺は言いながら背負っていた袋を下ろして呪刀を出す。

……大丈夫かな。街中で木刀振り回すにはちょっと早い時間だ。誰かに通報されたら補導されそうだし、むしろ今まで通報されなかったことが奇跡。

一妃は俺が呪刀を出すのを待って、開いた日傘の先端を社に向ける。

「いいこと教えてあげる、蒼汰くん」

『――いいこと教えてあげる』

ふっと記憶の断片がよぎる。子供の頃、どこかで誰かから同じ言葉を聞いたことがある。

もっと舌足らずな喋り方のあれは、誰が何を教えてくれたんだっけ。

一妃の、やけにクリアな声が聞こえる。

「この街の怪奇は……私の声を無視できない」

パリン、と硝子が割れるような音がどこからか響く。

部屋の明かりを一段暗くしたみたいに、周囲がふっと翳る。

「ほら、おいで。私が気づいてあげたよ」

場に一瞬の静寂が生まれる。

何者かの明らかな圧を感じる。のしかかるようなその気配に俺は視線を上げた。

「――っ！」

鳥居の上からはみ出ているもの。それはグレーティアの記憶でも見た白い肉塊だ。

ほぼ真下にいた俺は、反射的に一妃を抱えて跳び下がると鳥居から距離を取る。念のため更に下がったけど、肉塊は鳥居の上に鎮座しているままだ。

「なんだあれ」

記憶で見たのと同じ肉塊だけど、大きさが違う。小さめの軽自動車くらいだ。小さな鳥居の上から溢れたそれは、表面が濡れているみたいに光っている。重みに垂れた肉塊の一部が、ぽたりと地面に落ちた。そこから男の呼び声が聞こえる。

「……るーぁー」

低く太い声。直接耳の中に響いてくるような声は、聞いているとぞわぞわする。

「これは割と気持ち悪いな……」

「蒼汰くん、本当に怪奇を恐がらないよね」

「バスに轢かれそうな時は恐かったよ。他は気にしないように努力してるだけ」

「それを恐がってないって言うんだよ？」

でも気持ち悪いっていうのはまた別次元だ。濡れてぷるぷる震えている肉塊とか割と嫌だ。

鳥居の上の大きな塊からまた一塊が地面に落ちてくる。

「気味悪いけどせっかく一妃が呼んでくれたから聞いてみるか。——なあ、体だけ神隠しになった女の子の、体の方を知らないか？」

俺は声を張り上げて、滑舌に気をつけて尋ねる。怪奇はえてしして会話が成り立ちにくい。だから聞き間違えられないようにはっきりと。

けどそれに返ってきたのは、引き攣れたような声だ。

「ぁ……に……った……おぉ……らぁぃ、かぁ？」

ぶつ切れに聞こえるそれは——

「おうむ返しだね」

「会話ができないタイプか」

そもそも顔のない塊なのにどうやって話しているんだろうと思ったら、落ちた方の肉塊がぐねぐね動いて、そこに開いた穴を空気が通っているらしい。

一方、鳥居の上に乗っている大きい方は沈黙したままだ。よくあんなので鳥居に乗っていられるな。太った猫がフェンスの上に座っているみたいだ。いや、乗っていられてないから滴ってるのか。溢れた肉がまたぽたりと落ちて広がり——その中から、何かがゴロリとはみ出る。

「……え？」

薄白い街灯に照らされて見えるもの。それは血の気のない、人間の腕だ。

——ぞっと背筋が凍る。

まるで冷水につけてあったような青白い肌。肘から先だけの腕は間違いなく人間のものだ。死体かと思ったのは一瞬で、すぐに白い指がゆっくりと動き始めた。

「生きてる……？　怪奇じゃなくて人の手の形をした生物とかか？」

「怪奇を見に来てるんだから怪奇だと思うよー」

「肉感がありすぎるのが印象悪いのか」

いい加減なやり取りを一妃としている間に、他の落ちた肉塊も地面に広がる。その中から現れるのは人の手や足だ。最初に落ちた肉塊が、丸みを変えながら声に似た音を上げる。

「……たぁすぇて……」

「助けて？」

怪奇が「助けて」ってなんだ。助けて欲しいのはこれと出くわした人の方だろ。

「来るなぁぁ……帰ら……ないと」

まるでラジオのダイヤルをぐるぐる回しているみたいに言葉が変わる。地面の上に転がる腕や足が、ひとりでにずるずると動き始める。一妃が開いたままの日傘を自分の肩に載せた。

「集まろうとしてるみたいね。本体は上の大きい方だと思うけど」

鳥居の上の肉塊は動く様子がない。俺はその様子を警戒しながらゆっくりと近づき始めた。一妃が興味津々の顔で後ろをついてくる。鳥居の一メートル手前、上から落ちてくる肉塊がぎりぎりぶつからないところで止まると、俺たちは肉塊から出てきたものを観察した。

「両手と……両足、あとこれは……胴の左右、か？」

人間の体のパーツは、血も出ていないしやけに白い。まるでゴム製の部品が型から取り出されたところみたいだ。俺は注意しながらしゃがみこむと、うぞうぞと動く左足部分を覗きこむ。

「蒼汰くん、何か気になるところあるの？」

「念のため。花乃の左足は膝に傷痕が残ってるんだ」

「ああ、蒼太くんの犬に噛まれた痕みたいに？」

「その話はやめて」

一応確認したけど、この足にはそれがない。というか産毛とか毛穴とかもない。

「っていうか蒼太くん、これ男の足じゃないの？」

「本当だ。つるつるしてるから気づかなかった」

俺は呪刀の先で右足部分をそっとつついてみる。どんな感触かとも思ったけど、足は呪刀が触れた先からどろりと溶けてしまった。

「うわ、白い水溜まりになったぞ」

「固まりきってなかったのかな。焼き上がる前に引っくり返そうとしたみたいな」

「お好み焼きみたいに言うな」

これ他のもつついたら溶けちゃうんだろうか。声を上げていた肉塊が、ごろりと転がる。塊は、いつの間にか人間の頭部になっていた。

「よぉおこぉおお……」

「ヨウコ？」

どこかで覚えがある名前だ。その出所を思い出しかけた時、ふっと俺は視線を感じた。半ば反射的に上を向く。

「蒼太くん！　駄目！」

一妃の制止の声が聞こえた時にはもう、俺は頭上を仰いでいた。

鳥居の上にいる大きな肉塊。

そのはみ出た部分から大きな眼球が、じっと俺を見ている。

意識が、暗転する。

※

「そうたくん、いいこと、おしえてあげる」

舌足らずな、甘い声。

地面に石を並べていた俺は顔を上げる。花乃は俺たちから離れたところにしゃがんで、お姉さんと綺麗な石を選んでいる。空は薄曇りで今にも小雨が降り出しそうだ。

振り返った先にある木の揺り椅子、雨ざらしになって塗装の剥げかけたそこに誰がいるのか逆光になっていて見えない。でも子供の俺は、相手が分かっているようで当然のように返した。

「いいことって、なに？」

「このまちのこと」

ふふふ、と彼女は笑う。

そのままもったいぶられるのかと思いきや、彼女はすぐに教えてくれた。

「とこつじ、って、むかしは『とこよつじ』って、名前だったの」

「とこよつじ？」

「『とこよ』は『あのよ』ってこと。このまちは、あのよに、近いの」

「なんだそれ。ぜんぜんいいことじゃない」

期待外れにもほどがある。ぶっきらぼうに言う俺に、彼女は楽しそうに含み笑いをした。

「でも、へいきなの。だってこのまちには、かみさまがいるんだから」

「かみさま？」

俺の声は、疑っていることが明らかなものだ。

神様なんていいるわけない、そう言わんばかりの俺に、彼女は言う。

「わたし、知ってるのよ。このまちのかみさまを――」

そこで、記憶は途切れた。

※

小さな息の音が、間近で聞こえた気がした。

その音で俺は覚醒する。目を開けてすぐに見えたものは紫色の目だ。

「一妃（いちひ）」

「あ、ちゃんと意識が残ってる！　よかったー！」

軽く言われて俺は辺りを見回す。場所はさっきの鳥居の下。俺は地面に転がって一妃に膝枕されていた。見ると鳥居の上に大きな肉塊はもういない。

「さっきのはどうしたんだ？」

「奥の方に逃げてったよ」

「一妃が追い払ったのか？」

「ううん。多分私が気を失わなかったからだと思う」

体を起こしながら見てみると、周りに残っているのは白い水溜まりがいくつかだけだ。これらはさっきの手足の成れの果てだろう。俺は倒れる前のことを思い出す。

「鳥居の上のやつ、大きな目があった」

「あれは、ずっと見てると正気を失っちゃって戻れなくなるやつっぽいね」

「恐いこと言うなよ。あと、ありがとう」

立ち上がって足の泥を払う。幸い呪刀は持ったままだ。俺は地面に座っている一妃に手を差し伸べた。彼女が笑顔でその手を取ると、俺は細い体を立たせる。

「大体分かった。あれは成り代わり型の怪奇だと思う」

頭の中の断片を整理しながら、俺は一つの仮説を立てる。

「さっき転がってた頭が『ヨウコ』って呼んでただろ。俺が買った記憶の人も確かスマホに洋子って人からメッセージが来てたんだ。つまり洋子はその人の家族か誰かで、咄嗟に助けを求めた悲鳴ごと写し取られたんじゃないかなって。そうやって相手そっくりの体を作って、もし相手が正気を失ったなら成り代わる。最近ネットに『帰って来た奥さんが別人みたいだ』って書きこみがあったけど、これに出くわして成り代わられたんじゃないかな、と思う」

グレーティアに記憶を売った人は多分まだ入れ替わられてない。ぎりぎり正気を失わずに済んだんだろう。一妃は手袋をはめた指を顎にかける。

「でもさっきの様子だと、ほとんど泥人形だよ。中身がないから話もろくにできないと思う」

「うん。だからその奥さんも、『受け答えができない』って話だったんだよ」

社のお供えものの饅頭は今見ると溶けて広がっていた。つまりこれも小さな肉塊だったたってことか。社の右奥は、よく見ると草木を何かが押しつぶしたような道ができている。

「逃げてったのってこっち?」

「うん。もっちゃもっちゃ進んでったよ」

「そう聞くと大福みたいで和んじゃうな……」

俺は鞄から出したペンライトをつける。奥へ続く獣道へ踏み出した。

「よし、一妃は危ないからここで待ってろ」

「あれ、花乃ちゃんの体とは関係なさそうだけど行くの?」

「行く」

俺は床辻の怪奇を潰してかなきゃいけないし、そうでなくてもこの怪奇は放っておけない。

「なんで俺が入れ替わりと思ったかって、郷土資料に似た昔話があったんだよ」

それは床辻の山近い地域に伝わっていた昔話だ。

ある夫婦が、峠を越えて山向こうの集落へと出かけた帰り、山道の途中で「たすけてくれ」と呼ぶ声を聞いた。二人はおそるおそる声のする方へ森の中へと踏み入っていき
——そこで、とても気持ちの悪い何かを見た。

妻は気を失い、目が覚めた時にはもう夫の姿はなかった。辺りを探しても見つからず、まさか先に帰ったのかと妻は家に帰ったが、そこにも夫は戻っていなかった。

その翌日、夫はぼろぼろの着物を着て帰ってきた。

けれど夫は何を聞いてもまともに答えられず、夜になると近所の家畜を殺して食べてしまう。困り果てた妻が姑を呼んでみてもらったところ、「これはあの子じゃない。山に棲むものと入れ替わったんだ」と断定したので、妻は夫に似たそれを山へ返したという。

「つっこみどころが多い話だけど、確かに共通点は多いんだ。『何か』を見て気を失うところや、一日経って戻ってくるけど受け答えができないところとか。昔の話だから『山に返した』とかすごいことするな、って思うけど」

「いかにも昔話って感じがするよね。人間の不法放棄。時代的にいつまで許されるんだろ」

「いつでも許されねえよ」

つい真顔でつっこんでしまったけど、現代だとさすがに人間をポイ捨てするのは難しい、というか倫理的に駄目だろ。――ただ、昔話のそれは本当に人間だったのか。

「もし成り代わりが起きてるとして……家族がそんな風に自分の知らないところで失われてたら嫌だろ。本当の家族は、いつの間にか奪われてもう会えないってことじゃないか」

本物が死んでるんだとしたら、死に目にも会えないし遺体も戻らない。どうなったか分からないまま家族を失ってしまうってことだ。そんなことはあって欲しくないと俺は思う。

だから子供を行方不明にさせる怪奇も、これも野放しにはできない。

「花乃が元の体に戻っても、別の怪奇に捕まるなんてことになったら後悔してもしきれないからな。知っちゃった以上放置して帰るとか個人的にナシだ」

ただの高校生にできることなんてたかが知れているだろうけど、それでも何も知らない高校生よりできることはあると思う。

草の上をライトで照らしながら奥へ向かう俺に、ぽつりと一妃の声が聞こえてくる。

「……蒼汰くんは変わらないね。昔も言ってたよ。『見て見ぬふりして帰れない』って」

「え？　それも子供の頃の話か？」

だとしたら、きっと大したことない話だと思う。遊びの中とかの会話じゃないか。

一妃はくすりと笑うと小走りでついてくる。

「私も行くよ。二人いた方がいざって時安全でしょ」

「そりゃ助かるけど……。やばそうだったらすぐ戻れよ」

「だいじょーぶ！　しんがりは守るよ！」

「敗走前提なのか？」

　社の裏は雑木林だ。手入れもされてないし、人も立ち入らない。こんなところに入るのは虫大好き小学生か、死体を捨てに来た殺人犯くらいのものだろう。

　俺は一妃の足音を後ろに聞きながら、ふと気を失っていた時に見た夢を思い出す。

「そう言えばさっき子供の時の夢を見たよ。『いいこと教えてあげる』って言っていたの、あれお前だったのかな」

　子供の頃遊んだ一人。あれが一妃だったんだろうか。くすくすと後ろから笑い声が聞こえる。

「さあ、どうかな。子供の私ってかわいかった？」

　振り返ると一妃は期待に目を輝かせている。

「……顔が見えなかった」

「それ、私じゃないんじゃないかな……」

「今が充分に可愛いからいいだろ」

「え、え。そう？　な、ならよかった？」

　たちまち真っ赤になった一妃は、左手で自分の頬を押さえる。一妃は確かに綺麗な顔してるけど、こうやってころころ表情が変わるところの方が可愛いと思う。小さなことにも喜んでくれそう。でも、それはともかく確かにあの夢の子が一妃かどうかなんて分からないな。ただふっと連想しただけだ。俺は前を向き直すとぼんやりとしか思い出せない夢の内容を手繰る。

「ちなみに一妃には、お姉さんっていた？」

夢の中にいた大人で花乃と遊んでくれていた人。俺はその人を「お姉さん」だと思っていた。俺と話していたのが一妃なら、お姉さんは一妃の姉かもしれない。

「いたよ、昔は」

一妃の声は、曇りがないはずなのに少しだけ翳って聞こえた。俺は「まずいことを聞いた」と気づく。家族とそりがあわなくて一人でいるんだから、無遠慮に触れちゃまずかった。

「ごめん。無神経だったな」

「そんなことないよ。私の都合だし。っと、追いついた感じ？」

「みたいだ」

直系三メートルくらいの木のない広場、そこには妙な生臭さが充満している。大量の魚が打ち捨てられているような臭いだ。油断すると吐きそう。

「マスクしてくればよかった。一妃は平気か？」

「息を止めたり吐いたりしてるから大丈夫！」

「それ吸ってない」

月光が白く照らし出す広場の草は、上から重いものが押し付けられたみたいに根元から折れてしまっている。あちこちにはさっきと同じ白い肉塊が転がっていた。

たださっきと違うのは、その全部が中途半端な形の頭部だってことだ。

「ヒ、イヒヒ、ヒ」

「明日ァ、明日ァにィは」

男のものも女のものも混ざっている頭部はひそひそと声を上げている。これは怖い。自分の生活圏内で出会わなくてよかった。かろうじて怪しい鳥居の奥だから覚悟ができている。

広場の中央にはひときわ大きな肉塊が鎮座している。さっき鳥居の上にいたやつだろう。

俺はまた意識を失わないよう肉塊のすぐ下の地面に視線をあわせる。

「なんか大きいやつ形変わってないか?」

「あ、あれに似てるよ! 風船をねじって作るプードル」

「絶対違うだろ。さっきから無理矢理可愛い印象持たせるなよ」

白い肉塊をねじってプードルとかちょっと。どっちかというと気になるところは別にある。

「足ができているなら自分で動きそうだな。できるだけ見ないように対処しないと」

「蒼汰くんには心眼とかないの? 目を閉じてても戦えるとか」

「無理。普通の高校生をなんだと思ってるんだよ。武道の達人とかそういう設定ないから」

「でも怪奇に出会い過ぎて目は鍛えられてるし、その呪刀も使うほど強くなるタイプだからスタート地点からは結構レベルアップしてると思うよ。今、プレイして八時間くらいの感じ」

「一応言っとくけど八時間は割と序盤」

俺たちがそんなことを言っているうちに——気配が、動く。

不意に、肉塊が変じた白い犬が体を跳ね上げる。

正面から飛びかかってきたそれを、俺は反射的に呪刀で斬り上げようとした。

けど呪刀にのしかかってきたものはもっと重い、暴力的な力だ。

「ちょ、っと⁉」

さっきと同じ溶けるような感触を予想していた俺は、危うく押されて倒れそうになる。

けれどその時、俺の頭の横を通って日傘が突きこまれた。悲鳴を上げて白肉犬は飛び下がる。

「大丈夫？　蒼汰くん」

「あぶね……。助かった。ありがとう」

柔らかい相手に力を入れすぎても体勢が崩れるかなと思ったけど、固いのは予想外だった。

いや、固いっていうのとはちょっと違うな。重いゴムみたいな感じ。

「ちょい斬れそうにないな……。単純にでかい質量で来られると困る」

今まで固い怪奇ってあんまり出くわしてないんだよな。【禁祭事物】くらい。あれは最初壊そうと思ったけど、何をしても傷一つつかなかった。チタンでできているのかと思ったくらいだ。今回もあんまり駄目そうだったら、一時撤退して記憶屋に行って装備相談しないと。

ただそのためにも相手の性質をもう少し見極めたい。問題は目が合うと意識が飛ぶ。

そこまで考えて、俺はふとあることに気づいた。

「さっきから一妃はあれを見てるよな。俺にはプードル型かどうかも分からないんだけど」

「うん、見てるよ。私ってああいうの効かないんだ。正気が頑丈なの」

「正気が頑丈って表現初めて聞いた」

要するに精神攻撃耐性が高いのか。だとしたら大分話は変わってくる。俺が見られないところを一妃に見てもらえばいい。俺は視界の上隅に白く太い足をぼんやり捉えた。

「プードルの目は普通の位置についてる？」

「普通の位置かは自信ないけど、頭部正面に一つ」

「いきなり普通じゃない」

「あと胴体部分の左右に一つずつ、腹に一つかな」

「よくそれをプードルって言ったな……」

最初からプードルじゃなかったけど完全にプードル味が消えた。あとそんなに目があったら俺は絶対に直視できない。またぶっ倒れたら一妃が困る。

白い塊は俺たちの出方を窺っているようだ。向こうもこういう風にぶつかりあうのは得意じゃないのかもしれない。俺も家に突然木刀振るってくる人間があがりこんできたら困る。

「一妃、さっき傘で刺したのはどの辺？」

「頭部。目の隣」

「なるほど。突きは効くわけか」

なら試すだけ試してみよう。俺は一妃と小声で打ち合わせる。

そして、呪刀を両手で正面に構えた。

「じゃあ、やってみるか」

足元の草を確かめながら、俺は広場に踏み入る。

緊張しすぎはよくない。緊張しないのはもっと駄目だ。怪奇は心の弱いところを見せればそこを突いてくる。それは多分怪奇自体が正面のぶつかりあいにおいて、そう強力な存在じゃないからだ。だから怪奇は別方向から人間をのみこもうとする。不注意や、恐れを突いて、自分の領域に引きずりこもうとする。その対抗策として人の間に伝えられているのが禁忌だ。

「あいにくお前への対抗策は伝わってない。だから——正面突破だ」

攻撃が通る相手ならいけるはずだ。駄目だったら退いて火器を調達してくるけど、万が一火事になったら重罪だからここで決着をつけたい。

俺は斜め後ろにいる一妃の存在を感じながら、もう一歩距離を詰める。周囲に転がる頭から調子外れな声が聞こえる。

「か、えりた、いぃ」

「お母ァさァん、どぉしてぇ」

人間から写し取ったのだろうその声を、俺は意識の中から閉め出す。

視界の上端から白い足が消えた。

「蒼汰くん！」

一妃の声と同時に俺は左に跳ぶ。焦点をあわせないままの視界の中を、白く大きいものが通り過ぎて行った。その胴の只中に俺は呪刀を突きこむ。

白肉犬は、側面への攻撃に悲鳴を上げてよろめいた。

さっきよりも手ごたえはあったけど、でもやっぱりゴムを突いているみたいな反動だ。

だがこれで終わりじゃない。一妃が右手を振りかぶる。

「えい！」

軽い掛け声とともに投げられた石が白肉犬の頭に当たる。ぽん、と跳ね返ってくる石に一妃は悔しそうな顔になった。

「ずれた！　一生懸命狙ったのに！」

白い頬を膨らませて、それでも打ち合わせ通り彼女は続ける。

「あと五センチ下！」

「了解」

それだけ分かれば充分だ。犬自体が見えなくても、石がどんな軌道でどの辺に当たったかは分かる。俺は呪刀を右手に持ち替え、踏みこむ。そのままの勢いで、振り返ろうとする白肉犬の顔面中央に切っ先を突きこんだ。

今までと違う柔らかな感触。白肉犬がつんざくような悲鳴を上げて、上体を跳ね上げる。けど俺はそれに構わず、左手も添えると全身の力を込めて呪刀を押しこんだ。

ずぶずぶと、大きな眼球を貫いて呪刀は白肉犬の頭部に沈んでいく。

俺は目を閉じながら切っ先の向きを変えた。頭から腹の方へ呪刀に全身の重みをかける。

「このまま串刺しにしてやる」

そう呟いたその時、だが白肉犬は俺を振り払おうと大きく首を横に振った。

「くそ……！」

俺は飛ばされないよう必死で呪刀を握る。

ぶん、とまた首が逆に振られる。両足が浮き、それでも俺は呪刀に力を込めた。

「いい加減、諦めろ！」

白肉犬がぶん、と首を振り上げる。

投げられた時のような浮遊感。俺の体は宙に跳ね上げられる。

呪刀は摑んだままだ。だけどその手にべちゃりと白い液体が付着した。

肉塊が溶けた液体は俺の汗と混ざって、たちまち柄を握る指を滑らせる。

「蒼汰くん、危ない！」

呪刀が指を離れる。それと同時に俺の体は地面に叩きつけられた。咄嗟に受け身は取ったけど衝撃に息が詰まる。状況を把握したいけど目が開けられない。

間近に白肉犬の気配を感じる。相手も手負いだ。このままじゃやられるかもしれない。ただ目を開けたとして、先手を取れるかどうか。

——だが、今は賭けるしかない。

「逃げてろ、一妃！」

叫んで俺は目を開ける。確認するのはまず自分の体だ。

地面に座りこんでいる状態。両足は無事だ。呪刀はない。

足の間に踏み荒らされた草が見える。下を見たまま立ち上がろうとした時、ごろりと、足の間に、瞼のついた白い肉塊が転がってきた。

まずい。

目を背けようにも間に合わない。

それ以上に何故か目が逸らせない。開こうとする瞼から視線を動かせない。

ぬらりとした瞼がめくれ、大きな目が、俺の方を見る。

——あ、ああ
ああ、あああああ、

「そんなこ、と、をしても、お前は人には、戻れないよ？」

冷水のような一妃の声。

その言葉は、びくりと肉塊を震えさせ——そして俺を、正気に戻した。

「……っ、」

俺は立ち上がりながら肉塊を蹴る。嫌な弾力を返して肉塊は草の上を転がっていった。

その後を追うようによろめきながら駆け出す。うずくまる白肉犬の頭に呪刀は刺さったままだ。俺はそこに走りこむと、残る目を見ないようにしながら呪刀を蹴りつける。

「そろそろ消えろ!」

勢いをつけての衝撃に白肉犬の中で呪刀が跳ねた。声にならない悲鳴が上がる。

地面に倒れこむ肉塊を踏みながら、俺は呪刀を摑んだ。深く刺さった内側を抉るように上へ振り切る。みちみちと肉を引きちぎるような音がして、呪刀はついに白肉犬の頭部を両断した。

白い飛沫を上げて手元に戻った呪刀を、俺は即座に脇に引いて、今度は突く。

濡れた呪刀が胴の側面にある目を貫いた。そのまま反対側まで一気に貫通させる。

今度は悲鳴も上がらない。

呪刀を抜こうとした時、白肉犬は、パシャン、と軽い音を立てて溶け落ちた。

同時に周囲に転がっていた頭も全て白濁した水溜まりになる。静寂が戻ってくる夜の中で自分の心臓の音だけがうるさい。小さく息を吐いた途端、額から大量に汗が落ちてくる。

俺はゆっくりと辺りを見回して一妃を探す。

彼女は逃げないままそこにいた。白い日傘を差して広場の入口に立っていた。

「素敵」

一妃は俺を見て、美しい笑顔で微笑った。

※

「意外と怪我してないのな。ぼろぼろになったと思ったんだけど」

社に戻る小道を行きながら、俺は体を確かめる。あちこち擦り傷はあるし、打撲が痛いけど、骨が折れたり深い裂傷になってるところはない。てこずったにしては上出来だと思う。

後ろからついてきている一妃が、楽しそうな声を上げた。

「蒼汰くんはすごいよ。普通、準備なしで飛びこんで強引に押しきるとか無理じゃない？」

「俺も途中でかなり『やばい、ちゃんと準備して出直せばよかった』って思ったよ」

まさかでかいプードルと戦う羽目になるとは思わなかった。ああいう力でごり押ししてくる怪奇もいるんだな。以後気をつけよう。

「一妃は怪我なかった？」

「全然！　来た時より元気だよ！　ありがとう！」

「さすがにそれはフォローしすぎだと思う。こっちがありがとな」

一妃がいてくれたからなんとかなったし、それ以前にあんなぎりぎりの場面に人を連れて行くべきじゃなかった。けど一妃は機嫌よく畳んだ日傘を回す。

「私のことを気にしてくれるのが嬉しいの。だって何かあっても蒼汰くんは私のこと守ってくれるでしょう？」

「それは当たり前だろ？」

「当たり前って言葉は、強いけど狭いものだよ。特に蒼汰くんは」

難しいことを言われてしまった。つまり「君がそう思ってるだけだよ」ってやつかな。

でも他がどうでも自分がやることは変わらないし、反省して次に生かすだけだ。

これで倒した怪奇は十三体。――あと八十七か。先は遠いな。

鳥居が見えてくる。街灯の光に俺はほっとしてライトを下ろした。

「あー、動いたら腹減った……花乃にメッセージ入れたらコンビニ寄ってくか」

よく考えたら夕飯も食べてない。一妃もそうか。申し訳ない。彼女ははりきって手を挙げる。

「あ！　鍋焼きうどんなら作れるよ！　鍋焼きうどん得意！」

「突然の冬メニュー。今、六月なんだけど」

「私は週に一回は食べてるよ」

「まさか俺が知ってる鍋焼きうどんと違うのか？」

「食べると毎回、口の中を火傷するんだけど」

「同じだった。あと週一で火傷してたら常時火傷だ。冷まして食べよう」

「冷めちゃったらそれは鍋焼きうどんじゃないんだよ！」

「鍋焼きうどん過激派だ……」

「じゃ、材料買って帰ろうね！　布教のために全力を尽くしちゃうよ！」

恐い。マグマみたいな鍋焼きうどんを出されるんじゃないだろうか。

社の前を通り過ぎながら確認すると白い水溜まりは残ってない。俺は安心して鳥居をくぐる。

そして足を止めた。一妃が俺の背中にぶつかる。

「わひゃ」

「あ、ごめん」

謝りながら、俺は前から目を離さなかった。

車も通らない三叉路の真ん中に、二人の人間が立っている。

一人はスーツを着た若い女性。

もう一人は、制服を着た男子高校生だ。

二人が帰宅途中の通りすがりでないことは、車道の中央に並んで俺たちを見ていることから察しがつく。いや、夜に鳥居の中から出てきた俺たちの方が不審人物なんだけど。

ただ、なんか見覚えがあるんだよな……特に女性の方。

「知り合い？」

「えーと」

「――青己蒼汰くん」

彼女の声は、一妃が俺の名を呼ぶ声とはまったく違って氷みたいに聞こえた。

その温度が、俺に三年前の記憶を思い出させる。

「綾香の……お姉さん」

「久しぶりね、青己くん」

村倉家の長女。綾香の姉の沙那さんはおまけのようにそう言うと、本題を付け足す。

「私たちは『監徒』と呼ばれる者です。あなたのやっていることについて少し話をしたいの。一緒に来てくれるでしょう？」

高圧的でさえない、ただの確認。

その平坦な声音は、俺の両親の葬儀で聞いたのと同じものだった。

四――祟り柱

「お悔やみを申し上げます」

喪主の挨拶が終わってぼんやりしていた時、沙那さんは俺のところに来てそう言った。

郊外にある葬儀場は、参列客は多かったものの、みんなどこか何かを避けるような雰囲気があった。両親が突然の事故で亡くなった、ってせいかもしれないけど、当時の俺はとにかく目の前のことに追われていて、参列者の様子にまで気を配ることができなかった。

唯一の親族の伯父さんは来ないし、俺は中二で、市役所の人や警察の人が気にかけてくれたけど、ほとんどのことは自分で決めなきゃいけなかった。

花乃は萎れてしまったみたいに、口を利かなかった。

俺が花乃のクローゼットから探してきた黒いワンピースは、小学校の卒業式で着るために母が用意してあったものだと後から知った。そんなことに気づかないくらい、俺はいっぱいいっぱいだった。

家に帰って寝たいなとちらっと思った時、沙那さんがやってきた。

真っ黒いスーツに表情のない顔。隣では、綾香がべしょべしょに泣いていた。

俺より五歳だけ年上のはずの沙那さんは、ずっと大人に見えて、定型の挨拶をしてしまうと、ぽつりと付け足した。

「蒼汰くん、誰か知らない人が訪ねてきても、玄関を開けては駄目」

「え？」

そんなことを言われても、知らない人なんて普通に訪ねてくる。両親が亡くなった時も警察の人が来たんだ。宅配便の人だって毎回違う。

でも俺が混乱している間に、沙那さんは頭を下げると、葬儀場から出て行ってしまった。綾香が何度も振り返りながら姉の後を追っていく。

けれど俺は、沙那さんのその言葉を、あわただしい毎日ですっかり忘れてしまっていた。

※

沙那さんたちに連れられてやってきたのは、市内にある旅行会社のビルだ。駅裏にあるビルは、一階が店舗で二階から五階が事務所になっている。

俺はエレベーターを待つ間、そこにあった自販機で水のペットボトルを買うと、一本を一妃に渡してもう一本は自分で開けた。口をつけるとめちゃくちゃ水が染みる。思っていたより喉が渇いていたらしい。もう一口飲みながら花乃にメッセージを送る。エレベーターを待っていた沙那さんがそれを見咎めた。

「何をしてるの？」

「花乃に一言。遅くなるって連絡しないと、心配すると思うんで」

「ああ……」

沙那さんの顔が曇ったのは「咎めなくてもいいことを言ってしまった」と思ったからだろう。

沙那さんは家を出て独り暮らしをしているけど、おそらく花乃が不登校になったことを綾香から聞いて知っている。ただその表情からして『血汐事件』に花乃が巻きこまれたことまでは知らないみたいだ。今もまだ部屋に閉じこもって俺と暮らしていると思っているぽい。

　この人、割と不器用な印象なんだよな。優しいんだけど、厳しくて生真面目だから誤解されがち。綾香も一時期、沙那さんを苦手にしていた節があった。

　エレベーターの扉が開く。沙那さんは真っ先に乗りこみながら言った。

「今日は話をするだけだから。終わったら車で送るわ」

「ありがとうございます」

　もう一人の高校生は、俺の方を見もしないでエレベーターに乗りこむ。っていうかうちの制服だし見覚えがある。ちょうど今日、廊下から俺のことを見ていた男子生徒だ。まさかこんなところで再会するとは思わなかった。

　一妃は両手でペットボトルを持って、こくこくと水を飲んでいる。俺は彼女に耳打ちした。

「お前はついてきて大丈夫だったのか？　監徒と揉めたりしない？」

「うん。監徒は【迷い家】の存在は知ってるけど、私が主人だってことは知らないから」

ならよかった。確かに沙那さんには一妃のことを「友達です」って紹介したけど特につっこまれなかった。一妃も自分の素性を伏せていくつもりなんだろう。

エレベーターは五階で止まる。その先は明るいオフィスフロアになっていた。俺たちは沙那さんの先導で一番手前の部屋に入る。中は教室くらいの広さの会議室になっていた。と言っても会議机のあちこちには資料が積まれているし、壁際の資料棚にも本が乱雑に入っている。相当忙しいか、整理する人間がいないかのどっちかだろう。

最後に入って来た一妃がドアを閉める間に、沙那さんは壁に貼ってある地図の前に立った。

「まず言っておくのはあなたたちへの忠告。あなたたちがやっていることは、とても危ないことなの。その自覚はある？」

「あります。あと一妃は俺を助けてくれているだけで、責任があるのは俺の方です」

沙那さんたちがいきなり「監徒」って名乗ったってことは、「無駄な腹の探り合いはやめよう」ってことだ。だから俺も変に誤魔化すのはナシ。早く帰りたいし。一妃が巻き添えで一般人みたいに怒られるのはごめん、我慢してくれ。

「俺は市内の怪奇事件を探して回っています。でも俺は俺なりに目的があるし、危なすぎると思ったら退いているつもりです」

「そうでしょうね。私も言わなければいけないから言っただけ。ただ、今のこの街自体が刻一刻と危険になっているの。今日平気だった相手が、明日は手に負えなくなっているかもしれない、そんな状況。これ以上は関わらないことを勧めるわ」

「街自体が？」

一妃をちらりと見ると、彼女はドアのすぐ横の壁に寄りかかって口を挟む気はないって様子だ。男子生徒も同じ。俺はどう出るか迷って……とりあえず聞いてみる。

「今の、ってことは、いつもと違うってことですか」

「そうね。周期的なもの、と言えばいいかしら。一年前から少しずつ不安定になっている」

例の周期の話か。俺は一妃を見たが、一妃はぱっと笑顔になっただけだ。可愛いけど違う。

「一年前って『血汐事件』があってからですか？」

俺にとって全てが変わってしまったのがその時だ。学校が消えて花乃が体を失った。事故で両親を失った時よりもずっと衝撃的だった。あんなことが起こるなんて思ってもみなかった。

「『血汐事件』の後から不安定になったというのは事実ね。直接的な関係があるかは私たちでは分からないけれど。今はどんどんひどくなっているわ。昔封印されたはずの怪奇も目覚めたりしているようだし」

確かに一妃もあの昭和の街を「封印されていたのが緩んだ」って言っていた。街全体がそういう状況ってわけか。これであと八十七の怪奇を滅するって、相手には困らなそうだけど危険度は高そうだな。

「もちろん、あなたにも事情があるのは分かっているわ。察するに『血汐事件』でいなくなった人たちを探しているんでしょう？」

「…………」

「でも日本で起きている同類の事例で、残念ながら消えた人間を取り戻せたことはないの。今みたいな無茶をしていたら、いつかあなた自身が犠牲になる。最悪の場合、手伝ってくれているその子を巻きこんでね」

沙那さんはきっと善意で話してくれているんだと思う。言いにくいことをちゃんと俺のために言ってくれている。

でもだからって簡単には諦められない。花乃は消えてしまった俺の友達たちとは違う。頭だけでもまだ生きている。取り戻せないことはないはずだ。

「と言っても、私の言うことに強制力なんてないわ。さっきも言ったけどただの忠告。だから本題はここから」

「なんでしょうか」

「あなたたちが遭遇した怪奇の場所を教えて欲しいの」

沙那さんは壁に貼ってある地図を指さす。そこには既に赤いピンがいくつも打たれていた。なんか連続殺人の現場をチェックしているみたいだ。

「もちろん情報に見合うだけのお礼はします。本当は、あなたと花乃ちゃんが床辻から引っ越して新天地で暮らし始めるための援助も考えていたのだけれど」

「今のところはまだ、引っ越すつもりはありません」

「ええ。だから金銭でのお礼を考えています」

「意外にストレートですね」

「お金は大事よ」

「それはそう思います」

本当に、お金は大事。自由が増えるし選択肢も増える。両親と伯父さんに感謝だ。

けど他にも重要なものはある。

「お金より、監徒が持っている市内の神隠しの情報が知りたいです。過去の分まで全部」

その中に花乃の体を見つける手がかりがあったら、俺も怪奇を潰し続けなくてよくなるかもしれない。そうでなくてもまだ知らない怪奇の情報は欲しい。

沙那さんは俺の要求を聞いても驚かなかった。言いそうだなって思っていたんだろう。

「あなたが求めているものは、その中になくても？」

「だとしても、自分で確認したいんです」

「——関わらない方がいいと思いますよ」

口を挟んできたのは今まで黙っていた男子だ。窓際に立っている彼はよく通る声で言う。

「青己先輩が調べている『血汐事件』は、他の禁忌とは性質が違います。あなたは確か、遅刻して事件を免れたんですよね。それは辛いけど幸運なことだし、免れた時点でもう部外者です。これ以上はもう関わらない方がいいです」

「部外者？」

思わず声に険が混ざる。

いや違う。喧嘩をしたいわけじゃないんだ。相手にもそのつもりはない。向こうは花乃のことを知らないんだ。そして俺は今のところ花乃のことを明かす気はない。

ただ……被害者家族が部外者なら、被害にあった人間を誰が助けるっていうんだ。

「忠告ありがとう。えーと、同じ高校だよな」

「一年の加月です。青己先輩」

「そっか。よろしく」

俺が挨拶すると、加月くんは更に複雑そうな顔になる。うーん、彼も優しい人なんだろうな。

俺が事情を伏せて我を張っているの、ちょっとだけ申し訳ない。

「俺の持っている情報は教える。だからそっちの持っている情報が欲しい。それ次第で、俺も必要以上に怪奇に深入りしなくて済むかもしれないから。まずいと思ったらそこで手を引く。

──これでどうですか、沙那さん」

「そうね……無難な落としどころでしょうね。分かったわ」

沙那さんは本棚に歩み寄ると、そこから何冊かファイルを取り出して会議机に置く。

「はい、これが神隠し系の資料。持ち出しはできないから、この場で目を通していって」

「ありがとうございます」

ファイルを手に取ってパラパラとめくると、新聞記事のコピーや人の証言メモに混ざって監徒がまとめたらしい紙が入っている。大体一件につきA４一枚ずつだ。

そこまでを確認すると、俺は先に地図へ向かった。加月(かつき)くんがピンの入った小箱を渡してくれる。その中から赤いピンを取りつつ、俺は聞いた。

「怪奇の種類とか詳細はどこに書けばいいですか？」

「それはなくていいわ。場所だけ知りたいの」

「分かりました」

詳細はなくていいって変わっている。俺の勘違いとかだったらどうするんだろう。母数が多かったら多少の間違いは誤差のうちなんだろうか。

俺は一つ一つ思い起こしながら地図にピンを打っていく。うーん、これ一妃(いちひ)だったら手が届かないところが結構ありそうだ。

「こんな感じですね」

「……ありがとう」

沙那(さな)さんの返事にはちょっと間があった。その理由を俺は一歩下がって理解する。

「――偏ってる」

床辻市内の地図。その赤いピンの七割近くが街の東部に集まっている。

真東を中心にはみ出るように市街地まで。もちろん、他の区域に打たれているピンもあるけど、東に集中しているのは事実だ。腰に手を当てて立つ沙那さんは、小さな溜息をついた。

「これが知りたかったの」

「東の山に怪奇発生装置でもあるんですか？」

「──怪奇発生装置か。面白い言い方だのう」

声はすぐ左隣から聞こえた。

俺は反射的に右に跳んで距離を取る。いつの間にかそこには、十歳くらいの女の子が立っていた。女の子……だよな？　声がそうだし。

沙那さんがぎょっとした顔になる。加月くんが見る間に青ざめた。

現れた女の子はショートカットの頭に黒いキャスケットをかぶり、同色のショートパンツをサスペンダーで吊っている。白いシャツと革靴まであわせて見ると、古い推理小説に出てくる少年探偵みたいだ。って……なんか既視感があるな、この格好。どこで見たんだったか。

彼女は腕組みをして地図を見上げる。

「呼び起こされた溢れ者どもの位置から、《祟り柱》のあたりをつけようというのか。相変わらずお前たちはこざかしい」

嘲るようにそう言って女の子は俺を見る。え、なんなんだ。誰かも分からないし、何を言っているかも分からない。ついていけてないのは俺だけか？

　そんな気持ちが表情に出ていたのか、彼女はにやりと笑う。

「なんだ、おぬし。妾のことを忘れたか？」

「あー……やっぱり前に会ったことある？　思い出せてなくてごめん」

「おぬしは妾の話を聞かずに道の蓋を開けたぞ」

「道の蓋？　あ、側溝か！」

　思い出した！　側溝にビー玉落とした子だ！　変わった喋り方をするな、と思ったからうっすら印象に残っていた。

　それにあの日は『血汐事件』があった日だ。警察に家を出てからどうして遅刻したのか、何回も聞かれたから覚えている。なのに言われるまで忘れていたってのは申し訳ないけど。

「あの、もしかして夏宮さま……で、いらっしゃいますか」

　沙那さんがおそるおそるといった感じで尋ねる。やっぱり関係者なんだろうか。見ると加月くんは硬直していて、一妃は壁に寄りかかったまま俺を見ていた。さすがマイペース一妃。

　夏宮って呼ばれた女の子は、俺から視線を外して沙那さんを見る。

「まさか、妾のことを疑っているのではないかと思ったから来てやったのだ。だが最低限には働かせる頭があったようで何よりだ」

「夏宮さま、やはり《祟り柱》が生じつつあるのですか」

「白々しいことを抜かすな。おぬしらもそう疑ったからこそ、どの方角が危ういかを確かめようとしたのだろう？　妾も同列に疑われたことは業腹だが、正解に辿り着いたなら責めはすまい。人間が愚かであることは、よく知っているからのう」

この子……服装も変わっているけど、言葉遣いはもっと時代がかってる。

というか、話の内容から察するに──

「人間じゃない？」

「なんだ。ぬし、妾が誰かも知らぬのか？」

「あ、青己くん、その方は……」

げ、これやばいやつか。監徒の沙那さんがこういう反応ってことはつまり、人外でもかなり上の存在ってことだ。確かに一年前に会った時も、ぱっと消えたり変だったけど。

でも床辻で怪奇より上のものがいるとしたら──

『いいこと、おしえてあげる。このまちには──』

「ひょっとして、神様？」

口をついて出た言葉。子供の頃のぼんやりした記憶から引きずって来たそれは、夏宮さんの目を丸くさせた。視界の端で一妃がふてくされた顔になる。え、なんなんだその顔。

反対に夏宮さんは声を上げて笑い出した。彼女は笑い過ぎて涙がにじんだ目を指で拭う。

「よい勘だ。さてはぬし、神社の本殿に忍びこんだことがあるな？」

「え、ないよ……」

それは子供の悪戯だとしても、ちょっとまずいラインを越えていると思う。この街ならなおさらだ。夏宮さんは「そうか？」と笑う。

「なら妾が親切で教えてやろう。床辻の全ての神社に神はいないのだ。社はただの空っぽだ。そこにあるべき神は失われて久しく――代わりに、妾たちがいる」

「神が失われている？」

それってどういう意味なんだ。夏宮さんの向こうでは、沙那さんが苦い顔をしているのが見える。沙那さんは俺と目が合うと恐る恐る切り出した。

「夏宮さま、その少年はたまたま来ただけの部外者でして」

「知るか。足跡付だ。今のこの時期にちょうどいい人材ではないか？」

「……彼は違います」

「そんなものはぬしらの都合だ。前回もその都合とやらを押し通したからこそ、今のようなことになっているのだろう」

夏宮さんの指摘に沙那さんは押し黙った。謎しかない女の子はアーモンド形の目を細める。

「さあ、分かったなら急げ。誰が堕ちつつあるか分かっても、間に合わないのでは意味がない。

せっかく場所を割り出しても……そろそろ動き出すぞ？」

「な……！」

監徒二人の顔に緊張が走る。

でも俺は言われた通り正真正銘部外者なので、何の話をしているのか分からない。ただ聞ける空気でもないから大人しく待とう。というか、さっきのファイル読んで待っていようか。

俺がそーっと動きかけた時、一妃が壁から体を起こした。夏宮さんがそれを見て眉根を寄せる。同時に外からコンコンとドアが叩かれた。

「――お姉ちゃん、今ちょっといいですか」

「綾香!?」

沙那さんがぎょっとした顔になる。それは俺もよく知る幼馴染の声だ。

「綾香も監徒なんですか」

それは全然気づかなかった。だが、沙那さんは愕然とした顔でかぶりを振る。

「違うわ……。綾香は本当に何も知らないの。私のこともこの街のことも……。なのにどうしてここに」

あ、そうなのか。確かに俺も沙那さんは役所勤めだって綾香から聞いていた気がする。でもじゃあなんで綾香はここに来たんだろう。ドアの向こうから、のんびりした声が尋ねる。

「お姉ちゃん？　まだお仕事終わってないんですか？　ちょっと困ったことになったので、相談したいんですけど」

「ちょ、ちょっと待って」

沙那さんがあわてながらも動きだしたところで、夏宮さんがドアを見て笑う。

「さて、では人間らしく過ち足掻くといい。妾が継いだ役目に、互いへの干渉は含まれていないのだからな」

ドアに向かいかけていた沙那さんが、びくりと動きを止める。

一方、夏宮さんはふっと消えてしまった。うん、本当に消えた。人間じゃなかった。

あの側溝前で会った時もこんな風にいなくなったんだな。そりゃ見失う。

「お姉ちゃーん、どうしたのー？」

「沙那さん？」

どうしたのか沙那さんは動かない。でもあんまり綾香を待たせても悪い気がする。

「俺が出ましょうか？」

「ダメー」

返事をしたのは何故か一妃だ。一妃は両手を広げてドアの前に立ちふさがる。

そしてドアの向こうはまるでそれが聞こえたみたいに、しんと静まり返った。

「……何だ？」

嫌な感じがする。それを感じたのは俺だけじゃないらしい。加月くんが顔を顰めて言う。

「青己（あおき）先輩、ちょっと様子がおかしいですよ。綾香（あやか）さんに連絡取れます？」

「電話してみる」

スマホの電話帳から綾香（あやか）を探してかける。呼び出し音が鳴り始めたけど、ドアの向こうからは何も聞こえない。そのまましばらく待ってみると、のんびりとした声が返ってきた。

『蒼汰（そうた）さん？　どうかしました？』

ドアの外は静かなままだ。俺は加月（かつき）くんに目配せする。

「あー……綾香（あやか）、今どこにいる？」

『今？　塾ですけど』

「そっか。いや、なんでもない。あとでメールするよ」

通話を切ってから、俺は沙那（さな）さんと加月（かつき）くんに言う。

「綾香（あやか）は塾にいます。外にいるのは別人です。別人っていうか……怪奇？」

うわー、これ俺一人だったら出ちゃってたな。だって綾香（あやか）の声にしか聞こえない。

「一妃（いちひ）、危ないからこっち来てろ」

ドアの向こうにいるのは人間じゃない。俺が手招くと一妃（いちひ）は「はーい」と言って素直に駆けてきた。沙那（さな）さんはそこでようやく硬直から逃れると、片手で青ざめた顔を覆った。

「夏宮さまが『干渉しない』と仰（おっしゃ）ったなら、それは相手があの方と同格だということなの」

「同格？　今、ドアの向こうにいるのがですか？」

「ええ。夏宮さまは、床辻の東西南北に据えられた四人の地柱……いわゆる守り神ね、そのお一人なの。彼らが不可侵だと線を引いているのは、他の三人の地柱に対してだわ」

「守り神って……まじですか」

本当にあの子は神様だったのか。ってか神様に会えたなら花乃のこと聞けばよかった。もったいないことした。次会ったら絶対聞こう。

俺が内心で悔しがっている間に、加月くんが顔を顰める。

「つまり、今そこにいるのは《祟り柱》ってことですか」

あ、それさっき聞いた謎の単語だ。沙那さんはどんよりした顔で首を横に振る。

「さすがに《祟り柱》本人が来ているとは思いたくないけど、分体か何かの可能性はあるわ。下の階からは何の異変も感じないけれど、ここはビルの正面ドアを通らなくても外階段を使えば直接来られるから」

「ああ、扉は中の人間の許可がないと通れないはず、ってやつですか」

俺が言うと沙那さんは頷く。実際その種の怪奇は多いし、禁忌の中にも「返事をするな」って類は多い。でも不意打ちされるとやばいってことは今、身に染みた。

で問題は、ここからどうするかってことなんだろうけど。

「開けて応戦しますか？」

「青己くん、あなた今までそんなことしてたの？」

「してました」

「このまま反応しなければ帰ってくれるとは思うわ」

なんかさらっと流された。けど相手が守り神みたいなものだったらさすがに応戦はまずいか。避けられるものは避けろっていうのが床辻のルールだ。

俺は時計を見る。時間はそろそろ二十一時だ。

「籠城戦ですか。牡丹灯籠みたいですね」

「青己くんは牡丹灯籠のラストを知っていてそんなことを言うのかしら」

「窓から外に降りるって手もありますよ」

俺は窓に寄ると外を見下ろす。昨日閉じこめられた時と違って外は普通だ。通行人もいる。ビルの外壁には足をかけられるところもあるから、頑張れば降りられなくもないだろう。一妃は俺が背負った方がいいな。けど加月くんが軽く手を挙げる。

「青己先輩、僕はそこから降りるのは無理です。途中で落ちます」

「やっぱ難しいか。でも火事の時困るから、避難はしごとか置いといた方がいいと思う」

「上に申請しとくわ」

監徒って会社みたいな形態なんだろうか。それにしてもドアの外は静かだ。

「ひょっとして、いなくなったんですかね」

そんなことを俺が言った直後、もう一度ドアがノックされた。

綾香の声じゃない、別の声が言う。

「――お兄ちゃん、そこにいるの？」

俺は、膝から崩れ落ちそうになった。

「花乃……？」

息に困ることもない、明瞭な妹の声。

それは俺がずっと探しているものだ。花乃の、なくなった、体。

元に戻った妹が俺を呼ぶ言葉。沙那さんが厳しい声で俺に言う。

「青己くん、違うわ。本物の花乃ちゃんは家にいるんでしょう？」

「……そうです」

花乃は家にいる。そして今の花乃はこんな風に俺を呼べない。

「お兄ちゃん、大丈夫だから開けて」

「悪趣味すぎんだろ……」

久しぶりに聞くはっきりとした妹の声に俺は深い溜息をつく。一妃が俺の袖を引っ張った。

「どうする？　開けてぶん殴っちゃう？」

「そうしたいのは山々だけど、我慢する」

「あなたたち、さっきの私の忠告聞いてなかったのかしら」

沙那さんが引き気味だけど仕方ない。それくらい思いきりがないと、木刀持って街を徘徊とかできない。俺はスマホを取り出す。

「とりあえず、本物の花乃に連絡します。もうちょい遅くなるって」

「花乃ちゃんの夕飯は平気？」

「家に色々あるから平気です」

　こんなことなら家で一人にさせるんじゃなくて記憶屋で留守番してもらっていればよかった。

俺はメッセージを送信し終えると、神隠しのファイルを手に取る。

「ちょうどいいんで、これ読ませてもらっています」

　どっちみち持ち出し禁止の資料なんだから、閉じこめられてる今のうちに読んでおこう。

　ファイルを開こうとした俺に、沙那さんは言う。

「青己くん、あなたが怪奇に接触して回っているのは、『血汐事件』でいなくなった人たちを探しているから、でいいのよね」

「そうですね。そう思ってもらっていいです」

　正直、こうやって聞かれると自分の薄情さを思い知ったりもする。『血汐事件』でいなくなったやつらには仲良かった人間がたくさんいたんだ。いいやつも、そうでないやつもいた。子供の頃から一緒だったやつもいる。

　でも実のところ、俺は皆を取り戻すことを諦めている。あの血の海を見た時に「失われてしまった」と感じた。あの事件で失われていないと思っているのは花乃についてだけで……俺のそんな歪さを見ているから、花乃は淋しそうなのかもしれない。

沙那さんは、俺の返事を聞いて頷くと椅子を示した。

「なら座って。あなたが『血汐事件』について知りたいなら、ちょうど閉じこめられているわけだし説明するわ。あれが他の現象とは種を異にするってことも」

それを聞いて加月くんが眉根を寄せる。

「村倉さん、それはまずいんじゃ。青己先輩はせっかく部外者なんですよ」

「そうね。でも青己くんは放っといても危ないものにつっこんでいきそうだし、足跡付らしいから。この機会に知っておいた方が安全かもしれないわ」

沙那さんの言葉に、加月くんも仕方ないと思ったみたいだ。苦い顔のまま引き下がる。

一方俺は言われた通り座ると、気になっていたことを尋ねた。

「足跡付ってさっきの神様も言ってましたよね。何のことですか」

確か『血汐事件』が起きた朝、夏宮さんと会った時も言われた気がするけど、その時もなんだか分からなかったんだ。監徒だけに通じる秘密だったら教えてくれないかも、と思ったけど、沙那さんはあっさり答えてくれる。

「子供の頃に地柱の誰かと接触して、その力を浴びたことがある人間のことよ。人によってはちょっと特異な力に目覚めたりもする。そこにいる加月くんもそうよ」

「僕の家は昔から監徒に属しているんで。強制ですね」

少しだけ煩わしそうに加月くんは言う。彼はあんまり自分の家のことをよく思ってないみたいだ。というか「足跡付」ってそういう意味だったのか……。

「俺、全然心当たりがないんですけど」

「でも青已先輩、部活の助っ人とかやっているの見てるとちょっと身体能力おかしいですよね。足の速さとか腕力とか。あれ足跡付だからじゃないかって僕は思ってましたけど」

「まじで？　毎日鍛えてるからだと思ってたよ」

「それは努力を信じすぎです」

身も蓋もなく言われた。自分の力だと思っていたのに割とショックだ。隣に座った一妃が励ましてくれる。

「鍛えてることもちゃんと身になってるよ！　大丈夫大丈夫！」

「ありがとな……これからも頑張るよ」

それにしても、俺って本当子供の頃の記憶が曖昧なんだな。一妃と遊んでいたことも地柱と出会ったことも覚えてない。いや、その地柱が夏宮さんみたいに普通の子供みたいだったら分かんない自信あるけど。

「それで、『血汐事件』について話を戻してもいいかしら」

沙那さんに言われて俺は居住まいを正す。加月くんも席に着くと沙那さんは話を始めた。

「飲み物はあるし、楽にして聞いてね。――まず、さっき夏宮さまが仰ったことなんだけど、この床辻には本来いるべき土着神がいないの」

「神社が空っぽってやつですか？　でも夏宮さんは守り神みたいなものなんですよね」

「そう。大事なのは、床辻において土着神と地柱は違うものを指しているってことなの。土着神は、古くから土地に棲む神。人を守ることもあれば祟ることもある荒ぶる神なの。床辻にも昔はこの土着神が一体いたわ」

　昔ってどれくらい昔の話なんだろう。俺が調べた郷土資料には土着神の話なんてなかった。不思議に思ったのが表情に出ていたのか、沙那さんが苦笑する。

「名前も記録に残っていない神よ。残すことを避けたというか……残せなかった、の方が正しいかしら」

「何かあったんですか？」

「ええ。床辻の土着神はずっと昔、江戸時代の前には失われてしまったの。その代わりに生まれたのが……四人の地柱」

　沙那さんの口ぶりが少し自嘲気味に聞こえるのは気のせいだろうか。あとちょっと引っかかるのは、土着神は「一体」って言ったのに地柱は「四人」なところ。その辺、違うものだからわざわざ分けているんだろうか。

「守り神は、確か東西南北って言ってましたよね」

「そうね。夏宮さまは南。床辻にはあと三人、地柱がいる。ただこの四人の地柱は失われた土着神の力を四分割して継いだ形なの。その分不完全なところがあって……周期的に、不安定な状態がやってくる」

　それは一妃(いちひ)が言っていたやつだな。大きい周期と床辻だけの小さい周期があって、ちょうどその二つが重なっているんじゃないかって。

「不安定な状態って、《祟(たた)り柱》っていうのがそれですか」

「察しがよくて助かるわ。地柱が周期を迎えて不安定になると《祟(たた)り柱》に変じるの。具体的には元の力の持ち主である土着神の性質に引きずられて荒ぶるようになる。周囲に力を撒(ま)き散らかして新しい禁忌を生み出したり、封じられたはずの禁忌を呼び起こしたりする」

「ああ、それで怪奇事件が増えるんですか」

「ええ。さっきあなたに場所を聞いたのは、怪奇の発生場所を調べることで東西南北のどの地柱が周期を迎えたのか割り出そうとしたの」

「理解しました」

　夏宮さんが「こざかしい」って言っていたのはそれか。自分も《祟(たた)り柱》の容疑者だと思われていたから警告に来たんだ。つまり南の夏宮さんは違うし、地図は明らかに——

「東ですか」

「そのようね。あまり放っておくと《祟(たた)り柱》自身が動き出して人に害を為(な)すようになる。もうあまり時間はないわ」

「実際、ドアの外になんか来てますしね」

今は静かだけど、ひしひしと嫌な気配を感じるんだよな。圧力というか誰かがそこに立っている感じがする。これはトイレに行きたくなる前にいなくなってくれるとありがたい。

「今の状況は分かりましたが、その周期が来たらどうするんですか？　過ぎるのを待つって感じですか？」

「いいえ。儀式を行って《祟り柱》をもとの安定した守り神に戻すのが監徒の役目。監徒がすべきことは、突き詰めるとそれだけなの」

「街で起きている怪奇事件の解決は監徒の仕事じゃない、ってやつですね」

俺の念押しに沙那さんは苦い顔になる。

ここまで俺が監徒に出会わなかった理由がこれだ。一妃が言っていた通り、監徒は一つ一つの怪奇に関わっていない。その大元を対策するのが本業なんだろう。

沙那さんは重い溜息をついた。

「怪奇の全てを何とかできるのならその方がいいのだけれど。監徒が擁している人員は三十年前に比べて半減しているの。個々の事件の対処に回って、肝心の時に戦力が足りないってことにならないようにというのが、情けないけど正直なところ。その分、事前に防ごうとはしてるし、危険度の高い怪奇には討伐も出しているけれど。全部は対処しきれていないわね」

「戦力ってことは、監徒の人は怪奇と戦えるんですね」

俺が何とか怪奇を潰せているんだから専門の人間はもっとうまくやれるんじゃ、とは思ったけどやっぱりか。沙那さんは口元だけで笑って見せる。

「《祟り柱》の儀式にはどうしても戦闘が伴ってしまうから、事務方の人間以外は怪奇に対応できるわね。ただ監徒に所属している人間を徒人って言うんだけど……私や加月くんはメンタル寄りの徒人。で、フィジカル寄りの徒人の方が強いわ。対応できる幅が広いから」

「あー、そういうのがあるんですね」

そういえば俺も記憶屋で怜央に聞いたことある。怪奇には大きくわけて「実体がなくて精神作用が強いもの」と「実体があって物理的な力を行使してくるもの」の二種類があるって。

ほとんどは前者で、俺はそういう「実体がないもの」に触れるために記憶屋から武器を借りている。でも無能力者だからやっぱり精神攻撃に弱かったりするんだよな。さっきも謎の目玉を見て昏倒しちゃったし。そういう点ではメンタル寄りで戦える人間はいいなって思うんだけど、こういうのってたいてい先天的な素質だ。花乃とかグレーティアとか、陣内もそうかも。

多分、一妃も同じ。

ただ沙那さんがそうだっていうのは気づかなかったな。同じ血筋の綾香の方はまったく見えないっぽいし。ああでも兄妹で違うのは俺と花乃もそうか。

俺は聞いた中で気になったところを尋ねる。

「事件を事前に防ぐってどうやるんですか。怪奇を発生させないとかできるんですか」

「それは無理。主には警告と見回りね。禁忌の情報を流して注意を促したり、おかしな情報が入ってくれば見に行く。あなたと同じだわ」

「じゃあ、さっき俺たちと三叉路で出くわしたのも……」

「あそこで行方不明者が出たって情報があったから。それだけじゃなくて、怪奇周りであなたの目撃条件が複数上がったからって理由もあるけど」

そこで加月くんがスマホを弄りながら口を挟む。

「青己先輩があそこで怪奇を消滅させなかったら、あの三叉路は明日には『工事中につき迂回』って看板が置かれてましたよ」

「ひょっとして最近やけに道路工事が多いのって、そのせいなのか！」

言われてみれば、市内地図にもともと打たれていた赤いピンは、工事中の場所と一致している。監徒はああやって怪奇を隔離していたのか……。

「ということは、工事現場に行けば怪奇に遭遇できる……？」

「そういうことを言い出すと思ったから！　先に大事なことを教えておくわ！」

沙那さんに怒られた。今のは口に出したのが失敗だった。

でも話としてはここからが本番のはずだ。『血汐事件』について、まだ何も聞いてない。

沙那さんは平静な声に戻ると続ける。

「床辻に起きる異変のほとんどは、《祟り柱》か怪奇が原因のもの。床辻に伝わる多くの禁忌もそれを警告している。――けど、一つだけ毛色が違う禁忌があるの」

「それってもしかして……」

「そう。【白線】よ」


【もし、何かの入口に白線が引かれていたなら、その先に入ってはいけない】


床辻に伝わる古い禁忌の一つ。

俺が『血汐事件』の時に目の当たりにしたものもそれだ。血塗れだった昇降口の手前に引かれていた線の白さを、今でもまざまざと思い出せる。

「床辻で起きている《祟り柱》と怪奇由来の異変は、いわば正常な状態の裏返し。オセロの白と黒で、この街はその盤上。――でも【白線】だけは違う」

沙那さんは机の上に転がっていたペンを手に取る。

そしてそのペンを立てると、真っ直ぐに机に突き立てた。ガチン、と固い音が鳴る。

「あれは、まったく別の場所からの介入。盤上に開けられる穴のようなものなの」

「別の場所？　それってどこですか？」

これは花乃の体の在りかに関係する話だろうか。

思わず身を乗り出した俺に、沙那さんは一瞬、気の毒そうな目を向ける。

けど彼女はその視線をすぐに机の上へ逸らした。

「別の場所がどこなのかは分かってないの。別の世界、って言った方がいいかも。古い記録では『異郷』って呼ばれているわ。その『異郷』がこちら側に浸食してきた時に、浸食範囲の外周に【白線】が生まれる」

白線は、誰が引くわけでもなく生じる。

別の世界とこの世界が接触した時に、その外縁に線が引かれる。

「だから【白線】が生じた時には、もうその先は手遅れなの。今まで浸食範囲内に居合わせて助かった人間はいないわ。あの禁忌が言い伝えられている理由は単に、浸食中に踏み入って巻きこまれる犠牲者を少しでも減らそうって意味しかない。残念だけれどね」

加月くんの、疲れたような溜息が聞こえる。

「要するに、青己先輩が調べている『血汐事件』は、普通の神隠しとは違うんです。『異郷』に連れ去られていたとしたら、もう戻らない。少なくともこっちから向こう側へアクセスする手段が見つかってないんです」

「それは……」

花乃の体は異世界に持ち去られて、もう取り戻せない、ってことなんだろうか。

首だけになっても花乃はまだ生きていて、話もできるのに、元には戻らない。

視界が一段暗くなる。俺は何も言えないまま自分の膝を見る。

そこに置いたままの手に、そっと白い手が重ねられた。横を見ると一妃は微笑む。

「大丈夫だよ」

それは、あの日俺自身が花乃にかけた言葉と同じだ。

血溜まりの中で、首だけになってしまった妹に約束したこと。

だから俺はまだ、諦めるわけにはいかない。

そのためにも糸口が必要なんだ。考えなきゃいけない。何か、何か見落としはないか——

「……沙那さん」

「何かしら」

「床辻の『血汐事件』と、全国で起きている集団神隠しは、同じものですか」

大量の血液や臓物、汚物と引き換えに人間が消失してしまう怪奇事件。各地で相次ぎ、日本を恐慌の中に叩きこんだそれと『血汐事件』は、規模を除けば似通っている。

俺の確認に、沙那さんは苦い顔になった。

「同じね。【白線】自体は床辻だけに現れる特徴だけれど、これは守り神である地柱の力との摩擦で発生するんじゃないかと言われているわ。ただ起きている事象自体は他の土地と同じものよ。床辻はそれが分かりやすいってだけ」

床辻にだけ現れる【白線】。ただその中で起きている現象は同じ『異郷』の浸食だという。

けど床辻だけっていうなら、もう一つ明確な違いがあるんだ。

「沙那さん、『血汐事件』だけ被害の規模が小さいのはどうしてですか。他はみんな街や集落まるごとですよね」

「………」

この規模の違いは何に由来しているのか。そこに『異郷』を知る鍵はないのか。

沙那さんは複雑そうな顔になる。迷いながらも口を開いて――

ドン！ と外からドアが叩かれる。

「うお、びっくりした！」

突然のドアを殴る音は、けれど一回だけじゃ終わらなかった。ドアに親でも殺されたのかってくらいに何かは外から殴り続けている。ドンドンと響く音に、沙那さんの顔は青ざめた。

一妃は頬杖をついてドアを見ている。俺は気を取り直すためにペットボトルを開けて水を一口飲んだ。

「驚いてすみません、話続けましょう」

「あなた、ちょっと神経が太すぎない？ 何も恐いものがないの？」

「恐いは恐いんですけど、恐がっても向こうが喜ぶだけなので」

「蒼汰くん、それもう恐がってないんだよ。不意打ちに驚いてるだけだよ」

「恐怖が麻痺してきた気もする。お化け屋敷周回しすぎたみたいな感じ」

そう言う一妃も全然恐がらないよな。恐い目に遭わせるよりはよっぽどいいけど。

ドアは相変わらず殴られ続けている。ただ話はできるはず。というか他にすることがない。

けれどその時——テーブルの上に置かれている事務電話が鳴った。

とぅるるるる、とぅるるるる、と鳴り響く音。

全員が白い電話機を見つめて、でも動こうとしない。「電話は怪奇に利用されることがある」っていうのを知っているからだ。ドアは相変わらず乱暴に叩き続けられている。

沙那さんが電話機の表示パネルを一瞥した。

「内線ね。一階の店舗から」

「ドンドンうるさいからですかね」

「でしょうね。……取るわよ」

監徒仲間からの重要連絡って可能性もあるし、取った方がいいだろう。沙那さんはスピーカーにして通話ボタンを押す。電話機越しに知らない女性の声が聞こえてきた。

『あの、何か上から音が聞こえてくるんですけど、大丈夫ですか？』

「大丈夫。今は危ないから、こっちに来ないで」

『もしもーし、聞こえてますかー？　大丈夫です？』

「大丈夫だから。……ひょっとして、聞こえないの？」

『もしもしー？　ちょっと様子見に行きますね』

「ちょ……っ」

電話が切られる。と同時に加月くんが立ち上がった。

「ドアを開けましょう。外のあれが一般職員さんと出くわしたら困ります」

「……そうね。私たちが出る方がまだいいわね」

沙那さんは立ち上がると俺を見る。

「青己くん、ちょっと危ないから下がっていてくれる？」

「俺が開けますよ」

時間はもうない。呪刀を出しながらドアに向かう俺に、加月くんが目を丸くした。

「先輩、危ないですよ」

「だとは思うけど、二人ともフィジカル向きじゃないんだろ。とりあえず俺が盾替わりになるよ。その分、時間稼いでいる間に何とかして欲しい。あ、一妃は危ないから端にいてくれ」

「はーい。いい子にしちゃうよ！」

「よし、いい返事。――じゃ、沙那さん、加月くん、後ろお願いします」

俺が食い止める間に二人が対処してくれたらありがたいし、多分こういう状況で後ろにいても役に立たないしな。

俺は殴られ続けるドアの前に立つ。

やっぱりこう……嫌な圧が伝わってくるな。全身がぞわぞわする。

誰かに見られている感じがする。相手はドアの向こうにいるはずなのに、目を閉じればすぐ後ろに立っているような錯覚をしそうだ。

——その時、エレベーターが止まるチャイムが微かに聞こえた。

ドアを殴る音が止む。

俺は左手でドアノブを摑み、引いた。

「っ……！」

全身に熱風が押し寄せる。

反射的に目を閉じかけて、けれど視界に入ったものは真っ赤な空だ。

燃え盛る森。遠くから聞こえてくる何人もの悲鳴。

全身が火傷しそうな熱の中で、俺は呆然と立ち尽くす。

真っ赤に染まる景色。

——いつかも、この炎を見た、気が、
火傷しそうな熱に一歩後ずさる。激しい痛みが頭の中に生まれる。

『蒼汰くん、危ないから先に帰ってて』

そうだ……。あの時、お姉さんは、そう言って笑った。

でも、俺は——

「蒼汰くん、戻ってきて」

一妃の声が俺の意識を引き戻す。

我に返る。自失していたのは多分ほんの一、二秒だ。

目の前に焼ける森は広がっていない。そこにいるのはぼんやりとした人型の影だ。

「……っ！」

黒い、焼け焦げた煙がたちこめているような何か。

でもこいつの圧は尋常じゃない。肌に刺さる感覚が違う。怪奇よりももっと密度の濃い、「何か」だ。

逃げた方がいいと本能が訴える。けど時間を稼がないといけない。俺は咄嗟に相手のみぞおち辺りを目がけて呪刀を突きこむ。結果は空を突いたような手ごたえだ。

「呪刀でも駄目か！」

完全に実体がない。これ俺一人じゃ何もできなくないか!?

俺は呪刀を引いて、そこに貼られている札の半分が黒く焼け焦げていることに気づく。

「へ!?　まじか！」

人間の髪が焼けるような嫌な臭いが漂ってる。古い札が焼けたせいだろう。こっちは触れられないのに向こうに触れられたら焦げるなんて、どうしようもない。

——俺じゃ止められない。

明確な事実が脳裏をよぎる。けど下がっちゃ駄目だ。一秒でも長く食い止めないと。

その時、俺の顔の横を三本の白い光が通り過ぎた。後ろから加月くんの声が聞こえる。

「狭間より落ちろ。落ちろ落ちろ。落ちてしまえ」

初めて聞く呪。

俺はその時、通り過ぎて行った白い線が糸であることに気づく。

「ここに来よ。溶けて、解けて、落ちよ。ここに至れ」

三本の糸は黒い人影の胸から腹に突き刺さっていた。その片端は加月くんが胸の前に構えた短刀に繋がっている。加月くんの目が大きく見開いて影を見据える。

「落ちろ落ちろ。果てなき底へ。その向こうへ」

影の輪郭が少しずつくっきりと明確になっていく。黒い煙が人の姿に変じていく。

呪が影を実体化させてるんだ。

そうやって影の代わりに現れたのは、黒い学ランを着た小柄な少年だ。

短く髪を刈りこんだ顔は俯いていて見えない。そこから小さな歯軋りが聞こえる。

「……いつも……お前……して」

ぶつぶつと聞こえる罵り言葉。

ただ少年は動かない。俺たちを見てもいない。

ならやるしかない。今ならきっと触れられる。

できるだけ最速で。俺は無言で呪刀を振り下ろす。

両手で振るった呪刀は相手の左肩に食いこんだ。今度は水の中を掻くような感触が返ってくる。呪刀が斬った跡から薄い煙が上がる。

そのまま俺が袈裟懸けに斬り捨てようとした時、少年はわずかに顔を上げた。

目が合う。

その顔はごく普通の……人間のものだ。だが少年の両眼にあるものは、強い憎しみだ。

そして俺はその目を、どこかで見たことがある。

「お前——」

次の瞬間、俺の体はその場から弾き飛ばされていた。数メートル後ろの壁に叩きつけられる寸前、ふわりと衝撃が緩和される。

「あ、危ね……」

床の上を転がった俺は手をついて体勢を整える。手首を見ると数珠の球の一つに亀裂が入っていた。今発動したのか。助かった。いや俺だけ助かったって意味がない。

その時、膝をついたままの俺の前にトンと白い日傘が突き立てられた。

「これ以上は行かせないかな」

一妃がそう宣言したのは、俺にじゃなくて戸口に向かってだ。

見ると学ラン少年はまだそこにいる。加月くんの糸は途中で焼き切られたみたいに垂れ下がっていた。加月くんも何か食らったのかよろめいている。

少年の正面に立つのは一妃だけだ。彼女は微塵も怯むことなく少年を見据える。

白い日傘が開かれる。一妃はその先端を黒い少年に向けた。

「私は【迷い家】の主。お前をここで拒絶してあげる」

「一妃、待て。危ない……」

俺は小さな背中を見上げる。

彼女を矢面に立たせるわけにはいかない。とにかく立って、止めないと。

痺れの残る足に力を入れる。

けれどそこで、沙那さんの声が響いた。

「——みんな、動かないで」

パン、と軽い破裂音。

少年の額の真ん中に黒い穴が開く。

沙那さんはいつの間にか両手で短銃を構えていた。

続けざまにもう一発、今度は左頬に穴が開く。

「実証拒絶の術式が込められた弾丸よ。いくらあなたでも少しは効くでしょう」

少年は苦痛の声を上げない。表情も変えない。

けれどその顔は不意に、二つの穴を中心にぐるりと捻じれた。

捻じれて、小さな穴の向こうに吸いこまれて消える。

「うわっ」

怪奇そのものの光景に俺は思わず声を上げる。その時には少年の顔はなくなっていた。

遅れて体も煙を散らしたように掻き消える。嫌な圧力が消え去り、暗い廊下が戻ってきた。

エレベーターから降りてきた事務服の女性が、異様な雰囲気に足を止める。

「あ、あの、どうかしたんですか」

「何でもないわ。店舗に戻っていて」

沙那さんの声を聞きながら、俺は脱力して床の上に座りこむ。

背中は汗でびっしょりだ。ドアを閉めた沙那さんが乾いた笑顔で俺を振り返る。

「今のが《祟り柱》の分体よ。いい経験になったかしら」

「おかげさまで」

俺は息を整えると額の汗を拭う。一妃を見ると、彼女はにこにこと手を振ってきた。

なんか……その笑顔を見ると気が抜けるな。安心する。たった一日の付き合いなのにこんな風に思うってことは、やっぱり思い出せなくても昔のことが影響しているんだろうか。

子供の頃の記憶なんて、振り返ってようやく穴だらけになっていることに気づくんだ。あの、何もかもを憎んでいる目に見覚えがあるみたいに。

あの目は、俺一人が知っているものなんだろうか。それとも花乃や一妃も一緒に見たことがあるんだろうか。

沙那さんは銃をしまうと一妃を見る。

「それにしてもあなたが【迷い家】の主とはね。単なる無鉄砲な子供かと思ったら、普通の人間じゃないじゃない。後世家の巫女なんて、本来は表に出てこないだけで拒絶境界に特化した特異Aプラスの術者でしょう」

「それは誰かが勝手につけた序列でしょ。私は知らないよー。蒼汰くんの友達だから助けてるだけだもん」

「どうかしら。怪奇どころから監徒の目もかいくぐれるなんて、あなた自身がもう怪奇のようなものじゃなくて?」

「沙那さん、一応俺の幼馴染なんで」

険のある空気に俺が割って入ると、沙那さんは溜息をついて引き下がった。

これは俺の失態だな。一妃はひっそり【迷い家】をやってたのに悪いことをしてしまった。

「沙那さん、いい経験をさせてもらったついでに確認とお願いがあります」

「何？　転出願いなんかお勧めだけれど。なんなら都道府県別に安全度ランク票もつけるわ」

「それはそれで興味あるんですが、今は別のもので」

俺は深く息を吐き出す。頭の中を整理する。

「床辻は、土着神が失われて地柱が生まれたって言っていましたよね。あれ、日本の他の土地でも起きていることなんですか」

「…………」

沙那さんがすぐに答えないのは当たりってことか。

さっきドアが叩かれる前に聞いていた「どうして床辻だけ【白線】の被害規模が小さいのか」という問題。床辻と他の都市にある違いはおそらく、地柱がいるかいないかだ。

床辻は地柱がいるからこそ消失事件の規模を抑えられているんじゃないだろうか。だから今まで免れた人間がいないはずの【白線】で、首だけとは言え花乃が残った。

そんな花乃の体を取り戻すために、百の怪奇を滅しなければいけないとしたら。

それは『血汐事件』の後から不安定になり始めた地柱に何か関係があるんじゃないか。

「沙那さん、俺はさっきの《祟り柱》に確かめたいことがあります」

もしそこに妹を助ける鍵があるなら、見て見ぬふりはできない。

「だから俺を、監徒に参加させてください」

五——五人娘

夜の路地裏は、ぼんやりと暖色の光に照らされていた。

俺は後ろにいる一妃に言う。

「危ないからそこにいろよ」

「はーい！　がんばってね、蒼汰くん！」

俺がいる狭い路地の右側はコンクリート塀で、左側はどこまでも続く障子だ。

しかもこの障子、絶対破れないし壊れない。障子の向こうはうっすらと明るくて、時々何人かの含み笑いが聞こえてくる。

床辻の怪奇の一つ、【存在しない路地】。

これにまつわる禁忌は【障子壁でできた路地を見つけても立ち入ってはいけない】っていうそのまんまなものだ。普通こんなの危なくて入らないと思う。

すぐ左の障子の一部がふっと明滅する。それを見るなり俺は素早く半歩後ろに下がった。

明滅した障子のマスから透き通った子供の手が伸びてくる。俺を摑もうとしたらしいそれを呪刀の刃で叩き切る。さっきからこの繰り返しだ。まるでもぐら叩きみたいだけど「手に捕まったら障子の向こうに引きずりこまれて戻ってこられませんよ」って言われているから失敗できない。というか戻ってこられないって恐すぎだろ。障子の向こうどうなってるんだ。

「――青己先輩、お待たせしました。準備ができました」

その声は、路地の先から聞こえた。

俺と違う場所から同じ怪奇に入った人間。床辻の監徒の一人、加月真。

制服姿の彼は短刀を提げている。彼の前にはうっすらと白く光る糸が何本も斜めに交差して張られていた。ちょうど障子とコンクリート塀を結んで狭い路地を塞ぐ形だ。あれが完成するまでの時間稼ぎが、今日の俺の役目だった。

《祟り柱》に出くわした夜、沙那さんに「監徒に参加したい」とお願いしたところ「お勧めはしないわよ。人手不足だからこちらは正直助かるけれども」と言いながら暫定的な許可をもらった。今現在、俺と一妃はお試しということで、怪奇の確認と隔離、場合によっては討伐の手伝いをしている。あくまで臨時参加って感じで情報制限はされているけど、こんな風に加月くんと一緒に市内の怪奇の対処にあたっているんだ。今日は【存在しない路地】の討伐。

加月くんが呪を唱え始める。

「現れ朽ちよ、常世に漂いしものよ――」

張り巡らされた糸が光り出す。それに繋がる障子がパキパキと軽い音を立てた。障子の向こうから含み笑いが消え、薄いヒビが入っていく。あわてたようにまだ無事な部分から加月くんへ伸ばされる手を、俺は駆け寄ると呪刀で叩き切った。

「朽ちよ、落ちよ、溢れし狭間にありしもの」

加月くんの呪が進むごとに、どこまでも続く障子の壁にはヒビが広がっていった。その向こうの明かりが明滅する。後ろで見ている一妃が言った。

「蒼汰くん、そろそろ壊せるよー」

「分かった」

薄い亀裂の上を狙って、俺は両手に握った呪刀を突き下ろす。

ガキン、と硬い感触が返ってきたけど気にしない。二度三度同じ場所を突いていく。構わず攻撃する。それが七度目に達した時、障子の只中に黒い穴が開いた。

光を反射しない穴、その奥から気配がする。本能的に「触ってはまずい何か」だという予感がする。でもそんなものは——この街じゃありふれている。

「壊れろ！」

気配の只中を呪刀で突く。ずぶずぶと嫌な手ごたえが返る。

それに構わず俺は更に力を込めた。ヒビが穴の周囲に広がっていく。障子の白がみるみる灰色へと暗くなっていく。

そうして一筋の汗が頬から滑り落ちた時、障子の壁は夜の中に溶け消えていた。

白いハンカチが俺の前に差し出される。

「お疲れ様、蒼汰くん」

「ありがとう……」

一妃からハンカチを受け取って汗を拭いつつ俺は路地の奥を見る。そこにいる加月くんは平然とした様子でスマホの画面を確認していた。

「村倉さんに連絡しました。今夜はこれで終わりですね」

「了解。加月くんは大丈夫？」

「先輩が前衛をやってくれたおかげで無事です」

「そりゃよかった……」

無事っていうか余裕に見えるけど、このあたりは場数の違いだろう。

俺が監徒の手伝いに加わって明日で二週間。

――討伐数は今の怪奇で二十三体目になっていた。

※

「おにいちゃん、おいてかないでぇ」

そんな声が後ろから聞こえて、俺は足を止める。

暑い日が照りつける道の真ん中で振り返ると、花乃がよたよたと走ってくるところだった。

っていうか、ついさっきまですぐ後ろにいたはずなのに、どうしてそんなに遅れているんだ。

俺は左手で振っていた枝を投げると、代わりに花乃に差し出す。

「おいていかないよ。ごめんな」

同い年のみんなは、弟や妹の面倒をあんまり見なくなってきている。それよりサッカーしたりゲームしたりする方が楽しいって。

でも俺はやっぱり花乃を放っておけない。こわがりで夜一人でトイレにも行けない妹だからってのもあるけど、単に花乃が大事だから。

花乃が生まれた時にお父さんが言ったんだ。

『家族は離れてしまうことはあっても、相手を思う限り家族であることは消えない。だから、花乃はずっとお前の妹だ。それをよく覚えておきなさい』

お父さんがなにを言いたいのかはよくわからなかった。ちょうどおじいちゃんが死んでおじさんが街を出ていった時だから、そんなことを言ったのかもしれない。

でもこの先、俺と花乃がずっと家族なんだってことはわかった。

お母さんはよく『大事な人はちゃんと守らないとだめ』と言う。その大事な人が誰かって、俺は家族じゃないかって思う。お父さんとお母さんと花乃。消えない、変わらないもの。

俺は家族が大事だし、花乃のことも守る。花乃は俺の妹で家族だから。

小さな柔らかい手が、俺の手をぎゅっと握る。大きな目が俺を見上げる。

「おにいちゃん、今日もおねえちゃんたちのところ行くの？」

「あそこ、大きな虫が採れるんだ」

花乃は「虫」と聞いてびくっとしたけど、それでも俺の手を放さない。

俺の妹は、どこに行くにもついてきたがるけど、だからと言って「あそこがいい」とか「そこはやだ」とか行先をごねたりしない。「もっとわがまま言っていいぞ」っていつも言うけど、こわがりなだけで、それ以外のことを無理にねだってくることはない。あとちゃんと俺のことを見てくれる。そういうところが他の家の弟や妹と違う。だから俺も「花乃のために何かしたい」って思う。

「あそこなら、きれいな石がいっぱいで花乃も楽しいだろ」

「うん。おねえちゃんたち、やさしい」

「じゃ、決まりだ」

「おにいちゃんも、やさしいよ」

「花乃にだけだ」

小さく頷く妹の、麦わら帽子が落ちそうなのを直して、俺は歩いていく。

どこまでもどこまでも、二人で歩いていく。

「お兄ちゃん、わたし頑張るからね！」

両親が亡くなった後、花乃はよくそう言っていた。家事は二人で分担してって決めたけど、俺の割り当てまでいつの間にかやってくれていることが多かった。

「あんまり無理するなよ。俺だってできるんだから」

「でもわたしの方が早く帰れるし。わたしの方が家事上手だし」

「それはほんとごめん。でもやっていくと上達すると思うからやらせてくれ」

そんな会話を何度もしたけど花乃は変わらなかった。変わっていったのは、少しずつ子供の頃に戻るように、恐がりになっていったことだけだ。

「お兄ちゃん、帰って来た時はドアを叩いて……。お兄ちゃんだって分かるように」

「ドア？　いいけど」

家の合鍵を持っているのは俺と花乃だけだから普通に分かるだろうって思うんだけど、時々知らないやつが来てドアノブをがちゃがちゃやるらしい。なんだその悪質な嫌がらせって思うけど、俺がいる時には来ないんだ。それはいつも花乃一人だけの時に来る。

少しずつ、登校する花乃が暗い顔になっていく。学校で何かあったのか、誰かに嫌がらせされているのか聞いても「そうじゃない」って言う。ただ「外に出るのが恐い」とこぼす。

そして花乃はついに、部屋から出られなくなった。

「お、お兄ちゃん……ごめんなさい……本当に……ご、ごめん……」

ドア越しに妹の泣きじゃくる声を聞く。

「大丈夫だ」

無理して外に出て嫌な思いをする必要はないんだ。学校に行かなくたって、家を出なくたって生きていけるんだ。家族が、俺がいるんだから。

「ごめんなさい、お兄ちゃん……ごめんね……」

「大丈夫。俺がついてる。絶対置いていかないからな」

小さい頃、俺の後をついて離れなかった花乃が部屋から出られなくなったのなら、俺の方が花乃の傍にいる。花乃のいるこの部屋の前に戻ってくる。毎日、必ず、どんな時も。

そう思って毎日を過ごして——

でもやっぱり俺は、花乃を連れてもっと早く、この街を出るべきだったんだ。

※

汗を流して朝食を食べにダイニングに向かうと、そこには既に花乃と一妃がいた。

最近は早朝ジョギングをして戻ってくると一妃が家の前で待っている。そこで朝食を一緒に食べて、俺が学校に行っている間は花乃と二人で留守番してもらう感じに落ち着いた。二人で留守番している間はゲームをやったり料理したりしてるらしい。そのおかげか花乃は目に見えて明るくなった。

コンロに向かって朝食を作っている一妃が言う。

「蒼汰くん、飲み物は自分でやってねー」

「はいよ。ありがとう」

買っておいたパンが焼かれて、テーブルにはバターとジャムの瓶が並べられている。一妃は料理がそんなに得意ってわけじゃないらしいんだけど、花乃に教えてもらいながら動くのは楽しいらしい。昨日は二人で夕飯にコロッケ作っていたし美味しかった。ポテトサラダがあるのは多分コロッケの名残。我が家のポテサラにはリンゴのスライスが入ってるから、花乃が教えたってすぐ分かる。その花乃は、シェイカーでプロテイン作ってる俺を見咎めた。

「おにぃ……ちゃん、それ、のみもの、じゃ……なぃよ」

「でもほとんど水だぞ。タンパク質が入った水だろ」

「ちゃん、と……お水も、のんで」

「水だって水。三百五十ミリリットルも水が入ってる」

自分が足跡付だってわかった後もトレーニングはしているけど「これ本当に意味があるのかな」みたいな疑問がちらっと横切るようになってしまってよくない。その度に一妃が見透かしたように「ちゃんとやってるのすごい！　がんばってる！」って言ってくれるんだけど「生きてるのえらい！」みたいなノリで励まされることに一抹の面白さと申し訳なさを感じる。

「蒼汰くん、プロテイン以外の水分も取らないと！　体内の水分を吸い取る怪奇に出会った時にワンヒットでやられちゃうよ！」

「え……そんなのいるのか……」

「床辻にはいないよ」

には、って。日本のどこかにはいるのか。急に低めのテンションで言われたから怖い。

一妃は冷蔵庫から麦茶のボトルを出してテーブルに置く。ちょっと剝げかけた花柄のガラス瓶を見て、俺は一瞬息を止めた。

「麦茶、作ってくれてたのか」

「花乃ちゃんに聞いて煮出したんだよー」

小さい頃は母親が作ってくれて、その後は花乃が作ってくれていた麦茶。このダイニングで食事をするのが俺一人になってからは作らなくなっていた。ずいぶん久しぶりに見た瓶に懐かしさ以上のものがこみあげる。花乃が照れくさそうに微笑んだ。

「コップ、出して、おに、ちゃん」

「……うん。二人ともありがとうな」

コップを三つ出して麦茶を注ぐ。その頃には一妃が目玉焼きと蒸し野菜を皿に盛ってくれていた。全員が食卓につくと、一妃が「いただきます」と手を合わせる。

「蒼汰くん、今日の予定は？　また昨日みたいに監徒の仕事を手伝う感じ？」

「んー、特に今日は何かあるって聞いてないから、後で加月くんに確認しとくよ。何もなかったら市内の女子高で【禁忌】の動画が広まっているって話があるから聞きこみに行く。どっちになるかはメールする」

「はーい。じゃあ花乃ちゃん、それまでゲームの続きしてよ。あ、買い物も行く？」

「か、買い物、いきたい、です」

一妃はスプーンで花乃に麦茶を飲ませながら「わかったー」と笑顔だ。二人だとできることも多い。それが花乃の励みになっているんだろうし、一妃の屈託のなさがありがたい。

一妃は、大変なことも手間のかかることも煩わしがることがない。【迷い家】の主人ってせいか面倒見がいいんだろうな。手をかけること自体を楽しんでくれる。一妃がいると家の中の空気が和らぐ。

俺はバターを塗ったトーストに目玉焼きを載せてかじる。半熟の黄身が破れてパンに染みこんでいく。黄身が皿に垂れないよう気をつけながら、俺は一妃に尋ねた。

「一妃のお姉さんってさ」

「うん？」

「……いや、なんでもない」

この間、《祟り柱》に出くわした時に脳裏をよぎった記憶。

あれは今思うと、俺が子供の頃あの地柱に遭遇した時のものじゃないだろうか。

ただその時俺は多分一人じゃなかった。「お姉さん」と一緒だったんだ。

『蒼汰くん、危ないから先に帰ってて』

そう言われたことは覚えている。思い出した、って言った方がいいか。

あのお姉さんは一妃のお姉さんじゃないかって思っているんだけど、一妃は家族についてあんまり話す気がないみたいだ。確認するとしてももう少し俺がちゃんと思い出してからの方がいいだろう。

一応俺も、グレーティアに自分の子供の頃の記憶を引っ張り上げられないか相談もしてみたけど「表面に出ている記憶でないとやり取りは難しい」って答えだった。そりゃそうだよな。でも「蒼汰さんは記憶の買い取りが多くて、かなり記憶自体が柔らかくなってきているからできるかも。ちょっと練習してみる」とも言ってくれたから、それができたらあの時のこともちゃんと分かるかもしれない。

「おにぃ、ちゃ、ジャム、あけて」

「はいよ」

イチゴジャムの瓶を開けて一匙掬う。一妃がスプーンを受け取って花乃の口に運んだ。花乃は嬉しそうに目を閉じて甘みを味わう。時間がゆっくりと流れていく気がする。それだけの安らかな光景に、俺は泣き出したいような安堵を覚える。

一妃が不思議そうに俺を見上げた。

「どうかした？」

「……あ、いや。このジャムって一妃が作ったんだって？」

「うん！　花乃ちゃんが好きだっていうから冷凍イチゴで作ったんだよー！」

　自家製のイチゴジャムの蓋にはシールが貼られて日付が書かれてる。こういうの、母さんが昔よくやってたな。台所中に甘い香りが漂っていたのをよく覚えている。

　俺はちぎったパンの耳にイチゴジャムを塗って口に運ぶ。イチゴの形を残したままのジャムには微かな酸味があった。

「いいな。甘すぎなくて美味しい」

「やった！　蒼汰くんからも何かリクエストあったら挑戦するよ！」

　リクエストと言われても、割となんでも美味しく食べられる方なんだよな。最近食べてなくてちょっと食べたいものは、というと——

「カレー味の焼うどんが食べたいかな」

「うどんを焼くのって大罪だけどいいの？」

「すごいこと言い出したな、鍋焼きうどん過激派」

「蒼汰くんがリスクを問わないって言うなら、私も協力するけど……」

「リスクを発生させようとしているのお前じゃないか？　じゃあ鍋焼きうどんでいいよ」

「鍋焼きうどん『で』……？」

「鍋焼きうどんがいい！　そしてお前は面倒くさい！」

うどんがこんなに一妃の引き金になるとは思わないだろ普通。それはそれとして、鍋焼きうどんが決定した一妃は嬉しそうだ。鼻歌混じりにパンにジャムを塗り出す。

「蒼汰くんに喜んでもらえるよう、腕によりをかけちゃうね！」

「一妃が作るものは大体美味しいから期待してるよ」

パンを食べようとしていた一妃の顔が、ぱっと赤くなる。そうやって照れ顔をしているのは嬉しい時だって、一緒にいるうちにだんだん分かってきた。俺は一足先に立ち上がる。

「あ、洗い物は俺がやるから、二人はゆっくりしてて」

「はーい。じゃあ花乃ちゃん、ココア入れるね」

「ありが、と、ございます」

俺は、二人がのんびり朝食を取るのを見ながら、空いた皿を片付けていく。

こんな風に穏やかな時間は、きっと両親が生きていた時以来だ。家族といる日常が得難いものだと俺はよく知っている。

だから今のこの生活を幸福だと満足してしまわないように。

本当に俺が安堵して足を止めるとしたら、花乃の体を取り戻せた時でしかないのだから。

弁当を詰めて二人に見送られて、家を出たのはいつもより少し遅い時間だ。

にもかかわらず遅刻せず学校に行きつけたのは、雨で通行人が少なくて、困っている人にも出くわさなかったからだろう。

教室の窓から見えるグラウンドも、ここ数日続く小雨に濡れそぼってる。俺は頬杖をついて窓の外を眺めた。英語のテキストを読み上げる先生の声が眠気を誘う。授業は残り五分。それまで寝ないでいられるかまったく自信がない。前の方の席では綾香が真剣に授業を聞いているし、隣の陣内も真面目にノートを取っている。寝そうなのは俺だけかもしれない。と思ったけど教室内をさりげなく見ると、何人か普通に寝ていた。よかった。

あれから陣内は同じ塾の別の教室に移動した。そこには当然白い狒狒もいなくて、今のところ問題なく過ごせているらしい。綾香の方は、俺が沙那さんに狒狒のことを言ったんだけど、「あの子は平気だから」ということでそのままだ。ってことはやっぱり綾香は全然感じないタイプなんだろうな。綾香から怪奇を見たって話を一度も聞いたことないし、床辻市民としては理想的かもしれない。

そんなことを考えているうちに、授業終了のチャイムが鳴る。挨拶をして先生が出て行くと、俺は両手を挙げて伸びをした。

「やっと昼かー」

「青己、ほとんど寝てただろ」

陣内が苦笑しながら本を差し出してくる。お、次の本か。ありがたい。

「この間貸してくれた作者の本か」

「そうそう。あれ気に入ってただろ。だから次を厳選してきた」

面白かったんだよな。SF短編集。のんびり読ませてもらおう。

俺が礼を言って本を受け取っていると綾香がやってくる。

「蒼汰さん、この間の紫の髪の子について床辻市内のスーパーで見たって話を聞きましたよ」

「あ、それうちの一妃だな……」

買い出しに行く時は目立たないようにしてくれって言っているけど、あの外見だしな。

綾香はそれを聞いて目を丸くする。

「違う人でした？」

「いや、ちゃんと言わなかった俺が悪いんだ。最近知り合いになったんだよ。よく家に来て花乃と遊んでる」

あとは夕飯作ったりリビングに転がってたり風呂入ってったりするからもう半同居人だな。

というか夜に一人で帰らせるの心配だからいつも送ってくって言っているんだけど「平気だよー」って言っていつの間にかふっと帰ってる。あれが目撃されたらそれこそ怪奇扱いされそうだから、そろそろちゃんと一妃と話し合おう。

綾香はぱっと笑顔になる。

「花乃ちゃん元気なんですね！　私も久しぶりに会いたいです」

「あー、まだそんなに人と会える状態じゃないんだ、ごめん。でも伝えとくよ。ありがとう」

気持ちは嬉しいけど花乃と会わせるわけにはいかない。沙那さんにも言ってないのはまだ監徒をそんなに信用してないから。監徒ってのは一妃が言っていた通り、個々人の安全をそんなに重要視してないんだ。だから花乃について話すかどうかも様子見だ。ただでさえ今は《祟り柱》の件で監徒も忙しそうだし。

俺の歯切れの悪い言葉に、綾香は気を悪くした様子もなく微笑む。

「気にしないでください。その子も花乃ちゃんの友達ならよかったです」

「友達……かな？　そんな感じかも」

一妃は「友達だよ」って言うけど、俺の印象だと家族に近いんだよな。家にいることが多いからかも。でもそう言えば綾香とは近所な割に、一妃と一緒の時に会ったことないな。

陣内は一妃に会ったことあるから「妹さんの友達だったのか」と納得している。二人とも俺の言うこと素直に信用してくれるのは嬉しいけど申し訳ない。

綾香はパステルカラーの弁当袋を手にしたまま、ぽんと手を打つ。

「そういえば最近私、書道教室に通い始めたんですよ」

「え、すごいな。行き来どうしてるんだ？」

綾香の方向音痴で新しい習い事なんて挑戦的すぎる。ひょっとして一妃と出くわしたことないのも習い事で迷子になっているのが原因か？

「あ、送り迎えはお姉ちゃんかお姉ちゃんの同僚の人がしてくれてます。自分で行ってみるよって言ったんですけど——」

「それは沙那さんが正しい」

食い気味で言ってしまった俺に、陣内が「え……」って顔しているけど、綾香の方向音痴を知れば分かるから。修学旅行とかになればみんなが思い知るから。できるだけ事態を丸く収めるためにもできれば俺が一緒の班になりたい。

ただ沙那さんとは監徒の手伝いを始めてからよく連絡を取っているけど、綾香が書道を習い始めたなんて聞いたことなかったな。言ってくれれば送って行ったりするんだけど。

「村倉さんは字が綺麗だから書道向いてるかもね」

「そんなことないです。知らない漢字がいっぱい出てくる古文を書き写しているので、すごく集中しないといけないし失敗も多いんですよ」

「それって書道教室じゃなくて写経教室じゃないのか？」

「お経じゃないので違うと思いますけど……」

なんか想像するだに神経を使いそうだ。綾香はおおらかだから気にしないんだろうな。でも沙那さんが送迎しているなら変なところじゃないだろう。

その時、ポケットに入れたスマホが震える。俺は取り出して着信メッセージを確認すると、自分の弁当箱を手に取った。

「あれ、青己、外で食べるのか？」

「ああ。ちょっと用事ができた。また後で」

「いってらっしゃい、蒼汰さん」

二人に見送られて俺は一年校舎の方に向かう。待ち合わせ場所は特別第七教室だ。

加月くんは、既にそこで待っていた。

「青己先輩、先に頂いてます」

「あ、弁当そうめんなんだ。おいしそう」

「好きなので。めんつゆを製氷器で凍らせて保冷剤にしてます」

加月くんも自分で弁当作っているのか。俺の弁当は白米にから揚げと茹でブロッコリーを詰めただけ。花乃に見つかったら「お兄ちゃん、もっとバランス考えて……」って言われちゃうやつだ。だから見つからないようにしてる。あと今日は一妃が切ったオレンジを小さなタッパーに詰めてくれた。壊血病予防かな。

俺は加月くんの斜め前の机を後ろに向けると弁当を広げた。箸を取り出しながら聞く。

「ここのところ連日連戦だけど疲れてない？」

「あれくらいは平気です」

加月くんはさらりと言う。彼は監徒の中でも若い人員だからか細々とした怪奇の対処に回らされて荒事にも慣れているらしい。今日はそんな彼に確かめたいことがあるんだ。

「加月くんも足跡付ってことは地柱に会ったことがあるんだよね」

「そうですね。うちは西の地柱と縁深い家ですから」

西か。俺が会ったのは夏宮さんと《祟り柱》の分体。南と東だ。あとの二人はどんな感じなんだろう。好奇心よりも切実な疑問が湧く。

「その西の地柱様って、俺も会えたりする？」

「無理です。僕の家も、五歳になった時に見える人間だけ一度面通しをするという通過儀礼があるだけですから。それも一晩中、川の中州に放置されるので、まったくお勧めできません」

「なんだそれ恐い」

五歳の子にそれって死人が出るんじゃないか。今の時代に信じられない。花乃がそんな目に遭うって聞いたら、俺は絶対キャンプ道具一式持ってついていく。

でもそれはともかく、やっぱり簡単には地柱に遭遇できないのか。

加月くんは、キュウリの薄切りをめんつゆにつける。

「青己先輩、この前言っていましたよね。『血汐事件』だけ他の土地の街消失事件と比べて規模が小さいのは何故かって。その原因が地柱にあるか確かめたいんでしょう？」

「うん」

「それ、正解です」

あっさりとした肯定は俺がずっと欲しかったものだ。沙那さんは結局今日まで言葉を濁して教えてくれなかったから、地柱に確かめるしかないかと思っていた。俺は唐揚げを摘まんだ状態のまま、加月くんに聞き返す。

「俺に話してよかったの？」

「青己先輩が働いてくれるおかげで色々助かっていますし。考えれば分かることを隠蔽するのって、違う問題を生み出すと思うんですよね」

「問題生み出しそうでごめん。でもありがとう。お礼に唐揚げいる？」

「揚げ物好きじゃないんで」

まじかよ……。揚げ物嫌いな高校生とかいるんだ……結構衝撃。世界が広がった。

加月くんは綺麗な所作でそうめんを食べていく。

「今のところ街ごとの神隠しが起きている土地って、土着神がいない土地ばかりだったって調査が出てるんです。もともといなかったり途中でいなくなったり、土地付きの神が存在しない場所ですね。こちらに浸食してくる『異郷』は土着神と相性が悪いんでしょう」

「虫除けと虫みたいな関係か」

「ぎりぎりアウトな発言やめてください。床辻に土着神いないからいいですけど」

「ごめん」

怪奇は身近だけど神様ってあんまり現実味を感じられないんだよな。夏宮さんにまた会うことがあるとしたら気をつけないと。

「土着神がいないと街ごと消えちゃうのか。じゃあ『血汐事件』が起きたのは、床辻にいるのが土着神じゃなくて地柱だったから、避けさせる力が足りなかった……とか？」

「どうでしょうね。そもそも【白線】の禁忌は、床辻では相当古いものです。江戸の頃にはもう記録がありますし、禁忌の中では最古と言っていいかもしれません。なおかつ回数も多いですから……異郷からの浸食をこれほど古くから何度も受けている床辻は、もともと全国でも異質な街なんです」

言われてみれば、俺も調べた時に【白線】絡みの神隠し事件は何件も見つけたんだよな。郷土資料にもあるし、新聞に載ってるものだってある。一番新しい事件は昭和四十年代に小さな神社の境内に【白線】が現れて、女子生徒が一人消えたって話が記事になっていた。

加月くんは器用にそうめんを手繰る。

「昔から【白線】の出現が多い土地だったということは、今まではしのぎ続けてこられたわけですから、一概に床辻の地柱が無力とは言えないんじゃないでしょうか」

「そもそも撃たれている弾の数が多いのか。なんでそうなんだ？」

「不明です。土地の性質が【白線】を引き付けやすいんじゃないかとか言われてますけど、あくまで仮説にすぎません」

「うーん、地震が多い土地、みたいな感じなのかもな」

じゃあ『血汐事件』は単に床辻に多く迫る【白線】の一つだったんだろうか。でもだとしても、花乃があぁなった理由には足らない気がする。謎の電話の件もあるわけだし。

「ただ青己先輩が言うみたいに地柱の力不足があったって可能性は高いと思います。今《祟り柱》になっている東の吉野様は、もともと不安定な気質がありましたから」

「吉野様？　なんか聞き覚えがあるな」

吉野、吉野……そんなに珍しい単語でもないけど、また子供の頃のことだろうか。でも夏宮さんも別に名乗らなかったし……って、あ！

「聞いたことある！　夏宮さんが言ってたんだ！」

「ちょ、急に大声出さないでください。キュウリ落としたじゃないですか」

「ごめん。ブロッコリーで返す」

加月くんの弁当箱にブロッコリーを返したら「青己先輩らしい大きさです」って言われた。別に大きくても火が通っていればいいだろ。いやそれより思い出した。「吉野」って確か夏宮さんと初めて会った時に聞いたんだ。

「道で夏宮さんが側溝にビー玉落としててさ、それを拾った時に聞いたんだよ」

「青己先輩、地柱相手にもその調子なんですね」

「当時はちょっと変わった小学生だと思ってて。普通道端で神様に会うとか思わないだろ」

「で、なんて仰ってたんですか？」

「いやー、それが独り言っぽくて、その時は全然意味が分からなかったんだよ。確か『見逃すにしても大きい』みたいな感じで、吉野さんに怒っててさ」

　そこまで聞いた加月くんは、軽く眉を上げた。

「先輩、夏宮様に初めて会ったのは『血汐事件』の日だって言っていませんでしたか」

「あー、そうそう。ちょうどその後に学校に行ったら――」

　俺はようやく気付く。加月くんと顔を見合わせた。

「見逃すってもしかして……【白線】のことか？」

　地柱がいるから『異郷』の浸食を抑えられていた。ならその地柱が何らかの理由で浸食を見逃したなら……床辻で今までにない規模の【白線】が現出する。それが『血汐事件』だったのだとしたら。

「加月くん、床辻って『血汐事件』の後から不安定になってきたって話だよね。それは、吉野さんのこと？」

「……そうですね。吉野様はそれ以前も不安定なところがありましたが、《祟り柱》になる兆候が見え隠れし始めたのはそのあたりです。怪奇の出現が増えだしましたから」

「それって、多分無関係じゃないよな。一年前に何があったんだ？」

「監徒の記録には特に何もありませんね。一般的にも『血汐事件』くらいです。あとは……あ、山中で首と胴が切断された女性の遺体が見つかった件とか、老女が駅前の雑踏で轢き逃げされたけれど車の目撃証言がなかった件とかが怪奇由来じゃないかと言われて、今でも原因不明ですね」

「うーん、それはちょっと俺にも分からないな」

——でも確かに俺は、あの学ラン姿の少年に見覚えがあるんだ。

憎しみに満ちた目と焼ける森の情景。あれを俺はどこで見たんだろう。

加月くんはステンレスの水筒から紙コップに二人分のお茶を注いでくれる。

「色々手伝ってもらっておいてなんですが、正直、僕としては青己先輩にこれ以上監徒に関わって欲しくないんですよね」

「部外者なのに押しが強くてごめん」

「そういう意味じゃなくて」

ずず、とお茶をすすって、加月くんは言う。

「監徒に属している人間は、血か素質か縁があって所属を余儀なくされた人間たちばかりです。青己先輩はどうやら縁があった類の人間みたいですが、今までせっかく逃れていたのにわざわざ関わらなくてもいいと思います。危ないし、嫌な目に遭うし、それに見合うものは得られない。全然いいところじゃないです」

しみじみとした声は年の割に重く響く。監徒の人間が「血か素質か縁」って言うなら、そういう家に生まれた加月くんはきっと半ば強制的に徒人になったんだろうな。だから俺のことも気遣ってくれている。ありがたい話だ。

「監徒ってやめられないのか？」

「僕は無理ですね。家の関係もありますし。他にも監徒に所属していた方がいい人間もいます。力があり過ぎて普通の暮らしが難しいとか。少し前にもそういう女子中学生が一人入ってきました」

「中学生でか……。すごい世界だな」

「あと実は今、監徒全員が退けない状況なんです」

「《祟り柱》が発生しているから？」

「違います。国の介入です」

「急に話がでかい」

床辻ってそこそこ栄えているとはいえ、単なる一地方都市なんだけど。

いや、違うか。今は国全体が非常事態なんだ。

「ひょっとして大規模神隠しへの対抗策？」

「そうです」

俺はお茶の紙コップを手に取る。うお、熱っ。猫舌だからもうちょっと待とう。

「土着神って基本的に荒ぶる神で対話も難しいんです。その点、床辻の地柱は土着神よりまだ話が通じますから、政府からすると急激に増えだした神隠しへの対抗モデルにしたいという考えなんでしょう」

「じゃあ今、監徒は国の指揮下にあるってこと？」

「いえ、監徒は独立組織なんで立場的には一応国と対等です。資金も地元の企業に土地を貸して得ていますしね。ただ今回は、事の大きさが大きさなんでそう国を無下にもできないんですよ。とは言え『無遠慮に踏みこまれて地柱を怒らせたら大惨事』という問題もあるので、今のところ外部からの人員投入はぎりぎりで防いでいる感じです」

「すげー大変そう」

「僕としては人員投入には賛成ですよ。人手が足りないのは事実なんですから。年寄り連中がそれを嫌がっているんですけど現場の人間にはいい迷惑ですよ」

「ブラック体制……」

お茶に息を吹きかけて、そろそろ飲めるかな。いやまだ全然駄目だった。

「でもそれじゃ、俺が手伝いしているのとか上の人間に文句言われない？」

一妃は監徒にとっても有名な異能者らしいけど、俺はただの市民だし。いわゆる外部の人間なんじゃ。

「青己先輩の方は村倉さんの紹介ですから問題ないです。今は監徒の中で村倉さんの発言力って結構大きいんです」

「そうなのか。沙那さんってすごいんだな」

「村倉さんの力じゃないですけどね」

加月くんの言葉からは含みを感じる。それは沙那さんがどうこうっていうより監徒に対して思うところがあるって感じだ。加月くんは、ちょこちょこういうところがあるんだよな。俺と一緒に行動してくれるのも、他の徒人にあんまり関わらせたくないからじゃないだろうか。

「先輩は村倉さんの妹さんと仲がいいんですよね」

「綾香と？　まあ幼馴染だしな」

それを聞いて加月くんは少し沈黙する。何だろう。俺が不安に思いかけた時、加月くんはぽつりと言った。

「先輩は妹さんと二人暮らしなんでしょう？　先輩に何かあったら妹さんが悲しみますよ」

「……そうだな」

花乃が俺の危険を望んでないことは知っている。

でも、ただ待っていても奪われたものは戻らない。だから俺は、もう一度あの憎悪に満ちた目の地柱に会って聞きたいんだ。『血汐事件』で白い光が校内に溢れたってあの時、花乃の手を掴んで「危ない」って警告してくれたのは――もしかしてあなたじゃないのかって。助かった人間がいない【白線】の領域内で、そんなことができる存在がいるとしたら、それはやっぱり地柱なんじゃないかと思うから。

ただそれが危険で、簡単には回ってこない機会だというのも確かだ。

「加月くん、あのさ」

「なんですか？」

彼に花乃のことについて打ち明けるか迷う。加月くんなら親身に相談に乗ってくれる気がするけど、それをしたら加月くんは監徒へ隠しごとをすることになる。国が噛んできているなら特異な花乃の存在は表沙汰にしない方がいいだろうし、やっぱりこのまま一人で怪奇の討伐数を増やしていく方がいいかもしれない。

不思議そうな顔の加月くんが、ふと何かに気づいて机の上に置いたスマホを手に取る。

「……これは、また圧力が増しそうですね」

そう言って見せてくれたのはニュース画面だ。山陽地方の人口五千人ほどの町から、人が消失したというニュースに、俺はぽかんと口を開けた。

「また浸食？　ここ半年以上何もなかったのに？」

「たまたま守りがない場所にぶつかったんでしょうね。というか最近は、守りがある場所の方が少ないって話も聞きますよ。よその土地のことはよく分かりませんけど」

——その時、ふっと蛍光灯が翳る。

俺と加月くんは同時に天井を見上げた。チカチカとまたたいている蛍光灯。それは窓越しに見える廊下も同じだ。こんな風に同時に照明が切れかけるなんて、まず普通じゃない。怪奇に慣れた感覚が「何かが起きている」と訴える。

「ちなみにこの土地の守りはどんな感じ？　一応、床辻市外だけど」

床辻とこの街は一本の川で区切られている。それが土地の力場的にも境界線らしい。

「こっちの街には西端に土着神がいるそうです。ただずっと眠ったままだそうですよ」

「西端か。この高校って東端だから守りが届いているか微妙じゃない？」

「きっちり東西南北に地柱がいる床辻が特殊なんですよ。だから床辻はその分、市外にまで微妙に影響がはみ出したりしていますけどね。おかげで僕はここへの進学が許されてるんです」

俺たちは素早く弁当を片付ける。念のためスマホで一妃にメッセージを送ると「今、花乃ちゃんとゲームしてたー」とのんきなメッセージが返ってきた。平和で何より。

廊下の蛍光灯がパチン、と音を立てて消える。

「ちなみに先輩、今は武器って持ってます？」

「いつものは持ってない。予備用のはあるけど、あくまで非常用」

「メイン武器は常に携帯しててください。剣道部だって言い張ればいいじゃないですか」

「うち、剣道部ないだろ……」

廊下に出た俺たちの耳に、ガラスが割れる音が聞こえる。

※

「――見ちゃいけない動画があるらしいんだけど、見た？」

陣内啓二がそう聞かれたのは、昼食を食べ終わった後の隣のクラスにおいてだ。いつも通り友人に本を貸しに行った、その際の雑談で出た話題だった。

「見ちゃいけない動画なら、見ちゃまずいだろ」

「それがさ、俺の従妹が床辻の女子高に通ってるんだけどさ、クラスのグループチャットに、突然その動画が貼られたらしいんだよ。で、見ると呪われるっていうんで、昨日から学校に来てない子が何人もいるらしい」

「曖昧なところが多すぎるな。僕は初めて聞いたよ」

どうせ時々ある無責任な噂話の類だろう。ただ陣内はそこで、友人の青己がこういった不思議な話を集めていることを思い出した。他校の話ならまだ知らない話かもしれない。

「どんな動画なんだ？」

「なんかモノクロで、ノイズとか入って昔の動画っぽいんだよね。部屋で女の子たちが話してるのを隠し撮りしてるみたいな感じ」

「見てきたみたいに詳しいな」

「見たからさ。ほら、見る？」

スマホの画面を向けられ、陣内はさすがにぎょっと身を引く。そこに映っているのは、灰色の静止画だ。中央に表示された赤い再生ボタンが、やけに不釣り合いに浮いている。

画質は悪い。何十年も前のホームビデオみたいだ。室内は暗く、窓の外だけが白い。

部屋の中央には丸テーブルが置かれていて、五人の少女がそれを囲んで椅子についている。なんだか嫌な雰囲気だ。

「……見ちゃいけないって感じするからいい」

「えー？　オレも見たけどなんでもないぜ」

「見えてる地雷は踏まない主義なんだ。でも、情報は知りたいから僕にも送ってくれ」

「いいよ。昨日の夜あたりから、かなり話題になってる」

メッセージアプリを通じて送信してもらった動画は、モノクロのせいか容量は小さい。

「三分もあるのか。これ、ずっと話してるだけ？」

「え、そんな長かったかな。一分ちょっとだと思ったけど」

相手は言いながら自分のスマホで再生を始める。画面を見てない陣内にも、音声がとぎれとぎれに聞こえてきた。

『どうしてこんなことに……』

『だってあんたがやろうって言ったじゃない』

『私じゃないよ。ユメミがあんなこと言うから』

『でもユメミは連れていかれちゃったじゃない！』

不穏な会話だ。いかにも「見てはいけない動画」らしい。

「これ、どうして揉めてるんだ？」

「んー、この動画自体が揉（も）めてる途中からしか映ってないんだけど、動画の前に『何か』をやったらしいんだよね。それがまずいことになって責任の押し付け合いっていうか、『誰が生贄（いけにえ）になるか』って話になってるんだけど」

「生贄（いけにえ）？」

ずいぶん物騒な単語が出てきた。動画から聞こえる声は徐々にヒートアップしていく。

『だから、あたしは嫌だって。関係ないもん』

『全員関係あるんだよ！　綢ｱ綢。綢溘、騾」繧後※縺九l縺溘▲縺ｱ郵ゅo繧峨→縺』

「――え？」

陣内（じんない）は顔を上げる。何故（なぜ）か途中から聞き取れなかった。

けれどスマホを見ている男子本人は気にした様子もない。じっと画面に見入ってる。

『早く決めないと、みんな危ないんだから』

切羽つまったその声は、陣内（じんない）の後ろから聞こえた。

彼が振り返ると、教室の後ろに固まっている女子たちが一つのスマホを覗（のぞ）きこんでいる。円になって画面を注視している姿は、丸テーブルに集まる五人の女子にどこか似ていた。

ひやり、と嫌な予感がする。陣内（じんない）は目の前の友人に視線を戻した。

「おい、再生を止めた方がいい」

『本当は、こんな風に話さない方がいいんだよ。だって話をしたら――』

『なら、縺ゅs縺溘、逕溯ｪ◆↓縺ｪ縺」縺ｦ縺上ｌ縺九◆縺ｦ縺◆≧縺ｮ◆◆ｼ◆』

叫ぶ声はまた聞き取れない。

友人はスマホ画面に見入ったままだ。言い争いの中に、ガシャン、と何かが割れる音が混ざる。叫び声、怒号、悲鳴。ヒートアップしていく声は、教室のあちこちのスマホから聞こえてくる。その異様な音を聞きながら、陣内はふと昔祖母から聞いた話を思い出す。

「この動画……ひょっとして床辻の【禁忌】じゃないか？」


【放課後に五人で集まって、いなくなった子の名を呼んではいけない】


動画の少女たちは床辻の【禁忌】に触れている可能性が高い。参加しているのは五人で、「ユメミ」といういなくなった女子の名を呼んでいる。つまりこれは【禁忌】を侵した人間の記録だ。そんなものが何故存在していて広まりつつあるのか。

陣内は後ずさるように席を立つ。教室内で異変にざわついているのは、スマホを見ていない人間だけだ。他の生徒たちは取りつかれたようにスマホに見入っている。

「なんか様子おかしくない？」

「え、気持ち悪い……みんなどうしたの？」

うろたえる女子生徒の手から、スマホが固い音を立てて床に落ちる。

彼女はそれを拾い上げようとして――「ひっ」と悲鳴を上げた。

「ヒアァァアアッ！」

高い悲鳴を上げて女子生徒がその場に倒れこむ。それを皮切りに、教室のあちこちから悲鳴が上がった。椅子が倒れる音が重なる。

「……まずいぞ、これ」

連鎖的な集団ヒステリーを思わせる空気。

けれどこれはきっと違う。触れてはならないものに触れた。むしろ追ってこられた。

床辻の隣の街であるここにまで、禁忌の手が届いた。

机に置いたままの陣内のスマホからノイズ混じりの声が聞こえる。

陣内が見ると画面いっぱいに、白黒の少女の顔が映し出されていた。

少女は、感情のない声で囁く。

『だって……話をしたら、あれが来ちゃうのに』

そして教室の蛍光灯が、全て割れた。

※

「え、これ何が起きてるんだ？」

俺は廊下を走りながら辺りを見回す。昼なのにあちこちが不自然に暗い。悲鳴や怒鳴り声が複数の教室から聞こえてくる。控えめに言って大惨事だ。隣を走る加月くんが顔を顰める。

「感染型の怪奇みたいですね。誰かが床辻とここを繋げたんでしょう」

「そんなのあり？　安全地帯がないんだけど」

「床辻のすぐ隣にある高校なんて、最初から安全地帯じゃないですよ。普段ならそうでもないですが、今は《祟り柱》の出現中ですし、怪奇が活性化しているんでしょう」

「封じられていた怪奇が復活するってやつか」

「こちらも《祟り柱》用の儀式は準備中ですが、日が経つごとにこういう案件は増えるでしょうね。年寄り連中の焦る顔が目に浮かぶようです」

その時、暗い廊下の先からコツコツと足音が聞こえた。

足音はこっちに近づいてくる。周りがこれだけ騒いでいるのにやけに規則的な足音だ。

俺と加月くんは立ち止まった。これ、弁当箱持っている場合じゃないな。俺は廊下の隅に弁当箱を置くと、ポケットからスリングショットを取り出す。加月くんが眉を顰めた。

「先輩、あのヤバヤバ呪刀とかそういうの、どこから持ってきているんですか」

「入手先に迷惑かかるからノーコメント。俺が全国を回って集めてきたってことにしてくれ」

監徒は記憶屋の存在を知ってるのかもしれないけど、俺から言質を取らせることはしたくない。俺のひどい言い訳に加月くんは呆れ顔になる。

「それ先輩の危険度が右肩上がりになりますね」

俺はスリングショットを床に向けて待った。足音が大きくなる。

現れたのは——女子高生だ。けど制服が違う。真っ黒いセーラー服はうちの制服じゃない。女子高生の顔は暗くて見えない。というか、黒く塗りつぶされたみたいになっている。黒髪が腰まであってホラー映画みたいだ。

「先輩、撃っていいです。あれ人間じゃありません」

「オーケー」

スリングショットの照準を、女子高生の胸へ。

玉は怜央から買った小さな水晶玉だ。魔除けの処置が施されていて、本来的には玄関とかに置くものらしいけど「撃っていいんじゃないか」と言われている。なんていい加減な店主だ。

——狙いを定めて、手を放す。

水晶玉は軽く狙いを逸れて、女子高生の肩に当たった。ガラスが割れるような音がして女子高生の姿が消える。代わりに何かが床に落ちた。

「本当に人間じゃなかったのか」

「撃っといてそういうこと言います？　うちの生徒じゃなかったじゃないですか」

「いや転校生という可能性もあったかなって」

にしても、やっぱりそんなに狙った場所に当たらないな。頭とか狙わなくてよかった。いや、本当は人間だった時に困るから頭を避けたんだけど。

廊下は暗いままだ。俺は床に落ちたものと水晶玉を拾い上げる。

「……スマホだ」

画面にヒビが入っているそれは、ごく普通のスマホだ。最近の機種ってことは、普通に生徒の持ち物だろう。電源は……切れている。

「これ、俺が壊した扱いなのかな。ひょっとして弁償？」

「壊して正解ですよ。多分、スマホの通信伝いで侵入されています」

「いやそれ、結局俺が壊しているのには変わりなくない？」

「先輩、ここに入学した時に生徒用の賠償保険入っているでしょう」

「やっぱ俺に来るのか」

とはいえ、スマホを壊しても空気がおかしいのは相変わらずだ。引き攣ったような泣き声が廊下の奥から聞こえてくる。あっちは俺の教室がある方だ。みんなどうなっているんだ。

加月くんがちらりと窓越しに一年校舎の方を振り返った。けど、そっちも窓が黒くなっていて中の様子が見えない。

「ちょっと規模が広がりすぎていますね。先輩、手分けできますか」

「多分いける」

「なら、いきましょう。怪しいスマホを全部叩き割ってください」

「後の始末が恐いけど、今現在のためには致し方ない犠牲」

加月くんは頷いて元来た方へ走っていく。きっと俺を心配してここまでついてきてくれたんだろう。ありがたくも申し訳ない。でも、スマホっていう実体があるもの相手なら俺一人でもなんとかなるはずだ。

「通っている高校が、二度も怪奇でめちゃくちゃになるなんてごめんだからな」

俺は廊下を走り出す。近づいてくる教室から生徒が一人転がり出てきた。うちの制服だし、知っている顔だ。青ざめた顔の男子は、俺に気づいて教室の中を指さす。

「み、みんなが急に、おかしな動画を見だして……中はやばい。変なやつが残っている」

「分かった」

それだけ返事をして俺は教室に踏み入る。

中は廊下より一段と暗い。おまけにうっすらと血の臭いが漂っている。机も椅子も倒れて、誰かが暴れまわったみたいだ。倒れている人影は、おかしな方向に手足が曲がってぴくりともしない。教卓の下では女子生徒が息を殺して隠れている。

そして教室の真ん中には——黒いセーラー服の少女が一人立っていた。

髪はさっきと違ってポニーテールだ。けど顔はやっぱり黒く塗りつぶされて見えない。というか、首が真横に折れている。まるですごい力に折られたみたいだ。

俺は、迷わずスリングショットを構える。

さっき肩に当たってスマホが割れたってことは、多分、どこに当たってもいいはずだ。狙いを定める。その時、相手が俺を見た、気がした。

けれど俺は、構わず水晶玉を撃つ。

「ギャッ」

玉は相手のみぞおちに当たった。奇怪な悲鳴を上げてセーラー服の少女は消え去る。その後に音を立てて落ちたのは多分スマホだ。俺は暗い教室に声をかける。

「誰か無事なやついるか？」

教室の中央から手が挙がる。ついさっきまで黒い女子生徒がいた近くに倒れているのは、俺の友人だ。

「陣内！　どうしてここに」

俺たちの教室は隣なのに、って思ったけど、陣内は割とあちこちのクラスに顔を出しているからそのせいか。陣内は左肩を庇いながら起き上がる。暗くてはっきりとは分からないけど、そこには何かに嚙みつかれたみたいな傷があった。俺はハンカチを出して傷口に押し当てる。

「ひどいな……」

この傷口、歯形は人間のものに似ているけど、大きさが三倍はある。力は強くないのか骨までは抉られてないけど……出血はかなりのものだ。陣内は浅い息をつく。

「動画を通じて、スマホからあれが出てきたんだ」

「さっきの女子高生か」

「見ちゃいけない動画だと。誰が生贄(いけにえ)になるかを話してる動画で、床辻の禁忌に触れてる」

「禁忌？　どの禁忌？」

「放課後に五人で集まって、いなくなった人間の名を呼ぶな、ってやつだ」

「あ、あれか。確かにコックリさん禁止令みたいなやつがあった」

そう言えば、女子高でそんな動画が流行(はや)っているって情報を聞いた。今日、監徒の任務がなかったら聞きこみに行こうと思っていたやつだ。花乃(かの)の同級生の奈月ちゃんから聞いた話で、「姉が通っている女子高で広まっているから相談に乗って欲しい」って話だった。

この動画については昨日、『トコツジ警告所』にも投稿されていた。なんでも問題の動画は昭和四十年代に実際に女子高であった事件の動画らしい。この事件に関連して一人の女子生徒が行方不明、五人が怪死したそうで、当時の新聞記事もスレッドに転載されていた。【放課後に五人で集まって、いなくなった子の名を呼んではいけない】っていう禁忌は、この事件をきっかけに広まったんじゃないかって考察が今のところ有力で、そもそも「そんな動画が存在すること自体が怪奇だ」と言われていた。

「ネット掲示板には、その動画は死んだ五人の怨念が具現化したものだろうから、見ない方がいいって書かれていたんだけど」

「それが正解だったみたいだな。あっという間に感染してこの有様(ありさま)だ」

陣内は落ちているスマホを拾う。水晶玉が当たった画面は放射線状にひび割れていた。

「僕のスマホだ。動画を転送してもらったら『あれ』になった」

「壊してごめん」

「仕方ない。当たりを引いてしまった」

「当たり？」

「出回っている動画は一分程度の短いものらしい。でもそれをやりとりしていると『最後まで映っている』ものが混ざりこんでくる。最後まで再生しきると——『あれ』になる」

「最後まで見たのか」

「見てない。勝手に再生されたんだ」

うわ、気の毒……。陣内は見える人間だから、当たりを引きやすいのかもしれない。

「ってことは、廊下で遭遇したセーラー服も当たりを引いたスマホってことか」

「一人会ったのか。他にもいると思う。教室中がパニックになっていたから自信ないが、この教室からセーラー服を着た女子が何人か出て行った。多分、全部で五人だ」

五人。それはきっと動画に出てきた五人だ。そして元は、全員が怪死した生徒だ。

彼女たちが怪奇になって校内に放たれているってのは、嫌過ぎる現実だ。

「……でも、あと三人か」

加月くんとも分担しているし、急げば被害を抑えられるかもしれない。

俺は暗い床の上から水晶玉を拾い上げる。軽くヒビは入っているもののまだ充分硬度はあるはずだ。怜央から買った水晶玉は十個しかないからできるだけ回収したい。

俺はついでに自分のスマホを出して、救急車を呼ぼうとする。

けれど通話ボタンを押しかけたその時、メッセージの通知が現れた。

『陣内　さんから、動画が送信されました』

それを見た瞬間、俺は画面を消す。ついでに電源を長押しして切った。

「どうした、青己」

「陣内から呪いの動画が送られてきた。たった今」

「強力スパムにもほどがないか。僕のスマホ壊れているんだが」

「これ以上増える前に核を潰そう。俺は出てった怪奇を探しに行ってくるよ。陣内は怪我しているところ悪いけど、みんなにスマホの電源を切るように言ってくれ」

「分かった。青己も気をつけて」

怪我している友達を置いていくのは心配だけど、陣内は意識もあるし思考もしっかりしている。悪いけど後方フォローをお願いしたい。

俺は暗い教室を出る。隣は俺自身のクラスだ。そこもやっぱり暗くなっている。俺はすぐには中に入らず、入口の戸に背をつけて教室内の様子をうかがった。

薄暗い中は静まり返っている。セーラー服の怪奇もいない。まさかもう手遅れとかないよな。

俺は意を決して教室に踏みこむ。

「みんな、無事か？」

声をかけて、少し待つ。返事がない。

ぞっとしかけた時、弱々しい声が聞こえた。

「……蒼汰さん？」

「綾香！　無事か！」

暗さに目が慣れると、教卓前の床に座りこんでいる綾香が見えてくる。その隣には綾香と仲がいい女子が倒れこんでいた。綾香は友人を庇うように左腕を広げている。

「暗くなったと思ったら、急にみんなが倒れたんです。揺すっても全然起きなくて、隣からは悲鳴が聞こえてくるし……」

「寝ているだけか？　セーラー服のお化けは来なかった？」

「え、き、来てないですけど」

その答えに俺は胸を撫で下ろす。このクラスは素通りされたのか。みんなも綾香も無事でよかった。沙那さんに顔向けできなくなるところだった。

でも全員気を失っているならスマホを見る人間がいないから好都合だ。

「綾香、ここにいてくれ。スマホに誰かからメッセージや着信があっても絶対開くな」

「わ、わかりました」

「あとセーラー服のお化けが徘徊してるから、万が一誰かが来たら気絶してるふりしろ。俺は徘徊してるやつを壊しに行ってくる」

「え。それ蒼汰さんが危なくないですか……」

「他のやつより慣れてるよ。二人壊してきた」

綾香には悪いけど、あまり長々説明している暇はない。俺は自分の席に向かうと、バッグからラベルのないペットボトルを取り出した。廊下に出てその蓋を開けると、中に入っていた水で教室の入口の二か所に線を引く。

これは沙那さんに「魔除けってわけじゃないけど、お守りに」ともらった水だ。「もし、また《祟り柱》に出くわしたらこれを飲んで」と言われている。俺は他の徒人と違って色々耐性がないから気遣ってくれたんだろう。けどおかげで簡易防御に使える。

俺は蓋を閉めたペットボトルを上着のポケットに入れると、廊下の先へ駆け出す。

次の教室も暗い。声を何度かかけたら隠れていた男子が「セーラー服を着た何かが教室の中を通って出て行った」と教えてくれた。怪我人もいるみたいだけど待機してもらおう。

二階にある二年の教室はここで終わりだ。突き当たりの階段を登れば三年の教室、下りれば職員室と事務室だ。どっちに行くか迷ったのは一瞬だけで俺は階段を二段抜かしで登っていく。

一瞬で踊り場について、向きを変え――

「うおっ」

目の前に闇が広がる。

何が起きたのか、理解するより先に俺は頭を引いていた。遅れて妙な生臭さを認識する。

見えたのは大きな口だ。矯正器具をつけた白い歯。

明らかに人間のもののそれは、けれど人間の大きさじゃない。

――ガチン、と、俺の鼻先で歯が閉じられる。

その音を聞きながら俺は、大きく跳び下がっていた。

「あ、あぶね……待ち伏せかよ」

気づくのに一瞬遅れていたら顔を削がれていた。陣内の肩を嚙んだのもあれだろう。

口が閉じられると、顔の大きさはすっと人間のものに戻る。

でもその顔は塗りつぶされて真っ黒だ。踊り場から一段目に立つ女子生徒は、さっきと同じセーラー服で、でも髪型は違う。まるで鋏で乱雑に切ったようなショートカットだった。

「お前で三人目か」

スリングショットは、相手に気づくのが遅れると近距離に入られて使いにくい。

でも下がろうにも真後ろは壁掛け鏡だ。もっと下がりたいなら階段を降りるしかないし、それは体勢的に不安定。こんなことなら一人剣道部と言い張って呪刀を持って来ればよかった。

「床辻からわざわざ越境してくるとか、何の嫌がらせだよ。禁忌を無駄に広げてくるな」

あの街が少しおかしいことは、怪奇に敏感な人間はみんな勘づいている。『血汐事件』の後に引っ越していった家だって多い。その境界を越えてこられるのは単純に迷惑だ。

「感染型の怪奇は迷惑すぎるんだよ。さっさと消えろ」

「……ア、」

掠(かす)れるようなうめき声。

なんだこいつ喋(しゃべ)れるのか。いや、口があるもんな。

俺の言葉のどこに引っかかったのか、女子生徒がとぎれとぎれの声を絞り出す。

「……だって、夢見(ゆめみ)が……いなくなるから……！」

「ユメミ？」

どこかで聞いたような名前、かも。

そう一瞬気を取られた瞬間、女子高生は俺に跳びかかってくる。

「くそ！」

怪奇っていうのはタイミングが測りにくい。呼吸の間がないやつが多い。

俺は左に跳びのく。大きな口は、俺の代わりに壁の姿見に食らいついた。

鏡が砕ける音が暗い学校に響き渡る。その間に俺はスリングショットを引き絞った。

――近すぎるけど、行けるか？

俺は縮んでいく頭に向けて、水晶玉を放つ。

けど宙を貫く玉は、相手がゆらりと大きく傾いたことで空を切った。

重力とか人体構造とかを無視した女子生徒の姿勢は、胸から後ろに九十度折れている。

「人型の怪奇はこういうところが嫌だな……」

最初っから変な形だと用心もするけど、人型だと「人間を強化した動きをしてくるんじゃ」って思っちゃうんだよな。だから変なところで折れたりしないでくれ。

そんなことを頭の片端で思いながら、俺はもう一度スリングショットに玉をつがえて——引こうとした瞬間、女子生徒が再び跳びかかってくる。

「っ!」

くそ、さすがに近い。ゴムを引ききれない。

俺は避けることを優先して腰を落とす。頭上を、矯正器具をつけた歯が通り過ぎていった。

避けられた、けどこの体勢はまずい。

尻餅をつく直前、俺は左手を床につく。その手で反動をつけて身を屈めたまま前に跳びこんだ。女子生徒のすぐ脇をすり抜ける。すり抜けて、手を伸ばす。

四つ這いで逃げるようにも見える俺を、怪奇がぐりん、と振り返った。

俺の後頭部を狙って再び大きな口が開かれる。

だがその前に、俺は割れた鏡の破片を握っていた。上体を捻って、振り返りざま大きな破片を投げる。破片は狙い通り開いた口の中、真っ暗な闇の中に突き刺さった。

「ッ、ゲァァァァッ!」

奇怪な悲鳴を上げて女子生徒はのけぞる。血の気のない両手が小さくなった顔を覆った。

「い、痛い痛い痛い……ゆ、夢見があんなこと言うから……」

「そのユメミって誰だよ」

怪奇の親玉か？　五人のうちの誰かか？

俺は立ち上がりながら右手の血を制服で拭う。破片を握った時に切ったみたいだ。

女子生徒は、顔を覆ったまま両膝をついてうずくまる。

「……神様が本当にいるなんて……死にたくない……夢見のせいで……」

「神様？」

床辻の地柱のことか？　それとも神を騙っている何かか。もとは怪奇で死んだ人間だけあって、こういう「死にたくない」って言葉が出てくるの結構気鬱になるな。

俺はそんなことを考えながらも新しい水晶玉を取り出す。右手の痛みを無視して、うずくまっている女子生徒の頭に照準を定めた。

「残念だけど……君はもうとっくに死んでる」

水晶玉から指を放す。

だがその時、女子生徒の頭部は再び、口の中を剝き出しにした。

「チガウ‼」

巨大化した頭部が俺に肉薄する。水晶玉はその中央を貫いて、でも巨大な歯は消えない。俺に食らいつく方が早い。

まずい、これは左腕を取られるかも。

時間がひどくゆっくりと流れていく。生臭い息の中に声が聞こえる。

「代わりの生贄サエ、いレば、キッと」

「——ひどい責任転嫁だね」

冷ややかな声は、階段の下から聞こえた。

俺のよく知る綺麗な声。暗い校内で、白い日傘が浮き立って見える。

一妃は、異形となり果てた女子生徒に向けて告げる。

「だってあの日、桜井夢見を空っぽの神社に閉じこめたのは、君たちじゃないか」

それはきっと断罪の言葉だ。

俺に食らいつこうとしていた口がぴたりと止まる。一妃は左手に持っていたものを、俺に向けて放った。

「はい、お届け物だよ！」

「助かった。ありがとう」

布袋に入ったそれは家に置いてあった呪刀だ。俺は袋を取り去って呪刀を抜く。

固まったままの口が不意に絶叫した。

「アァァッァアアアァァァァア！」

校内中に響き渡るような叫びに顔を顰めながら、俺は大きく踏みこむ。

そうして振り切った呪刀が女子生徒を斬り捨てた直後、校内には明かりが戻った。

※

それからはそれからで、めちゃくちゃ大変だった。

怪奇から解放された校内は虚脱状態で、警察と救急車が来るまで悪夢の中みたいな空気が漂っていた。気を失っていた人間が多いってのもあるんだろう。

右手だけを手当てしてもらった俺は、あわただしく人が出入りする昇降口を見ながら、グラウンドの鉄棒に寄りかかる。その隣では加月くんが疲れた顔でしゃがみこんでいた。一妃はマイペースに日傘を差して、救急車やパトカーが停まっているグラウンドを散歩している。

「加月くんがあと二人を何とかしてくれたんだな。ありがとう」

「こっちの台詞ですよ。先輩がいてくれて助かりました。怪奇のスクールシューティングなんて洒落になりません」

「一年と三年は怪我人だけで済んだみたいだな。職員室は――」

「ひどい有様でした。学校再開は難しいかもしれませんね」

「そっか……」

二年生にも心肺停止した人間がいたみたいだ。五人の怪奇は二年の教室で発生して、そこから広がった。一年校舎は離れていたから、侵入された直後に加月くんが追い付いた。三年の教室に押し入っていた怪奇も、俺の接近に気づいて階段に引き返してきた。ただ職員室を襲った怪奇は一番対処が遅れた分、被害も大きかった、って感じだろう。

加月くんは溜息をつくと立ち上がる。

「あの五人の怪奇は封印されていたはずなんですが、吉野様の《祟り柱》化に伴って呼び起こされたんでしょう。僕は監徒に詳細報告に行ってきます。おそらく話が外に広まらないよう情報操作をかけることになるでしょうが……そうでなくとも今日のことは監徒内で大問題になるでしょう。儀式の予定が早まるかもしれません」

「そうだろうな」

市外にここまでの被害が出たなんて、不祥事どころの騒ぎじゃないはずだ。

「スマホの弁償費用は、もし請求されたら僕のところに回してください。監徒の予算から出させます。今の監徒は予算だけはありますから」

「え、いいのか？　正直助かる」

「だから、先輩はさっさと監徒と手を切ってください。とんでもない面倒事を押し付けられるかもしれませんよ」

まるで昼食の時の続きみたいにそんなことを言って、加月くんは手を振って去っていく。

その姿を見送る俺の隣に、一妃が戻って来た。

「蒼汰くんも帰る？　花乃ちゃんが心配してるよ」

「あー、そうだな。こっそり帰るか」

騒然とした校庭は、二度と見たくないと思った一年前の景色によく似ている。

ただその時と違うのは、校舎内から助け出された生徒がグラウンドのあちこちに座りこんでいることと……隣に一妃がいることだ。

「来てくれるとは思わなかった。ありがとう」

「えー？　メッセージくれたでしょ。『学校に怪奇が出た。そっちは無事か？』って」

「したけど。助かった」

一妃がいなかったら、今頃俺の左腕はざっくりなくなってたかも。

俺はそこで一妃が女子生徒にかけた言葉を思い出す。

「桜井夢見、って人の名前だよな。あれ結局誰だったんだ？」

「んー……蒼汰くん、今回の【禁忌】ってなんだか分かってる？」

「【放課後に五人で集まって、いなくなった子の名を呼んではいけない】だろ？」

「そうそう。でもさ、よく考えてみるとその話、五人だと足りないよね」

「え？　どういうこと？　双子がいるとか？」

「唐突に双子を持ち出すのはアンフェアだよ」

ホラーにアンフェアも何もないと思うんだけど……って、あ、分かった。

「いなくなった子か！」

あの禁忌が成立するには、「名前を呼ばれるいなくなった子」がいないといけない。確かに当時の新聞記事にも「行方不明一人、死亡五人」ってなっていたんだ。その行方不明が桜井夢見さんなのか。一妃は日傘をくるりと回す。

「そもそも、さっきの五人が亡くなったから【禁忌】が生まれたんだよね。あの【禁忌】を犯すとさっきの五人が来ちゃうの。そこから広がってくタイプの怪奇なんだけど」

「え、それおかしくないか？」

【禁忌】を犯すと五人が来るっていうなら、その五人はなんで死んだんだ？　って、あ――

「いなくなった子に殺されたのか！」

「違うよ」

あっさり否定された。正解だと思ったのに。

「桜井夢見はね、『この土地の神様を知ってる』って言って、あの五人に嘘つきだって責められたんだよ。それで空っぽの神社に閉じこめられて、そこで【白線】に遭遇した」

「え……」

「記録に残ってるはずだよ。新聞にも載ったから」

言われて俺は思い出す。確かに『血汐事件』の一つ前の【白線】は、昭和四十年代に神社で女の子が一人神隠しにあった、ってものだ。あれが桜井夢見だったのか。道理でどこかで覚えがある名前だと思った。

「あの五人を殺したのは夢見の家族だよ。夢見が消えたのはあの五人が閉じこめたせいだって恨みを買ったんだ」

「それは……なかなか救われない話だな」

不運な玉突き事故って感じだ。でも確かに俺も、誰かが花乃を責めて取り返しのつかないことになったら、その相手を恨んでしまうだろうな。

「あの五人にも家族がいただろうに……」

「でも全部の家族が仲いいわけじゃないだろうしね。復讐されたのは、あの五人の運が悪かったんだよ」

一妃は両手を上げて「うーん」と伸びをする。その横顔はあっさりした微笑だ。一妃は割とこういうところ淡白なんだよな。家族に対して期待してないって感じ。

俺はのしかかる疲労感を引きずって校門の方へ歩き出す。一妃はその後をついてきた。

「それにしても、それも【迷い家】の知識か？」

「うん。監徒の記録にもあるんじゃないかな。ただ極秘資料になってるだろうし、そんな昔の記録まで目を通してる人は少ないかも。その点、私は自由な時間があまってたから色々知ってるよ！」

床辻に古くからある【迷い家】。

見えないものを見て、聞こえないものを聞けるからこそ、学校にも行っていない少女。

その空隙を当然のように自由だと語る彼女は、俺を見上げる。

「あ、でも今みたいに友達と一緒にいる時間の方が好きだよ。蒼汰くんや花乃ちゃんと一緒にいるの楽しいもん！」

「一妃……」

そう言う一妃の笑顔は嬉しそうで、でも淋しさを知っている人間のものに見えた。

俺と出会った時「今が選べる中で最善」って言っていた彼女は、それまでずっと一人でいたんだろうか。子供の時は一緒に遊んでいたのに、どうして十年近くもの間、縁が切れてしまっていたんだろう。

「蒼汰くん、どうしたの？」

「……俺は、なんで一妃のことを覚えてないんだろうな」

パートナーだから友達だから、って助けてもらうごとにそのことが気にかかる。一妃が俺たちを大事にしてくれるのが分かるから、自分がそこまでしてもらえる人間なのか気にかかる。

けれどそんな俺の呟きに、一妃は目を丸くしただけだ。

「え、まだそれを気にしてるの？」

「覚えてないより覚えていた方がいいだろ。なら思い出せたらいいなって」

一妃は最初、俺が「覚えてない」って言った時淋しそうだったんだ。本当はもっとちゃんとした再会を期待していたんじゃないだろうか。

「別に、今の方が大事だからいいってば。もし蒼汰くんが昔のことを覚えてて、でも今私のことを嫌いだったらそっちの方がやだもん」

校門を出ていく一妃は胸を逸らす。晴れ晴れとした顔は綺麗だし、もう淋しそうでもない。

そうであることに、俺も安心する。

「俺は一妃のこと嫌いじゃないよ」

「え！　じゃあどれくらい好き？」

「段階を二、三個抜かしてないか？」

一妃は途端にしょぼんとうなだれた。落ちこませるつもりはなかったんだけど出会いがしらの事故だな、これは。それでも一妃はすぐに気を取り直したのか、期待の目でじっと俺を見上げてくる。うーん、可愛いんだけど圧があるな。いやでも一妃はいつも圧があるしな。

「普通に好きだよ。感謝してるし、いてくれてよかったと思ってる」

「やったー！」

ぴょんと跳び上がる一妃の顔はほんのり赤くて嬉しそうだ。そんな顔に俺はちょっと安心する。だから彼女と並んで家へ帰る。

白々とした日が落ち始め、行き交う相手の顔も見えない夕闇が、降りかかってしまう前に。

六――践地の儀

その白い家を見つけたのは、ただの偶然だった。

花乃の手を引いて山に遊びに行こうとして、道を間違った。その先にぽつんと他の家から離れて一軒の小さな家が建っていたんだ。

広い庭に椅子とテーブルが置かれていて、そこからはココアの匂いがしていた。

テーブルには麦わら帽子をかぶった女の子が突っ伏していて、こっちを見ていた。花乃がそれに気づくと、彼女は言った。

「あ、いっしょに、あそぶ？」

舌足らずに彼女は笑い、振り返ったお姉さんが俺たちを手招く。

人懐こい笑顔の女の子を見たまま、俺は花乃に尋ねた。

「どうする？」

花乃は、最初は「知らない人だから」って恐がっていたけど、二人はそんな花乃をのんびり待ってくれた。花乃を安心させるために俺が先に庭に入って椅子に座った時、お姉さんは笑ってココアを出してくれた。女の子は「人の多いところが苦手だから、新しい友達ができてうれしい」と言ってくれて――

それから俺と花乃は、たびたびその家を訪ねるようになった。

「そうだ……この場所だ」

夕闇の中、俺は汚れた白い木の塀を眺める。

記憶を頼りに立ち寄ったそこは、確かに花乃と二人で通っていた場所だ。

森の入り口にぽつんとある家。ここには綺麗で優しいお姉さんと、愛嬌があって悪戯好きな妹が住んでいた。花乃はお姉さんに遊んでもらうのが好きで、俺はよく土や石を弄りながら妹の方と話をしていた。妹の彼女はベンチに座って俺を見ながら、よく色んな豆知識や雑学を教えてくれた。それを聞きながら俺は時々、花を摘んで遊んでいる花乃とお姉さんを見る。

皆で一つのことをしなくてもいい、好きなことを好きなペースでしていていい、そんな自由で穏やかな時間が、俺はとても好きだった。

「なのに、俺はどうして忘れて……」

少しずつ蘇ってくる記憶を噛みしめながら、俺は低い塀の向こうを見つめる。

そこにはもはや小さな家はなく、ただの更地になっていた。

※

どこか近くで、スマホの目覚ましが鳴っている。

俺はぼんやりとした意識の中、手探りで枕元を探した。

その手が柔らかい何かに当たる。何だろう、と思う前にその何かが俺の手を摑んだ。

「あれ？　母さん？」

それとも花乃が起こしに来たのか。寝ぼける俺の上にくすくすと笑い声が降ってくる。

「蒼汰くんが寝坊なんて珍しいね」

「……いち、ひ？」

言ってから俺はベッドの上で飛び起きる。すぐ横に立っている一妃はエプロン姿で、左手に俺の手を、右手に俺のスマホを持っていた。あれ、なんで。まだ頭がよく回らないぞ。

「どうしてここに……？」

「全然起きてこないから。花乃ちゃんはもうダイニングに連れてったよー」

あ、そっか。一妃は合鍵持っているもんな。

アラームが鳴り続けるスマホを一妃は「はい」と俺に手渡す。俺はぼさぼさの頭を搔きながら目覚ましを止めた。いつも起きる時間はとっくに過ぎている。今は学校に遅刻しないで行ける最終起床時間だ。

「ありがと、一妃。遅刻記録を更新するところだった」

「蒼汰くんの足の速さなら走っていけばまだ間に合うよ」

「それ汗だくで授業受けることになるんだけど」

　っていうか、今は二週間前の事件のせいで授業もまばらなんだよな。代わりの先生がなかなか捕まらないらしい。『血汐事件』もあったしこの地方の高校教師は大分減ってそうだ。そのうち他の高校と合併とかになるかもしれない。

　俺は立ち上がりながら、昨日のことを思い出す。

　実は昨日一人で、昔遊びに行っていた家を探しに行って、でもそこには何もなかったんだ。

　昨日今日更地になったって感じじゃない。何年も誰も踏み入っていないみたいに草が生い茂っていた。周りの細い砂利道や森の木々や道沿いの大きな岩には見覚えがあるのに、家だけは綺麗さっぱりなかった。まるで子供時代はとうに終わっていたのだと俺に知らしめるように。

「なあ一妃……子供の頃、よく一緒に白い家の庭で遊んでいたよな」

　言ってしまってから緊張がよぎる。

　違っているかもと思う半分、違っていて欲しいって思うのは、きっとあの家がなくなっていたからだ。一妃は一人暮らししているって知ってはいたけど、それでも。

「あれ、蒼汰くん思い出したの？」

俺は弾かれたように顔を上げる。

一妃は少しだけ困ったような顔で、でも綺麗に笑っていた。

「思い出したら蒼汰くんは怒るかと思ったけど」

「なんで俺が怒るんだよ。どっちかと言えば逆だろ。それにまだちょっとしか思い出せてないしさ。ただなんとなく、あの家に住んでた妹の方が一妃かなって思っただけだ」

「そっかあ。でも気にしててくれて嬉しいよ」

一妃は部屋のカーテンを開けると、少しだけ懐かしそうに窓の向こうを眺める。その方角は一妃の家があった方だ。今はそこに何もないのだと知っている横顔に、俺はつい見入る。

一妃のお姉さんはもうあそこにはいない。毎晩一妃は一人で誰もいない家に帰っている。

そのことを分かっていたはずなのに、あの更地を見た時俺はショックだったんだ。少なくとも俺の記憶では一妃とお姉さんはすごく仲が良かったから、何があってあの家が失われてしまったのか、《祟り柱》と出くわした時にうっすら思い出したお姉さんの記憶はどういうことなのか、色々考えて悩んでしまった。それで寝つけなくて寝坊。絵に描いたような因果関係だ。

でも一妃の方は大して気にもしてないみたいに部屋を出ていこうとする。

「朝ごはんできてるから、シャワー浴びるなら急いでね」

「あ、一妃！」

俺は反射的にその背に呼びかける。一妃はすぐに笑顔で振り返った。

「なにー？」

憂いのない濃紫の目に、俺は息を止める。

一妃にとっては、きっとお姉さんのいない生活の方がもう当たり前で、すっかり慣れきっているんだろう。でも俺はそのことに勝手に傷ついている。自分が血塗れの教室の中で花乃の首を見つけた時の「家族を全員失うかも」って恐怖を忘れていないからだ。

「……いや、なんでもない。じゃなくて、今日は学校終わったら花乃を連れて出かけるから留守番しててくれ。すぐ戻ってくるから」

「はーい。夜は監徒と合流するでいいんだよね」

「うん。よろしくお願いします」

一妃は「りょうかい！」と元気よく返事をすると、パタパタと階段を下りていく。開けたままのドアから、パンの焼けるいい匂いが漂ってきた。

俺は一人になるとぼさぼさの髪をかき上げる。

「花乃と話さないとな……」

この罪悪感に似た落ち着かなさもそこからどうするかも、突き詰めてしまえば家族の問題だ。だから花乃を置き去りには決められないし、今は他にもやらなきゃいけないことがある。

俺はスマホを操作して、スケジュールを呼び出す。

そこに書かれている今日の予定は二つ。

一つは記憶屋に行って、前からグレーティアに頼んでいた「過去の記憶の呼び起こしができるか」を試してみるのと、もう一つは――監徒主導による《祟り柱》鎮めの儀式だ。

監徒に出会ってから増えた討伐数は、現在のところ三十四。百にはほど遠い。

でも吉野から『血汐事件』当時の話が聞ければ、前進があるかもしれない。

はたして今日の儀式で、そのチャンスは来るんだろうか。

※

学校に行ってみると、相変わらず登校している生徒は少なかった。あの日以来綾香も欠席していて、沙那さんから「体調が悪いわけじゃないけれど事情があって念のため」と聞かされている。陣内は怪我がそれほど深くなかったみたいで、疲れた顔で登校してくると「勉強はしとかないと受験があるから」と苦笑していた。

そんなわけで、午後は一時間だけ授業があって終わりだ。俺はいったん家に帰って花乃を連れると、記憶屋を訪ねる。

「じゃあ蒼汰さん、引き上げたい記憶の中で一番印象的な断片を思い浮かべて。それと繋がる記憶を連鎖的に引き上げてみるから」

「分かった」

揺り椅子に座った俺は頷く。前に立つグレーティアはいつもと同じ人形みたいな無表情だ。カウンターでは花乃が不安そうな目をしていた。

思い出したい記憶、引き上げたいものは俺が足跡付になった時のことだ。

その断片を俺は既に思い出しているはずだ。

目を閉じる。俺の額にグレーティアの額が触れる。

俺はあの憎悪に燃える瞳を思い出す。

そこから見えた、どこまでも続くような炎を。

意識が遠ざかる。暗い中に落ちていく。

※

——燃えている。

周りの木々が、森が、燃え盛っている。

熱が押し寄せてくる。悲鳴が聞こえてくる。

あいつはその前に立って俺たちを睨んでいた。その恐怖に俺は立ち竦む。

身を翻して逃げたくて、でもそれもできない。このまま逃げればみんながいる街までこいつを連れて行ってしまう。それだけじゃなくて——

「蒼汰くん、危ないから先に帰ってて。おうちで花乃ちゃんが待ってるから」

俺に背を向けたまま、お姉さんはそう言う。

お姉さんはあいつと向き合っている。俺だけを逃がすつもりなんだ。こんな山の中まで入りこんだのは俺が悪いのに、お姉さんは俺を探しにきてくれて、俺の代わりになろうとしてる。

「大丈夫。本当は何も燃えてないの。これは過去の景色だから逃げてて」

優しい声だ。何も心配いらないのだと、俺に納得させようとしている。

でもそれじゃ駄目だ。俺だけが逃げるなんて駄目だ。

お母さんは『大事な人は守らないとだめ』って言っていた。だから俺は、花乃をずっと大事にしていた。でもそれはきっと、花乃だけを守っていればいいって意味じゃないんだ。

俺は勇気を振り絞って、もう一度お姉さんの背中を見上げる。

「み、見て見ぬふりしてなんて……帰れないよ」

動かない足を、動かす。

がくがくと震える手を前へ。

俺は、お姉さんの前に立って、あいつを見上げる。

「だいじな人は、お、おれが、まもる、から……」

記憶にある限り一番勇気を振り絞って、俺はあいつの目を見上げる。

その目は尽きせぬ憎悪に燃えていて——

次の瞬間、俺は幻の炎にのみこまれた。

※

「……どう？」

その声に半覚醒だった意識が引き戻される。

俺は座っていた椅子の上で目を覚ました。目の前に立っているグレーティアを確認する。

カウンターからは怜央と花乃が心配そうに様子を窺っていた。

「おに……ちゃ、どう……だった？」

「結構思い出せた、と思う」

断片的な子供の頃の記憶の前後を、グレーティアがクリアにしてくれた。おかげで色々と見えた。当時六歳くらいの俺には分からなかったことも今なら分かる。

「やっぱり俺は子供の頃に地柱に会っていた。多分、【禁忌】を侵したんだ」

吉野と呼ばれる地柱。今は《祟り柱》になってしまっているあいつと俺は、過去一度遭遇している。足跡付になったのもその時だ。俺は子供なりにお姉さんを庇おうとした。

「お姉さんを守ろうとして俺は吉野の幻の炎？　に焼かれたんだ。で、その先が思い出せないんだけど……花乃、分かるか？」

「……わたし、そのとき、いなか、ったと、おもう……」

「だよな」

花乃はあの時は家にいたんだ。俺は山に行くからって花乃に内緒で家を出た。

怜央がカウンターでコーヒーを淹れながら問う。

「その妹本人には確認してみたんだろ」

「うん。やっぱりあの姉妹で合ってたよ。そもそも俺たちがあの家によく顔を出すようになったのも、当時の一妃が『人の多いところが苦手で行けない』って言ってたからなんだよな。実際、小学校とか行ってなかったみたいだし」

あの家の外に出られない、って言ってたから「じゃあ、俺たちがここに来るよ」って話になったんだ。でも学校に行っていない一妃は当時から俺より物知りだった。大人びた物言いで、よく色んなことを教えてくれた。

小さな白い家には常にゆったりした空気が流れていて、それは一妃の持っているふわっとした非日常的な空気と同じだ。まるで半分夢の中みたいな穏やかな感じ。

「ただ一妃にはそこから先の詳しい話が聞けてないんだ。家族の話を避けているそぶりがあってさ。本人は折り合いが悪いって言うけど、子供の頃はそんな感じがしなかったから、もしかしたら、俺が【禁忌】を侵したことが原因でお姉さんに何かあって、一妃はそれを俺に教えないようにしているんじゃないかって……」

口にしてみると、ずんと胃に重いものがのしかかる。
あの白い小さな家。そこには広い庭があり、綺麗な石が敷き詰められていたり花壇があって、花乃はよくお姉さんに遊んでもらっていた。「お姉さんといると恐い声が聞こえないの」と言ってすっかりなついていた。多分、お姉さんにも一妃みたいな怪奇を寄せつけなくさせる力があったんだろうな。俺は花乃が遊んでもらってる間、一妃とだらだら話しながら工作したり虫を採ったりしていたんだ。四人で一緒に何かをすることもあったけど、一人でも二人でもいい、自由が許されている、あそこはそんな場所だった。

　でもそれをぶちこわしにしたのは、俺だったんじゃないだろうか。今、お姉さんがいないのはもしかして、あの一件で亡くなったからじゃ――

「おに……ちゃ、の、せいじゃ、ないよ……！」

　途切れ途切れの、でもできる限りの力を込めた言葉。俺だけじゃなく怜央もグレーティアも驚いた顔で妹を見る。花乃は昔よく見た、今にも泣き出しそうな目で俺を見ていた。

「だから……いちひ、さんを……しんじて」

　強い言葉だ。花乃からそんなきっぱりとした言葉を聞いたのはずいぶん久しぶりだ。

　思わず驚いてしまった俺は、我に返ると苦笑した。

「……そうだよな。本人が言ってないことを先走ってちゃ駄目だよな」

　俺は一妃の厚意に甘えっぱなしなのかもしれないけど、だからって勝手に罪悪感を募らせるのは違う。そういうことはちゃんと一妃と話さないと。

怜央が俺の分のコーヒーをカウンターに置く。

「その、昔お前が侵した【禁忌】って何なんだ？」

怜央の問いに、俺はふっと舌足らずな声を思い出す。

『わたし、知ってるのよ。このまちのかみさまを――』

あの時のささいな会話がきっかけだ。

「一妃って昔から物知りでさ、子供の頃も色々変わった話を教えてくれたんだよな。その中に『神様がこの山の奥にいる』って話があったんだ。そりゃ嘘だろって思ったけど、目印に小さな石碑があって透明な石がいっぱい落ちている場所があるって。入っちゃ駄目な場所とは言われたけど、どうしても気になってこっそり一人で行ってみた」

「子供がやりがちな【禁忌】侵しだな」

「ほんとそう思う。過去の自分をぶんなぐりたい」

神様に興味があったわけじゃないのに、綺麗な石があると聞いてがぜん興味が湧いたんだ。当時花乃が綺麗な石を集めていたから、内緒で行って一つくらい持ち帰ってやろうと思った。

いわゆる「神域」と言われる場所の石を持ち帰るのは、床辻に限らずよくないことだってさすがに今は知っている。でも当時の俺はそれを知らなかった。山の中に踏みこんで石を持ち帰ろうとして――地柱に見つかった。

そのままだったら、俺一人が神隠しになって終わったかもしれない。でもお姉さんが気づいて追いかけてきてくれた、んだと思う。

そこからどうなったのかは覚えてない。でも俺はその日を最後に、森の前に建つ家を訪ねた記憶がない。お姉さんとも一妃とも会ってない。

「どうして今まで忘れてたんだろう……」

「そういえ、ば。おにぃちゃ、熱、出してた、よ」

「熱？　そういや、夏休みに寝こんでいたことがあったな……」

夏の終わりに、原因不明の高熱を出して何日も起きられなかったことがあった。おかげで宿題が間に合わなくて地獄を見たんだ。後で母親から「あんまり熱が下がらないから、入院の話も出ていた」って聞いて驚いたけど、あれがその時の話だったのか。

立ち上がった俺はコーヒーカップを手に取る。怜央はナイフを磨きながら言った。

「記憶が断片的なのはもう仕方ないだろうな。神隠しに遭った人間は、戻ってこられても記憶がなくなっていることが多い。足跡付とやらも似たようなものだろう」

「あの場にいたのは俺とお姉さんと、地柱だけだったんだ。だから俺が思い出せないなら、何があったか知っているのはもう地柱だけだ」

「あんまり役に立てなくてごめんなさい」

グレーティアがしょぼんと頭を下げる。俺はあわてて手を振った。

「いいんだ。充分すぎるよ」

《祟り柱》と対峙する前に、何か有用な情報が引き出せるかもって期待してたってのはある。でも蓋を開けてみれば子供の俺が馬鹿だっただけだし、その馬鹿さが分かっただけでもありがたい。お姉さんにはもう謝ることはできないのかもしれないけど、一妃には詫びられるし決心もつく。

俺は苦いコーヒーを飲みこむと、カップを置いて花乃の前に立つ。

「なあ花乃、これからの一妃とのことなんだけどさ」

「わたし、は、いいと……おもう」

即答だった。まだ何も言ってないのに俺が何を言おうとしたのか分かっているみたいだ。でもきっと花乃の方が前からそう思っていたんだろう。花乃は昼間ずっと一妃と一緒だもんな。

「ならよかったよ。っとそろそろ時間か。花乃は――」

「わたしも、行く……つれてって……」

「やっぱ変わらないか。わかった」

本当は記憶屋で留守番していて欲しかったけど、花乃自身は今回はっきりと「行く」と意志を明確にしている。それを無視するのはちょっとできない。一妃も行くし、現地ではバッグごと一妃に預かってもらうつもりだ。

「監徒の《儀式》だろ。本当に行くのか？」

「うん」

俺の高校での事件を受けて、監徒は準備を繰り上げて《儀式》を今夜にしたんだ。沙那さんが「あなたはこれに参加したいんでしょう?」って連絡をくれた。

《祟り柱》を元に戻すための儀式。加月くんは関わるなって言っていたけど、これは吉野に会えるチャンスだ。

「俺は子供の時のことも知りたいし、『血汐事件』についても聞きたいんだ」

花乃は事件に巻きこまれた時、誰かに「危ない」って警告されて手を引かれている。それがもし吉野なら花乃の体の行方を知っているかもしれないし、そうでなくてもあの謎の電話の主が誰か分かるかもしれない。吉野に確かめるとしたら今夜だ。

儀式の場所は、子供の頃俺が踏みこんでしまった山の中、神域だ。時間は夜七時からで、待ち合わせまであと三十分くらい。

怜央がナイフをはじめ、チェックしていた装備をひとまとめにしてくれる。

「じゃあこれ。多分そこそこ効果はあると思うけど、さすがに神レベル相手は自信がない」

「ありがとう。代金は……」

「いいよ。帰って来て気が向いたら少しずつ払ってくれ」

「え、でもさすがに悪いよ」

今回の装備には「これ入手困難、っていうかかなり値が張るんじゃ」ってものもまざっている。高そうとやばそうの詰め合わせ。でも恐縮する俺に怜央は笑った。

「俺は一緒に行けないからな、手伝い代わりだと思ってくれ。それが気になるなら貸しで。将来、グレーティアが困ることがあったら助けてやってほしい」

自分の名前を挙げられて、グレーティアが小首を傾げる。

怜央と暮らしている彼女は他に身寄りもない。特殊な能力持ちで、いわば隠れている身だ。だから怜央は、自分が何かあった時にって不安に思っているんだろう。俺が花乃を置いていけないと思うのと同じだ。

「約束するよ。借りがなくても助ける」

「ああ、ありがとな」

でも現状は俺の方が借りっぱなしだ。俺は持ち物を整えながらふとカウンターの隅に気づいた。そこにはアンティークアクセサリーが並んでいて、花を象ったペンダントがある。

「じゃあ、これも買うよ。これは今払ってく」

「まいど」

「蒼汰さんがするの？」

グレーティアの遠慮ない天然はともかく、花乃は気づいているみたいだ。

「いちひ、さんに……でしょう？」

「うん。今日は留守番させちゃってるし、おみやげ」

「よろこぶ、と、おもうよ」

「一妃は何してもたいてい喜んでくれるけどな」

ゲームとかしていると、「今のナシ！」とか生意気な子供みたいに駄々をこねてくることもあるけど、基本は優しいんだ。だから、今夜の《儀式》で何があるとしても、花乃も一妃も傷つけないように。お姉さんみたいに、自分の愚かさで失ってしまわないように。

そう俺は決めている。

※

《儀式》が行われる東の山中は俺たちの家から比較的近い。記憶屋から戻って一妃と合流した俺たちは、山に向かって徒歩で緩やかな坂を上っていた。

住宅街から離れて少しずつ家が減っていく。子供の頃、花乃と遊びに通っていた頃はもうちょっと人家が多かったんだけど、『血汐事件』のせいで空き家も増えた。

俺は坂道を先導しながら、一妃に小さな箱を渡す。

「何これ」

「おみやげ。似合うと思って買った」

「え、ありがとう！」

　箱を開けた一妃は「かわいいー！」と嬉しそうな声を上げる。一妃の持つ白い籠バッグの中で、花乃が「おに、ちゃん、がえらんだ……んだよ」とアシストなのかそうじゃないのか分からないフォローを入れる。

　初めて出会った時と同じ和装混じりの格好の一妃は、嬉しそうに自分でペンダントをつけると、銀のペンダントトップを襟の中に滑りこませる。鼻歌を歌い出しそうな様子は無邪気だ。

まるで子供の頃から何も変わっていないように。

だから、これは今のうちに言っておかないといけない。

「一妃、昔教えてくれたよな。床辻は、本当は常世辻だったんだって」

「そんなこと言ったっけ？　あ、でも常世辻ってのは本当だね。神隠しが多いから、そういう名前で呼ばれてたらしいよ」

「あー、そういや『床辻に住むと早死にする』って話もあったな」

　色々知った今になって思うと、昔の人は【白線】を生み出す『異郷』を『常世』って呼んでいたのかもしれない。『異郷』に繋がる辻、常世辻――そんな風に呼ばれていたとしたら、やっぱりこの街は浸食が多い土地だったんだろう。

　でも今はもっと話さなきゃいけないことがある

「一妃、俺は子供の頃にお前のお姉さんをひどい【禁忌】に巻きこんだ」

「え？」

「吉野(よしの)の、地柱の領域に踏みこんで見つかった。お姉さんは俺を守ろうとして巻き添えになった。お前は知っている話かもしれないけど……今まで忘れててごめん」

　これだけは言っておかなければ。子供だったからなんて言い訳はできない。今、お姉さんがいないのはあの時のことが原因かもしれないんだから。

　俺は深い溜息(ためいき)をついて目を閉じる。それでも足だけは止めない。ただ前に歩き続ける。

　一妃(いちひ)は濃い紫色の目を瞠(みは)っていたけど、不意にふっと微笑(ほほえ)んだ。

「あれは蒼汰(そうた)くんとは関係ないよ」

「でも」

「蒼汰(そうた)くんは、昔から自然体でフラットな性格だよね」

　それはどういう意味だろう。俺が困惑していると一妃(いちひ)は穏やかな目を向ける。

「公正っていうほど固くなくて、公平ほど頑(かたく)なでもない。分け隔てなく相手に接するし、どんな相手でもびっくりするほど偏見がない。だから人を助けるのにも躊躇(ちゅうちょ)がなくて友達も多い。変わった外見とか境遇とか頓着しない。ただ目の前の一人として対等に接してくれる」

「……それ、当たり前のことじゃないか？」

　言ってから、でも俺は「違う」と気づく。昭和の街に怪奇で閉じこめられた時、突然現れた一妃(いちひ)がバッグの中から花乃(かの)を抱き上げた時のことを思い出す。

　あの時一妃(いちひ)は首だけの花乃(かの)を見ても、何も恐れなかったし問わなかった。当然のように優しく花乃を抱き上げてくれた。その手に俺は泣きそうになったんだ。

『血汐事件』から一年、俺は自分が思うより必死だったんだろう。今の花乃のことが人に知られたらきっとまずいことになる。そうでなくても恐怖の目で見られたら花乃は傷ついてしまう。そんな強迫観念を抱えて気を張っていたから、一妃が花乃を普通の人間として大事にしてくれたことがひどく嬉しかった。一妃が俺に言ってくれていることも、多分それと同じだ。

「だから私たちは、小さな蒼汰くんと花乃ちゃんと遊んでいて楽しかったよ。それ以外、困ったこととかは何もなかったし、蒼汰くんが気に病むことはないの」

一妃は花乃のいるバッグをそっと抱きしめる。その姿はあの夜と同じく綺麗だ。

――一妃の話からすると、姉妹で暮らしていたあの家には何か事情があったんだろう。

今思うと、確かにあの家に大人がいるのを見たことがなかった。平日日中に大人がいないなんてことはよくあるけど、週末に訪ねてもそこには二人しかいなかった。

でも当時の俺たちはそれを気にしなかった。きっと子供だったから何も考えてなかった。優しくしてくれて嬉しかった。一緒に遊んで楽しかった。家族でいるみたいに落ち着けて、子供部屋みたいに自由にしていられた。ただそれだけだ。

けれどそんな子供の無鉄砲さがあの頃の一妃たちにプラスになったんだったら……ちょっとはよかった。せめてもの救いだ。

「……ありがとう、一妃。ごめんな」

「謝ることなんて何もないよ。それに二つ誤解があるみたいだから言っておくけど、蒼太くんたちが遊びに来なくなった後も、私たちはちゃんと二人で普通に暮らしてたよ」

「へ？」

俺は思わず足を止める。一妃はそれに気づいていないのか、顎に指をかけたまま言った。

「私が一人暮らしを始めたのって一年くらい前だし。あ、あの家はもう取り壊しちゃったんだけど。って蒼太くん⁉　具合悪いの？」

思わずしゃがみこんでしまった俺に一妃は飛び上がる。花乃が籠の中で「わわ」と声を上げた。一妃があわてて花乃に謝るのを聞きながら、俺は深く息を吐き出す。

「そうだったのか……よかった……」

ならお姉さんはあの後無事に帰れたんだ。それで俺の【禁忌】侵しが無になるわけじゃないけど、でも少しだけ安心した。

一妃は微苦笑して続ける。

「で、もう一つはね。私たちは血の繋がった姉妹じゃなかったんだ。私の姉は別にいるの。折り合いが悪いのは本当の家族の方。私は生まれた時から力が強くて、物心つく頃には家族に煙たがられてたんだよね。だから床辻に来たんだ」

「え」

「つまり、あの家が当時の【迷い家】だったんだよ」

それは……気づかなかった。じゃあの頃、一妃自身が保護された子供だったってことなのか。だからお姉さんと二人で暮らしていて——その後【迷い家】の主人を継いだ。

そうと分かれば色々なことが腑に落ちる。他の家から離れた場所で二人だけで住んでいた理由も、普通に遊びに来ていた俺たちが歓迎されていた理由も。

一妃は苦笑しながら髪をかき上げる。

「あの家での暮らしは普通の家と違ってもちゃんと楽しいものだったし、今、私が一人でいるのは私たちの事情だから詳しく言えないけど、二人で話し合って決めた結果なの。だから蒼汰くんが気にすることなんて何もないんだよ。もちろんそれは花乃ちゃんも同じ。今だって私は楽しんでるし」

そう言う一妃の目は普段より大人びて見える。

白い家で暮らしていた二人があの後どうなったのか、一妃がどんな事情であの家を出たのか、俺には分からない。でも一妃にとってその記憶が楽しくて大切なものならよかった。今、俺たちといるのを楽しんでくれているのも。

「なんか……かえって気をつかわせてごめん」

「え、全然問題ないよ。むしろ悩ませちゃってごめんね」

一妃はけろりとそう言う。子供の頃の失敗を謝ったことも、こうなると自分が吐き出したかっただけみたいだ。

でも言ってよかったとも思う。おかげで一妃が幸せに育ってこられたと知ることができた。もっとも、自分の能力を受け入れて【迷い家】の主人なんて役回りを楽しんで俺たちを助けてくれるのは、彼女の大らかで愛情深い性格あってこそなんだろうけど。

「一妃が動じない性格で助かるよ」

「蒼汰くんの方がまったく動じないタイプだと思うけどなー。私が出会った人間の中で一番神経が太いよ。そんなに太いと生存本能に障りそうだけど大丈夫？　やっぱり今夜は家に引き返しとく？」

「引き返さない。花乃を頼む」

結局、花乃のことは沙那さんや加月くんにも伏せているままだ。一妃は後方支援のタイプだし、花乃を任せられるのは一妃の他にいない。

「もちろん任せて！　花乃ちゃんには傷一つつけさせないよ！」

「これ、一妃も怪我しないところにいてくれってことだからな。あと儀式が終わったら沙那さんに相談するよ。【禁祭事物】を解除できないかって」

「え、なんで？　別に構わなくない？　蒼汰くんも花乃ちゃんも傷つけないってだけでしょ」

「そうだけどフェアじゃないと思う」

結果として変わらなくても、俺が一妃に制限を課しているってのは事実だ。そのままだと謝罪も感謝も軽くなる気がする。少なくとも俺の分だけでも公平にしないと、一妃に向き合う資格に欠けると思うんだ。

一妃は何が面白いのか、ぷっと噴き出す。

「蒼汰くんの、その執拗なフラットさが好きだよ」

「褒められてない気がするんだよな……。でもありがとう」

俺にとっては当たり前のことだし、執拗ってのは何なんだ。

「それで一妃、今夜が終わったら一緒に暮らさないか？」

「ひゃ⁉」

「わ、わ」

一妃の持つ籠の中で花乃がまた声を上げる。けれどさっきと違って一妃の顔は真っ赤だ。

「な、なんで急に？　それ段階を二つ三つ飛ばしてない？」

「段階って。今でも一緒に暮らしているようなもんだろ。それに、今夜が過ぎれば床辻も安定するかもしれないけど、怪奇が減ってもお前を一人で家に帰らせるのはちょっとな」

どちらかというと一人の家に帰らせるのが嫌なんだけど、似たようなものだ。

「俺はお前のこと、家族みたいなものだと思ってる」

押しかけパートナーから始まって一緒に怪奇を回って。

でもそれ以上に花乃と家にいてくれて、同じ食卓を囲んでゲームして。

そういう普通の日常をくれたのが一妃だ。閉塞していた俺と花乃に、一妃は当たり前の顔で寄り添ってくれた。

「花乃は、お前が来るまで毎日俺に謝っていたんだ。何も謝ることなんてないのにな。でもお前と一緒に過ごすようになってから変わった」

『血汐事件』が起こる以前から部屋に閉じこもった花乃は苦しそうだったんだ。でも一妃といるとそれがなくなる。目に見えて明るくなって、あの四人で遊んでいた頃のように自由に見える。そしてそれは俺も一緒だ。

「朝のランニングから帰宅した時さ、お前と花乃がダイニングにいるのを見るとほっとするんだ。すごく自然に『帰ってきた』って思う」

三人でやれることをやりながら他愛もない会話をする。近すぎない、でも温かい距離。

その空気に、関係に、名前をつけるならおそらく「家族」だ。

「だから、お前が嫌じゃなかったら一緒に暮らすのはどうかなって。うちなら余っている部屋もあるしな。段階をすっとばしていたらごめん」

ちょっと前から考えて花乃と相談しようと思ってたんだ。でも花乃は俺が詳しい話を言い出す前に「いいと思う」って言ってくれた。今も花乃は籠の中からじっと一妃を見上げる。

「いち、ひ、さん。あり、が、とう」

花乃はそこで息を深く吸った。明瞭な声で言う。

「……あの、時のことも」

「花乃ちゃん」

一妃は濃紫の目を軽く瞠る。あの時っていつのことだろう。俺の知らない時かな。

暗い山が近づいてくる。一妃は目を閉じた。薄く吐く息の音が聞こえる。

「正直……私は蒼汰くんほど家族っていいものと思ってないんだ。私が大事にしているのは友達で、二人のこともそう思ってる」

「一妃は最初からそう言ってたもんな」

もしかしたらあの「お姉さん」も一妃にとっては友達だったのかもしれない。俺と一妃はきっと「親しくて大事な人間」を示す名が違うんだ。

濃紫の双眸が少し不安げに揺れて俺を見上げる。

「がっかりした？」

「全然。一妃には一妃の考え方や感情があるだろ。それを俺にそろえてほしいわけじゃない。俺たちを大事に思ってくれているだけで充分だよ」

それが当然で、それでいいと思う。一妃はまだうっすら赤いままの頰を片手で押さえた。すっかり見慣れた恥ずかしそうな笑顔で言う。

「ならいいんだけど。ありがとう。私も二人と一緒に暮らせたら……嬉しいかな」

一妃はいつもより少しだけ遠慮がちだ。でも嬉しそうなのは本当で、俺は胸を撫で下ろす。

「じゃあ決まりだ。あ、一緒に暮らすんだから要望や困ったことがあったら言ってくれ。話し合って決めるから」

「私は特にこだわりとかないかなー。あ、お庭使ってもいい？　花壇とか弄りたいな」

「いいよ。庭の物置に母さんの園芸道具がちょっと残ってたかも」

花乃と二人になってからは庭を弄る余裕とかなくてむしろ荒れていたから、一妃が触ってくれるのはありがたい。籠の中の花乃が掠れた息で笑う。

「おにいちゃ、うれしそう」

「嬉しいっていうか、肩の荷が下りた感じだよ。もっと早く言えばよかった」

「でも蒼汰くんは最初の頃、結構私を鬱陶しがってたよね」

「鬱陶しくはなかった。怪しんでた」

「色々考えた登場だったのに！」

「あれは怪しいって」

言いながら俺は両腕を挙げて伸びをする。

何かこう……胸のつかえがとれた。でも時間をかけたからこそ言えたって気もする。

ただそれも全て無事に今夜を越えられてからなんだけど。

登り坂の先にいくつもの照明が見えてくる。

工事用の大きなバルーンライトが置かれて、スーツを着た人間や作業服の人間、白衣を着た人なんかがあわただしく動き回っている。カラーコーンが置かれて、立ち入り禁止のテープが張られている様は、謎の爆発物が見つかったみたいだ。

「すげえ。パニック映画みたい」

「おにぃ、ちゃ……わたし、しずかに……するね」

「わかった。でも何かあったら言ってくれ」

「私が聞くよ。小さな声でも届くから」

そんなやりとりが聞こえたわけじゃないだろうけど、カラーコーンの前にいた警備員の人が声をかけてくる。

「君たち、ここは今日工事で通れないんだ」

「あ、通行許可もらってます」

俺はスマホ画面に沙那さんから送られたバーコードを表示させる。警備の人は「そうですか」とだけ言って、ポケットから出したリーダーでそれを読みとった。ひょっとしてこれで出席を取られるのかな。特に問題なく「どうぞ」と言って通されると、俺は一妃を振り返る。

「一妃はノーカンなんだな。同行者は二人まで連れて行けます、とかそんな感じなのかな」

「んー、今日は人が多そうだから認識されにくくしてるよ。すごく影を薄めてるっていうか」

「そんなこともできるのか……」

「花乃ちゃんも連れてるし目立ちたくないからねー」

「それは確かに」

今日は監徒大集合の日だもんな。一妃は把握されているとは言え監徒からすれば【迷い家】の主だし、花乃が見つかっても困るから影が薄い方がいいだろう。

進入禁止の内側では、森になっている手前の空き家二軒を拠点に準備が行われていた。一妃の家があった通りからここは二本東側だ。その分、森に踏みこんでいる。

昼間みたいに照らされた路上にはイベント用のタープテントが置かれて、長机の上にいくつもの機材が並べられている。白衣を着ている人たちは主にこの辺りを行き来している。ちょっとした研究所みたいだ。

ただそういう研究所職員さんみたいな人や作業員さんたち、スーツ姿の人たちの中に、明らかに違う雰囲気の人間がまざっている。動きやすそうな黒ジャージだったりTシャツにジーンズだったり、学校の制服だったり和装だったりする彼らが、多分監徒の徒人なんだろう。

中でも一際目立つ白い和装の少年が、俺に気づいてぎょっとした顔になった。

「先輩、どうしてここに」

「沙那さんに連絡もらった」

言った瞬間忌々しげに舌打ちされた。本当図々しくてごめん。

「加月くん、その格好似合うな。平安の人みたい」

「狩衣っていうんですよ……そういう家ですから……」

加月くんは深い溜息をつく。儀式前から疲れさせたみたいでごめん。関わるなって忠告を全然守れてないし。

「でも、こんなに人が多いとは思わなかった。運動会みたいだ」

「その例はどうかと思いますけど……。ほとんどは国が送ってきた人員ですよ。地柱のデータが採りたいんだそうです」

「ああ、そういうことか」

つまり研究員さんとか作業員さんとかスーツの人は、実働員じゃなくて見学か。これはなかなかプレッシャーかもしれない。それに加えて俺だもんな。すみません。

「俺も邪魔にならないようにするよ。どうしてもやらなきゃいけないことがあるんだ」

加月くんは複雑な顔になる。のみこめないものをのみこむような目で俺を見上げた。

「分かりました。先輩には色々助けられていますからね。でも《儀式》に参加するなら、僕から二つこの先の【禁忌】を加えさせてください」

「あ、助かる。ありがとう」

実のところ《儀式》の詳細とか作法とか何も知らないからありがたい。既に俺は昔、吉野の【禁忌】を侵してるわけだし。いわば前科一犯。

「一つは【ここから先、全てが終わるまで飲み食いしないこと】」

「なるほど」

「もう一つは【白い狒狒を見かけても見えていないふりをすること】です」

「白い狒狒？」

それって陣内の塾にいたあの狒狒のことじゃないか。確かにあの日以来、様子を見に行ってなかったけど勝手にあそこから動かないものだと思っていた。

「加月くん、それってどういう意味が――」

シャン、と鈴の音が鳴る。

それはざわざわと騒がしいこの場にあって、不思議なほどはっきりと俺の耳に届いた。

全員の視線が森に集中する。森へと分け入る小道、両脇に点々と奥まで灯籠が吊るされたその道の入り口に、いつの間にか墨染めの着物を着た女の人が立っていた。手には巫女さんが神楽舞に使うような鈴を持っている。

初めて見るけど綺麗な人だ。沙那さんと同じくらいの年齢だろうか。

「――皆様、よくお集まりくださいました」

「僕の母です」

「まじで!?」

加月くんが囁いた言葉に、つい大声を上げてしまう。しまった、めちゃくちゃ注目を浴びた。いきなり邪魔してしまった。一妃、俺も注目されないようにしてくれ……。

加月くんが僕の代わりに「失礼しました」と頭を下げると、みんなは何もなかったように元の空気に戻る。

「ごめん、加月くん……」

「いえ、僕が悪かったです。先輩の太い神経を忘れて発言しました」

「太くなくなるよう頑張るよ」

それにしても、俺がこれだけ失態してもすぐ後ろにいる一妃には注目いかないんだな。さっきの話を聞いてから、みんなの前で話しかけちゃまずいかと気をつけていたけど、まったく平気かもしれない。

加月くんのお母さんは、何もなかったように続ける。

「此度の《践地の儀》は、予定よりも大分早いものとなりましたが、我らの役目の重さに変わりはありません。皆、心してかかるように」

監徒の人たちは一斉に深く頭を下げる。俺は加月くんが綺麗な動作で一礼するのを見て、あわててそれにならった。一妃は面白そうな顔で立っているままで、国から来た人たちは自分たちの仕事に夢中で見ていない。まるで違う場所の二つの光景が入り混じっているみたいだ。

「既に主だった者の半数は神域に入っています。皆も急ぎ向かい、すみやかに儀を終えるように。——行きなさい」

シャン、とまた鈴が鳴らされる。それを合図として、徒人さんたちは次々山に踏み入っていった。小道を登っていく人がほとんどだけど、中にはなんの道もない森に消えていく人もいる。

加月くんのお母さんがちらりとこっちを見ると、加月くんは囁いた。

「僕は行きます。先輩、さっきの【禁忌】を忘れないでください」

「分かった。そっちも気をつけて」

加月くんは舗装されていない道をすいすいと歩き出す。なんか木靴みたいなのを履いているのにめちゃ早い。俺はスニーカーで来てよかった。加月くんはお母さんを無視するみたいにその前を通り過ぎて、小道の先に消える。

周りから監徒の人たちがいなくなると、俺は一妃を振り返った。

「行こうか」

「うん！」

一妃は左肩に花乃がいるバッグを、右手に日傘を持って歩き出す。靴はヒールもあるブーツだから心配なんだけど、本人は気にする様子もない。俺はせめてペースを早くしすぎないよう歩き出す。

――《儀式》が具体的に何をするものなのか、俺は知らない。

ただ沙那さんからは「吉野さまの状態が悪いから、戦闘になるかもしれない」とは聞いている。この辺一帯の怪奇の発生は監徒の方で抑えるらしいけど、《祟り柱》自身はそうもいかないんだと。ショック療法で目を覚まさせる、みたいなものだろうか。

俺たちは灯籠に照らされる山道を登っていく。

遠くから太鼓の音が聞こえてくる。大勢の誰かが何かを読み上げているような声も。なんだか祭りの夜みたいで、でも全然違うのは空気だ。夜の木々の中に、息を潜めた大量の何かがいて、じっと一挙一動を窺われているような感覚がある。登っているはずなのに、どこまでも続く螺旋階段を下りているような気がする。

一歩進むごとに、自分が世界から切り離されていくような息苦しさに、俺は口を開いた。

「一妃、さっき加月くんが言ってた【禁忌】、聞いていたよな」

「うん」

「あの白い狒狒って、俺たちが見たあの狒狒だと思うか？」

「そうだね。この街に白い狒狒って一匹しかいないから」

「誰かが密輸入して飼いだした可能性もあるだろ」

確かヒヒって特定動物だった気がする。ペットとして買うの禁止ってやつ。でも一妃は俺の戯言に「他の人間には見えなかったでしょ」ともっともなツッコミを入れてきた。確かに。

「一妃はあの狒狒がなんだか知っているのか？」

「うーん、前に見た時もそうだったんだけど、あれはただ『見てるだけ』なんだよね。見てて、いつの間にか消えちゃう」

「消えちゃう？　なんで？」

「分かんない。だから放っておいていいって思ってたんだけど、監徒にとっては別の意味があるのかもね」

「別の意味か……。験担ぎとかかな。白い動物って縁起がよさそうだし」

加月くんが聞いていたら呆れられそうな気もするけど、圧倒的に知識不足だから仕方ない。

花乃がかぼそい声で囁く。

「かみさま、の……つかいって、いわれる……よね……」

「神使か」

だとしたら地柱と関係があるんだろうか。全部終わったら加月くんに聞いてみよう。

「そういえば、さっきは沙那さんいなかったな」

会えたらお礼を言おうと思ったけど、姿が見えなかった。先に山に入っているんだろう。

山道の先に少し右に捻じれた木が見えてくる。その木を見て俺は思わず足を止めた。一妃が不思議そうに俺を覗きこむ。

「どうかしたの？」

「いや、子供の頃のことを思い出しただけ」

吉野の神域を侵した時は、あの木を目印に森の中へ踏みこんでいったんだ。

何も知らなかった頃の思い出は、でも思い出なんて綺麗な言葉にしちゃいけない。

俺は溜息をのみこんで山道を登る。捻じれた木の前に立ち、何となく裏側に回ってみる。

そのまま、絶句した。

幹の裏側は、大量の鮮血が飛び散り、てらてらと濡れた光を放っていた。

※

——ぐちゃり、と肉が叩き潰される音が聞こえる。

それは重い太鼓の音が鳴り響く中、無視できぬ戦慄を以て沙那の耳に届いた。彼女は反射的に後方を振り返るが、そこに下ろされた輿はまだ無事だ。

高さ一メートルほどの小さな輿は白い布が垂れているだけで何の飾り気もないものだが、中には今回の儀式でもっとも守られるべきものが入っている。あの輿を守りながら《祟り柱》を無力化することが今回の《儀式》の大筋と言っていい。

だが現状、無力化は人間の方が先にされそうだ。

「お前たちはいつもそうだ。愚か者めが」

「ヒッ……あぁっぁあ！」

少女の悲鳴が夜の中に響く。その声は沙那も覚えがある。天性の才能と突出しすぎた力を持っているがゆえに監徒に入った中学生だ。監徒に所属して間もないが本人はやる気で、実際ここまで怪奇にも積極的に攻撃をしかけて勝利を重ねてきた。

花乃は本来なら家にいたんだ。それを何者かが俺の死を騙って呼び出して、でも【白線】にのみこまれる直前に誰かが「危ない」と花乃の手を引いた。その後俺にかかってきた電話は女性の声だったから別人だとしても、花乃を助けたのがもし吉野だとしたら体のありかを知っているはずだ。【白線】に途中干渉なんて、人間にはできない。

吉野はゆっくりと顔を上げる。その目が確かに俺を見た。黒い両眼に揺らいだのは——

「教えるものか」

巨大な手が、頭上じゃなく右側に現れる。それは明確に俺を狙って地面すれすれを薙ぎ払った。明確な力の行使に、俺はすんでのところで飛びのく。その隙に他の徒人たちが動いた。

ドン、と鈍い太鼓の音が鳴る。

それに呼応して地面が揺れる。吉野が立っている足場が揺らいだ。刀を振り上げた男が一息で距離を詰める。知らない女の子の声が叫んだ。

「散れ散れに枯れよ！　離れ消えて落ちよ！」

夜の中を白い光が走る。

俺もまた、半ば反射的に吉野に向けて駆け出す。

吉野は何かを知っている。知っていて教える気がない。

一瞬だけ憎悪の中に見えたものは……後悔だ。

なら、《儀式》を成功させて吉野の状態が落ち着けば聞き出せるかもしれない。

「俺は、そのために来たんだよ！」

倒木を飛び越えながら《祟り柱》に肉薄する。

他にも数人の攻撃が集中する。俺は呪刀の先に吉野を捉えた。

吉野の両眼が、閉じられる。

「――恐怖しろ」

凄まじい圧力。

まずいと思った時には、俺の体は大きく吹き飛ばされ、後ろの地面に叩きつけられていた。

一瞬、意識が飛ぶ。だがすぐに激痛がそれを引き戻した。

体中が熱い。内臓の中身が逆流する。受け身を取ったつもりで全然衝撃を殺しきれてない。

仰向けになったまま俺は激痛に呻いた。

「く……かは……」

咄嗟に体の前に呪刀をかざしたのと、怜央にもらった耐衝撃のベストを着こんでいたおかげで即死は免れた。けど、これはやばい。

なんとか体を起こした瞬間、胃液が逆流してきて、俺は草むらにそれを吐き出した。中に血が混ざっているのが、近くにある白い光に照らされて分かる。

「やばすぎだろ……」

沙那さんはフィジカル寄りの方が強いって言っていたけど本当だ。圧倒的な暴力にはなすすべがない。今の攻撃のせいか太鼓の音もやんでいる。

何も聞こえない。全てが終わってしまったかのように静かだ。

俺は口元を拭ってなんとなく左を見る。俺を照らす白い光は、そこにある大きな輿から漏れている。俺が弾き飛ばされた時にぶつかったのか、輿は端の布が少し捲れあがっていた。気になってちらっとその奥を覗きこむ。

「青己くん、駄目！」

「え……？」

沙那さんに言われた時にはもう俺は中を見ていた。見て、意味が分からなかった。

そこには白無垢を着せられた綾香が、赤ん坊のように膝を抱えて眠っていた。

長い髪は一つに束ねられて、白一色の豪奢な着物が細い体を包んでいる。眩い光に満ちた輿の中は、何もかもが神秘的で不可思議だ。

「なんで綾香がこんなとこに……」

綾香は徒人じゃないはずだ。沙那さんも何も言ってなかった。

思わず呆然としかけた俺は、だが再び鳴らされる重い太鼓の音を聞いて我に返った。

幸いまだ立てる。他の人も生きていると思いたい。輿の反対側にいたらしい沙那さんが、震える声で言った。

「あ、綾香を守って欲しいの……このままじゃ《儀式》で……」

「分かりました」

詳しい事情を聞いている余裕はないけど、やらなきゃいけないことは同じだ。

吉野はまだ森の中に立っている。誰のことも見ていない。うつむいている。

歩き出そうとした俺に、一妃が白い日傘を差しかけた。

「蒼汰くん、死んじゃうよりここで帰った方がいいよ。私がついてるから、誰にも追わせずに帰れるし」

「それはありがたいけど。悪い、もうちょいやらせてくれ」

「本当？」

一妃の声は今までで一番心配そうなものだった。多分、花乃も心配しているんだろう。

でもまだ立ってるし歩ける。神を相手にするんだ。これくらい覚悟はしていた。

「大丈夫だ。一妃、弓貸して。あと、もうちょい下がってて」

「ん、わかった」

預けていたコンパウンドボウを俺は構える。滑車がついたこの弓は、アーチェリーとか狩猟とかに使うらしい。怜央は「地柱なんてものが相手なら、狙いはそこまで正確じゃなくてもいいはず。的がでかい」って言っていたけど、ある意味その通りだと思う。さっき接近した時とか他の人の様子を見ていると、吉野は自分の周囲一メートルくらいに誰も近づけさせないみたいだ。そこを越えようとすると弾き飛ばされる。何とか突破口が欲しい。

俺は、綾香や沙那さんを巻きこまないよう数歩前に出ると、矢をつがえる。できる限り吉野に照準を合わせ——引手を放した。

そうして撃ち出された矢は、けどやっぱり吉野に当たる手前で弾け飛ぶ。もう一矢撃っても同じだ。蚊よりも存在感がない攻撃なのか吉野は俺を見もしない。

「あの大きい手には攻撃が当たるけど、吉野本体には届かないな……」

なんかこう空気の壁があるみたいな感じ。それでも俺には特殊な力はないから、強引に突破するしかない。

つまるところ、この街で最終的に意味を持つのはただ「意志」だ。

恐怖をねじ伏せて我を通そうとする意志が、ただの人間をして怪奇を打破させる。

だから俺は、まず自分を信じるべきなんだ。この手が神の胸倉さえも掴めるはずだって。

「一妃ごめん、もう一回持ってて」

「はーい」

弓を一妃に放ると俺は呪刀を抜きなおす。

意識を集中する。雑念を追い出す。

ただ自身が壁を穿つ一点であるとイメージする。

「花乃……もうちょっと待っててくれ」

そして俺は地面を蹴った。

闇の中に生じた手が、呪を唱え続ける女の人を押し潰そうとする。

俺はその手にナイフを投擲した。手は掻き消えて、でも目的は吉野の方だ。

途中横たわっていた倒木は、さっきの衝撃に巻きこまれたのか砕け散っている。

小柄な吉野の向こうに石碑が見える。俺は視野を広く持ちながら吉野への距離を詰めた。

あと三メートル、俺は次のナイフを吉野に投げる。

それは何もない空中で一瞬押し留められて、地面に落ちた。

あと二メートル。ナイフと同じところを狙って俺は呪刀を突きこむ。

全身の痛みを無視しての全力。残り一メートル。

その切っ先は見えない力に押し留められた。反動で体中が軋みを上げる。

けど、ここで退く気はない。

「あんたは！　この土地を守る神だったんだろうが！」

吉野の肩がびくりと震える。憎悪に満ちる目が俺を見上げる。

見られるだけで全身が焼かれるみたいだ。燃える森の幻視が、熱が伝わってくる。

けどその目に俺は、子供の頃も抗ったんだ。

「あぁああああ……っ！」

咆哮する。力を込める。

呪刀の切っ先が触れている見えない壁が、力のぶつかり合いにうっすらと赤く光り出す。

けどそこから先が足りない。届かない。

やっぱり駄目なんだろうか。

俺には足りないのか。

ここで諦めるしかないなんて、そんなことは。

「――狭間より落ちろ。落ちろ落ちろ。落ちてしまえ」

呪が聞こえる。さっきの女の人のものじゃない。

「ここに来よ。溶けて、解けて、落ちよ。ここに至れ」

これは、加月くんの声だ。

ドン、と太鼓が鳴らされる。呪刀の切っ先が赤い光を越えて食いこむ。

「落ちろ落ちろ。果てなき底へ。その向こうへ」

向こうへ。

俺は聞こえてくる呪を頭の中で反芻する。

更に先へ。力を込める。残る全てを振り絞った。

「行……け……！」

強引に、意志の力だけで押し通るように。

呪刀は圧の中を少しずつ突き進む。その先にあるのは吉野の喉だ。

少年神の憎悪の目が俺を睨む。

「貴様」

そのまま呪刀は《祟り柱》の首を貫いた。

勝った、とは思わなかった。

相手は人間じゃない。これくらいで致命傷にはならない。

呪刀を横に振り切ろうとした俺は、吉野が右手を挙げるのに気づく。

──まずい、避けられない。

そう思った瞬間、闇の中から現れた錫杖が吉野の右手を叩き伏せた。

滑らかな錫杖を振るったのは、黒いジャージ姿の男の人だ。さっきの集合地点で見かけた人で、加えて加月くんもいるってことは、あの人たちが追いついてきたんだろう。

俺は生まれた隙に大きく跳びのく。その間を埋めるように、ジーンズを穿いた髭の人が踏みこんだ。立て続けに銃声が上がる。

ってていうか監徒の人、めちゃくちゃナチュラルに銃を撃つな……。

「先輩、無謀ですよ。というかどうして先に来ているんですか」

かけられた声に振り返ると、両手に短刀を抜いた加月くんが呆れた目で俺を見ていた。

「やばそうな空気だったから、ショートカットして来たんだよ」

「こっちは空間を隔離されて追いつくのに時間がかかりました。間に合ってよかったです」

俺が前に昭和の街に閉じこめられたみたいなやつか。あれはつらい。

太鼓の音が鳴り響く。吉野はさっきの二人を相手に押されて後退している。あの人たちかなり強いな。怜央と同じくらいかも。

「先輩、今聞こえている太鼓を叩いているのが、うちの屈指の術者です」

「え、まじで」

どこで叩いているのか分からないけど、応援団みたいなものかと思っていた。

「あれが鳴っている限り《祟り柱》の力は三分の一以下に抑えこまれていると思ってください。逆に言うと、あれが止んでいる時に攻撃するのは自殺行為です」

「さっきちょっと自殺しかけたわ」

ここに来た時には既に半壊していたから、状況説明も聞けなかったもんな。俺は上がってしまった息を整えながら辺りを見回す。今は十数人の徒人の人が、吉野を包囲している状況だ。

「これ勝てそう？」

「厳しいですね。もう少し死人が出そうです」

「分かった。行ってくる」

呪刀を手に俺は駆け出す。ちょうどジーンズの人が吉野に薙ぎ払われた、その空隙に飛びこむ。咄嗟に俺の薙いだ呪刀が吉野の肩を掠めた。赤い火花が夜の中に瞬く。

太鼓の音、重なる呪の声。すぐ隣で戦う人の息遣い。そんなものを意識の上に重ねながら俺は吉野を見る。吉野だけを見る。

——俺を庇ったお姉さんは、どうやって一人でこんな存在と対峙したのか。

あの白い【迷い家】の前の主人。きっと彼女は、一妃と似た力で俺を助けてくれた。

だから助けられたこの命を、今注ぎこむ。花乃を取り戻すために使う。

吉野が深い息をついた。

「お前たちは何も学ぼうとしない。不愉快だ」

そう言って、神は右手を軽く払った。突きこまれた錫杖が弾かれ高々と宙に飛ぶ。黒ジャージの人は素早く下がろうとするけど、吉野の方が早い。闇の中に鮮血が上がる。

そして神は俺を見た。

炎を宿した両眼。その目に俺は死を覚悟する。頭の奥で、冷静に自分の終わりを予想しながら、俺は両手に持った呪刀を振り下ろす。

正面から、最短で、最速に。

赤い火花を上げて、呪刀を神の頭上に叩きこむ。

けれど刀身が吉野に触れる寸前、全身に凄まじい重みがかかった。地面に叩き伏せられる。

「ぐ……ぁ……」

全身に無形の重みがのしかかる。息ができない。頭の中が真っ白だ。

血が流れているのが分かる。体の中でか、外へかは分からない。

どくどくと流れていくのだけが分かる。何も見えない中、俺は手探りで武器を探す。

ぼやける視界に吉野の足だけが見える。怒りの滲む神の声が降ってくる。

「屍を重ねろ。お前たちは、しょせんそれしかできないのだから」

「……おれ、は……」

また、炎に包まれる幻が見える。

お姉さんはこれを過去の風景と言った。それはいつの過去だったんだろう。

「……か、の……」

花乃。

最後にその手を取ったのは、いつだったっけ。

思い出せない。あの小さな手の温かさも、握れる時は当たり前すぎて気づいてなかった。

だからまだ、俺は
「おれの……妹……を……」

そう言った瞬間——不思議な空隙が訪れた。

神が静止する。

ふっと重みが消える。

俺は何を考えるより先に、足につけていたナイフを抜いた。

起き上がる時間はない。今を逃せばもうチャンスはない。

ただこれは、特殊な一本だ。

俺はナイフの刃先を吉野の顔に向ける。柄にあるトリガーを押す。

その刃が、神に向けて発射される。

スペツナズ・ナイフと俗称される、発射型のナイフ。刃身に事象干渉処置が施されたそれは真っ直ぐに宙を飛び、吉野の左頬に突き刺さった。

「きさま」

虚をつかれたような表情。

迷いが揺らぐ神の左目を、更に銃弾が貫く。

白く光る何条もの光が吉野の体に絡みつく。

「鎮め、鎮めよ、沈みきれ、底へ、底へ――」

重い太鼓の音が鳴り響く。錫杖が神の腹に突きこまれる。

畳みかけられていく攻撃。その苛烈さに吉野の体はついに傾いだ。

神の口が何かを叫びかけた形のまま固まる。小柄な体がぐらりと揺らぎ、耐えきれなくなったように俺の隣に倒れこんでくる。俺は思わずその名を呟いた。

「吉野……」

不意に、吉野の右目だけがぐるりと動いて俺を捉えた。微かに唇が動く。

「――ゆ、めみ」

「え？」

聞き返した時にはもう、吉野の目に意思はなかった。

夜の森に倒れている神は、ぼろぼろに擦りきれたただの少年のようだった。

太鼓の音は続いている。

だが吉野が動かなくなったことで、周りの空気は一気に騒々しいものに変わった。負傷者を探す声と、救助の声が交差する。誰かが電話で外に連絡を取っている。そんないくつもの声を聞きながら俺は痛む体を起こした。加月くんが駆けてきて背中を支えてくれる。

「生きていますか、先輩」

「なんとか、ぎりぎり」

「見ていて肝が冷えましたよ。神経が太すぎます」

加月くんはほっとした顔になる。けどすぐに離れた場所から「真！」と呼ばれて顔を顰めた。加月くんのお母さんが手提げ灯籠を持って立っているのを見つけて、俺は苦笑する。

「行っていいよ。俺は平気だから」

「すみません、すぐ済ませてきます。あと、この後は面倒なことになるんで、離れるか、できたらさっきの集合場所まで戻っていてください」

「ありがとう。そうするよ」

結局、吉野に聞きたいことは聞けていない。《儀式》が終わって元の状態に鎮まったら話ができるといいんだけど。夏宮さんとは割と普通に話ができていたし、あれくらいがいい。

ただ……気になるのは吉野が最後に言った言葉だ。「ゆめみ」って、神社に閉じこめられて【白線】に巻きこまれた人の名前だよな。それともただの偶然の一致か？　なんか引っかかる気がするんだけど……。

ともかく邪魔にならないようにどくか。一妃はちゃんと遠くにいるからそっちに、って。

「うわ、痛ッ!?」

あちこちめちゃくちゃ痛い。これどこか骨痛めているかも。

「無理しない方がいいわ、青己君」

「沙那さん」

肩に置かれた手は沙那さんのものだ。よかった。無事だったんだ。沙那さんは倒れている吉野を見て息を詰める。

「無力化できているうちに急ぎましょう。青己くんは、はいこれ」

差し出されて受け取ったものは、水のペットボトルだ。確か前にももらったけどそっちは半分くらい撒いちゃって、残りはバッグに入れっぱなしだ。俺は礼を言って受け取る。

「今飲んで。少しでいいから」

「え、飲んでいいんですか。加月くんに飲食止められているんですけど」

「終わったから平気よ。そのままじゃ辛いでしょう」

確かに口の中は血と胃液で相当苦いし、喉はめちゃくちゃ渇いている。

俺はペットボトルを開けようとして、けど全然指に力が入らない。沙那さんがそれを見て蓋を開けてくれた。俺は中身を少し含んで口を漱ぐと、横の地面に吐き出す。沙那さんの心配そうな視線を感じながら、もう一口を含んだ。

離れたところにいた加月くんが、ふっと俺の方を振り返る。

「——先輩!? 飲んじゃ駄目です!」

それを聞いた時には、俺は水を嚥下していた。

喉を生温い水が滑り落ちていく。俺は沙那さんを見上げようとした。

視界がふっと翳る。そのまま沈むように暗くなっていく。

「ごめんね、青己くん……」

後悔の滲む声だけが届く。

俺は彼女の顔を見る前に――意識を失った。

七——継承

燃える。

森が燃えている。山が燃えている。

赤い、赤い炎。転がる死屍。短い生の終わりに見るには嫌な光景だ。ただの敗北の記憶だ。

「——妹が健やかな一生を送れるよう、自分が守ればよい」

俺の目の前に立つ神はそう言った。ひとしきり人間たちを蹂躙してから笑った。

最初から全て戯れだった。そろそろ地柱の役目も終わるから、飽いたから、そんな理由だ。

人間は百年以上もの間生きると、こうも変質してしまうのかと思った。かつてこの神もまた
徒人として同じ戦場に立ったのだろうに、人を遊戯のように弄ぶのかと。

だが、それでも今ここで、無為に死んでしまうよりは。

地柱の誘いを受ければ妹を、夢見を守れる。一人きりの家族に生きる道を与えられる。

監徒に入ったのも最初からそれが目的だった。

「分かった……受諾する」

首を垂れ、ぼろぼろの自分の体を見下ろす。

その答えと共に、目の前に盃が差し出される。

湛えられているのはただの水だ。本来ならば、選ばれた神子が飲むはずだったもの。

だが今はもう俺しか残ってない。神子は激しい戦いの最中に死んでしまった。これから先の百年、穏やかな心を持ち続けられるだろうと見込まれた神子であったのに。

飲みこむ水と共に、力が、役目が、己に入ってくる。存在が変質し守るべき地が継がれる。

そして俺は、桜井吉野は――吉野様になった。

※

俺と夢見は、貧しい家に生まれた。

国の景気は悪くなかった。戦争を知っているのは親の世代で、世間は活気に溢れていた。

ただそれは俺の家以外のことだ。母は結婚せずに俺と夢見を生んだ。そんなことをすればひどい白眼視を受ける時代だ。母は身を粉にして働いたが、かかる負担の大きさは彼女の心身を蝕んだ。結局俺が十を過ぎた頃、母は病をこじらせ帰らぬ人になった。

そこからは俺が夢見を守って、二人でなんとか生きてきた。

幸い街の有力者の援助で、最低限の衣食住だけは見てもらえることになった。俺は夢見を連れてその人の家に住みこんで働いた。通わせてもらった学校ではよい成績を収め、将来にわたって見捨てられないように、常に気を張って生きてきた。

夢見は、人に見えないものが見え、聞こえないものが聞こえる娘だった。姿の見えぬものから「一緒に遠くへ行こう」と誘いの声をかけられることも少なくなかった。妹はそれを恐がりながら、でも俺を心配させないように気丈に振舞っていた。夢見が大人になって幸福になるのを見届けるのが、俺の役目だと思っていた。

──「特別な仕事がある」と主人に紹介されたのは、そんな時だ。

床辻にはある秘密機関があるという。怪奇を祓い、土地の神を祀り助けるという機関だ。血か素質か縁がある者しか入れないというその機関の報酬は破格だった。夢見の進学費用や婚礼道具一式、結納金さえも、十年そこで働けば充分に貯まる。

俺はその話に飛びついた。徒人と呼ばれる一人になった。

そして仕事にも慣れだしたと思った頃、《践地の儀》が来た。

荒ぶり《祟り柱》となった地柱を鎮めるという儀式。その本当の意味が《地柱を継承することによる代替わり》だと知ったのは、自分たちの敗北を目の当たりにした時だ。

「お前たちは、しょせん床辻を生き永らえさせるための生贄だ。お前たちの中から次の地柱が選ばれ、最低でも百年間、この地を護る位につく」

東の《祟り柱》はそう言って笑った。彼もかつては徒人だったのだと言った。

「年月をかけて力に毒され壊れた地柱は、《祟り柱》として討伐される。監徒どもはできるだけ永く在位させようと素質のある人間を選び出してはいるが、しょせんただの人間だ。本当の意味で神になれるはずもない。俺が何もかもに飽いたようにな」

　彼は地柱でいることに飽きたのだという。その結果が自分の消滅でも構わないと。そうして彼はついでだからと、《儀式》に参加した数十人の徒人を殺していった。

「そもそも全ては人の愚かさと欲深さだ。何故この土地だけ、人間が地柱などというものを継いでいると思う？」

　何故と言われても、俺は他の土地のことなど知らない。生まれてからこのかた、妹ともども床辻から出たことがない。

「簡単なことだ。ずっと昔この土地の土着神を、人間たちがよってたかって殺してしまったのさ。しかし、それで神に怯えず暮らせると思っていた人間たちは、ひどい日照りと飢えに見舞われた。だから人間たちは、四人の若者を選び出して腐りかけた土着神の肉を食わせたんだ。そして、そいつらは最初の地柱になった」

　醜悪だ、と思った。人間がというよりも、そうまでせねば生きられなかったことが。

　だがそれは俺も同じだ。

「お前が地柱を継げば、家族の暮らしは保証されるだろう。ていのいい身売りだ」

　そういって彼は俺を誘った。俺は瀕死の自分を顧みて、その誘いを受けた。

　彼が消える直前、俺は「どうして自分を選んだのか」気になって尋ねてみた。

　その答えは……「お前は百年ももたなそうだから」というものだった。

「夢見……夢見、どうして……」

地柱を継承してすぐ、監徒から己の役目について説明を受けた。

東の土地を平常に保つこと。時折起こる『異郷』からの浸食を可能な限り押し留めること。

浸食はいわば不定期に浮かび上がってくる泡のようなものだ。それが水面に達してしまう前に潰す。泡が大きければ気づきやすいが、たまに気づかず指の間をすりぬけるものもある。

その小さな泡が、偶然ただ一人の妹を捉えた。

「よくも……夢見を……僕の妹を……」

地柱になってから、たった数年だ。

そのたった数年で夢見は失われた。愚かな少女たちによって何もいない神社の本殿に閉じこめられ、【白線】にのまれた。神を継承した意味が失われたのだ。

思わず腹立たしさのあまり、夢見を閉じこめた少女たちを探しだして殺した。あいつらは夢見が死んでなお「自分たちは悪くない」と言い張っていた。「神様を知ってるなんて嘘をついた夢見が悪い」と。それは俺のことで、嘘ではなかったのに。

人を殺した俺は「不安定な地柱」らしい。殺された少女たちは俺の力にあてられて怪奇になったあげく監徒に封じられたのだという。だがそれがなんなのかと思う。夢見は失われてしまったのに。戻らないのに。俺は変わらず土地を守り役目を果たさなければならない。監徒たち

首と胴が切り離された遺体。あの顔に、俺は確かに見覚えがある。子供の頃に――
その時ふっと、俺の意識に何かがかかった。

――泡が、浮かんでくる。

異質な感覚が俺の思考を中断させる。
大きな、あまりにも大きな泡。街一つ消し去るほどの浸食。
予兆、予感、前兆、警告。
俺の全意識を刺激するそれは初めてのもので、でも気のせいじゃないと確信できる。
ただその泡は継承を終えてない俺にとっては、あまりに巨大すぎるものだ。
止め方も分からない。どうやって到達する前に防ぐのかも分からない。
「……【白線】が来る」
東の地柱の力が不安定になったせいか、それともたまたまの引きの悪さか。
俺は一妃の隣に手を伸ばした。花乃がいるバッグを腕の中に抱きこんで叫ぶ。
「来る！　【白線】だ！　『血汐事件』の比じゃない！　床辻全部がのまれるぞ！」
どことも知れぬ世界のもう一つの果て。
『異郷』からの浸食が――ここにやって来る。

八――白線

「いいこと、おしえてあげる」

舌足らずに彼女はそう言う。

俺はベンチの上にいる彼女を見上げた。

「いいことって、なに？」

彼女は物知りだ。そして悪戯好き。俺と一緒に駆けまわったりはしないけれど、色々面白いアイデアをくれる。くすくすとよく笑う。

彼女はその日も、声をひそめて言った。

「そうたくん、にだけ。ないしょよ。このまちのこと。あと、かみさまのこと」

彼女はそして俺の知らない話を語りだす。

そう、その時には俺は既に、全てを教えてもらっていたんだ。

※

――【白線】が襲来する。

その報せは、もともと緊張の空気が漂っていた周りの空気を更に一変させた。

加月くんのお母さんが俺に問う。

「範囲は床辻全域なのですか⁉　防衛は……」

やり方が分からない、と言うより先に俺は叫んだ。

「吉野！　やり方を教えろ！」

力自体が俺に流入済みでも知識が足らない。途中で止まった継承は、俺と吉野を中途半端な状態で繋いでいる。俺は体の痛みにも構わず、花乃の入った籠バッグを左腕に抱えたまま吉野に飛びつき、その襟元を掴んだ。

「早くしろ！　街が消えるぞ！」

大きな泡が近づいてくる。

その感覚が刻一刻と明瞭になる。胃の外側を何かが撫でていくような不快感が増していく。

地柱として枯れかけていた吉野は、俺に揺さぶられうっすらと目を開けた。その目からはいつの間にか憎悪が消えている。初めて見る素の表情だ。

「……おまえ、は」

「教えろ、吉野。頼む。時間がないんだ」

一度【白線】が現出してしまえば、範囲内にいる人間は助からない。今までそこから戻れたのは花乃だけで、でもそれはおそらく地柱の関与があったからだ。関与があってさえ花乃の首から上しか助けられなかった。今の状態じゃもっと多くの犠牲者が出る。

揺さぶられた吉野は、掠れた声を零した。

「……僕は……あの学校が【白線】にのまれた時……そこにいなかった……」

「え？　いや、今はそうじゃなくて」

確かにさっき『血汐事件』の時にその場にいたか聞いたけど、今欲しい答えはそれじゃない。

意識が混濁しているのか。まずいぞ。

吉野の体は、足からぼろぼろと崩れ始めている。急速に風化しているみたいだ。もともと人間が力を継承して地柱になっていたんだ。その力の大半を失ったら、こうなるんだろう。

吉野の足を拘束していた縄が中身を失って地面に広がる。残っているのはもう腰から上だけだ。でもその目には苦痛も憎悪もない。ただ後悔と、悲しみだけがある。

「声が届いたんだ……『異郷』から女の声が……」

「は？」

「……『妹をもとに戻したかったら、浸食を見逃して自分をそちら側に呼びこめ』と……それが唯一の方法だからと……」

「浸食を見逃せって……」

それで『血汐事件』が起きたのか。というか唯一の方法ってどういうことだ。異郷からの声？

何かが引っかかる。ざわざわと違和感が形を取る。

「いやでも、今はそれどころじゃないんだって！　吉野！」

俺は我に返ると、空っぽの袋みたいに軽い地柱の残滓を揺さぶる。

「俺にも、俺の妹がいるんだ！　俺の家族を守らせてくれよ！」

それを聞いて、ほんの一瞬だけ吉野の目に意志の光が戻ったのは、きっと気のせいじゃない。

少年だった神は浅い息を吐き出した。

「――僕の力を、知識を、君に譲り渡す」

明瞭に、祈るように。

吉野の宣言と共に、俺の中に濁流が押し寄せる。

知識の奔流。土着神を殺すという【禁忌】を侵した時から、何人もの人間たちが今に至るまで継いできたものが注ぎこまれる。

吉野の干からびた手が俺の手に触れた。

「本当は……信じればよかったんだ……夢見はちゃんと幸せだって言っていたんだから……」

虚空を見上げていた目が閉じられる。

今はもうない面影を、吉野はそこに見る。

「ごめん、夢見……お前の言葉を聞けなかった……馬鹿な、兄で……」

消え入る声。

摑んでいた襟が、手の中からふっと消え失せる。白い縄が地面に落ちた。
俺は空っぽの手を見つめる。
桜井吉野は、そうして床辻から去っていった。

――力と知識は継承された。
あとは存在の変質だけだ。俺の受諾がなければ地柱の継承は完了しない。
でも今はまず【白線】に対処しないと。俺は与えられた知識の中を探る。
「加月くん、悪い。花乃を預かっててくれ！」
「え？　え⁉　はい！」
何がなんだか分からないって顔で、でも加月くんは籠バッグを引き取ってくれる。
一妃は微笑みながら日傘を開いた。どこまでも暗い森でその白さは光に見える。
俺は両手を広げた。目を閉じる。
イメージする。
世界の裏側へ近づいてくるものを、形に変換して捉える。
それを「闇の中を浮かんでくる泡」と捉えたのは、吉野の影響だろう。
波のない暗い海。果てのない奥底から巨大な泡が浮かび上がってくるのが分かる。

「……大きすぎだろ」

感じ取れる泡は床辻をのみこんで余るほどの大きさだ。こんなものが昇ってきたなら、確かに対抗策のない街は消失してもおかしくない。

俺みたいに即席の地柱代理でなんとかなるのか不安がよぎる。

けどそんな不安もノイズだ。余計なことを考えるな。意識の全てを泡に回せ。

「──帰れ」

目を開ける。

現実の森が視界に戻ってくる。でも俺の意識は足元に広がる泡を捉えたままだ。

右手を地面にかざす。そこに呪刀が吸いこまれるように収まった。柄を握った時、静電気みたいな痺れが走ったのは、呪刀の力と俺の力が反発したからだろう。

でもそれをねじ伏せる。力を通していく。

呪刀に貼られている何枚もの札が、俺の手に近い場所から黒く染まっていく。

俺は切っ先を地面に向け、顔の前で呪刀を握った。

「帰れ。帰っていけ──！」

振り上げた呪刀を、目の前の地面に突き立てる。

そこを起点として力を撃ち出す。遥か足の下から浮かんでくる泡を狙い撃つ。

色のない巨大な泡。その中央を俺の撃ち出す力が貫いた。

けどそれは泡全体を消し去るほどのものじゃない。一瞬接近速度が緩んで、でも再び浮き上がってくる。俺は間を置かず泡を狙い撃つ。無色の泡は少しずつ削れて、でもなくならない。まずい。これは間に合わないかも。冷や汗が背中を伝っていく。

『……やれ、若輩から若輩に継がれると、不器用なものじゃな』

呆れ混じりの声は、直接俺の意識に届いた。

それが誰かは考えるまでもない。俺は口の中で彼女の名を呟く。

「夏宮さん」

『逸るな未熟者め。ぬしは己が継いだ地だけ守ればよい。あとは妾たちの役目だ』

言うなり夏宮さんの気配は消える。そして同時に、泡の四分の一がごそっと消失した。間を置かず、同じだけの大きさが立て続けに二つ消える。

「あ、そうか……！　四等分なのか！」

土着神の力は東西南北の四人の地柱に分割された。俺が引き継いだのは東で、だから他に三人いる。俺よりも遥かに手練れの地柱だ。ただ彼らが守るのはあくまでも自分たちの土地だけだから、東は俺がやらなきゃならない。四分の一になった泡を俺は狙い撃つ。

「市街地に現出する浸食から防ぎます！　この山中は最後に回すので退避してください！」

幸い他の三人が動いたことで、泡のどの部分がどの方角に相当しているのか見当がついた。

これならやりようがある。俺は自分の意識に描いた泡の中央付近、人の多い市街地部分に浸食するだろう部分から徐々に削り取っていく。

一方、俺の宣言を聞いて、それまで出方に迷っていた監徒の人たちが動き出した。

「っ、後方に連絡を！　山から皆を退かせます！」

「おい、ぎりぎりまで車を回させろ。近隣住民の避難も手配だ！」

彼らはあちこちに連絡を取り始め退避に動き始める。俺は泡に集中しながら加月くんを見た。

「ごめん、そのバッグを持ってここから離れてくれ」

「先輩……けど」

加月くんは迷いを見せる。その時バッグの中から、途切れ途切れの声が返した。

「おに、ちゃ……わたし、のこる、よ」

「え？」

加月くんがバッグの中を覗きこむ。絶句する気配が伝わってきた。

「そばに……いる、よ」

「花乃」

必死に、舌足らずに、花乃はそう訴える。自分の部屋から出られないことを泣いて謝っていた妹が、俺に最後までついていようとしてくれる。

小さかった花乃の手を引いて、二人で歩き続けたあの日のように。

俺たちは、ちゃんとまだ一緒にいる。

「っ、分かった！　あと少し何とかする！」

俺は自分を叱咤する。泡の殲滅に集中する。

そうしているうちに、残る泡はこの山にかかる分だけになる。他のみんなはどれくらい離れられただろうか。俺の周りにいるのは、花乃を抱いた加月くんと、日傘を差して微笑んでいる一妃。そして俺を指さし続ける白い狒狒だけだ。本当は自分の周りを優先した方がいいのかもしれないけど、まだ山に誰か残っているかもしれない。ひどい怪我人も多かった。だからできるだけ外周から、範囲を狭く、狭く、絞っていく。

それでも全ては消しきれない。残された泡がついに水面に到達する。

「くそ！」

視界の隅に真白い線が出現する。それは誰の手にもよらず、広場に大きな円を描き始める。

【白線】の現出。『異郷』の浸食。

俺たちを中心に引かれていく白い線は、たちまち一周して円に成った。

ざわり、と空気が変わる感覚。【白線】のすぐ内側が色を失い始める。闇も、緑も、等しく灰色に。変わり始める。浸食されていく。中央へと近づいてくるそれを前に、俺は地面に突き立てていた呪刀を抜いた。そして黒い札が張られた呪刀を、弧を描くように一閃する。

「――止まれ！」

俺は円の中にもう一つの小さな円を生む。【白線】の範囲内を塗りつぶそうとする力に、最小の安全地帯を作って抗った。咄嗟の判断で成したそれに、加月くんがふっと息を吐く。

「意外と器用なことできますね、先輩」

「完全にぶっつけ本番。自分が一番驚いてるよ」

けどこれ単純に力の押し合いだ。防ぎ続けてないといけない。

その証拠に――

「一妃！」

俺は一妃の腕を摑んで引く。

同時に灰色の光条が、今まで一妃の頭があった場所を斜めに貫いていった。

日傘の端を掠めた光に、一妃は「ひゃあ」と声を上げる。

「悪い。雨漏りした」

「……外の密度がすごいです。これだけ防げているのが奇跡ですよ」

加月くんの顔は青ざめている。ごめん、めちゃくちゃ巻きこんで。

「あんまり長くはもたないと思う。【白線】ってどれくらいの時間で終わるか分かる？」

「短いもので五分、長いもので一時間ですね」

「一時間は無理だ」

額から汗が落ちる。俺の力と外に迫る『異郷』が拮抗して、ちりちりと耳障りな異音が上がる。内側に作った円の外周にまた細い【白線】が生まれていくのは、世界同士の摩擦が起きてる。

いるからだろう。俺は拮抗するために力を注ぎこみながら、その力を安定させようと試みる。できるだけ長く、無駄のないように。ぶれそうになるコントロールが一定になるように。

「っ、危ない」

頭の上を、また防ぎ漏れた灰線が走る。

「先輩、可能な限り小さく守った方がいいです。一番身長高いの先輩なんで、先輩の身長に合わせてください」

「あんまりぎりぎりも恐いんだけどな。ジャンプできなくなる」

言いながら俺は安全地帯から高さを削る。本当は狒狒も締め出したいけど、面倒なことになると嫌だから無視だ。こんなところを夏宮さんに見られたらまた「不器用」って笑われるんだろうな。ああでも「不器用」って、確か一妃にも初めて会った時にも言われたんだ。

いや違う。一妃とは子供の頃にも会っているから、あれが初対面じゃなかった。

ただそこまではよくて、問題は――

「一妃、どうして何も言わない？　どうしてここに残ったんだ」

「え？　何のこと？　残るのは二人がいるんだし当たり前じゃない？」

心外だと言わんばかりの声。それは家族なら確かに当然かもしれない。俺も一妃を守りたいとは思う。でも今は気づいたことがあるんだ。

だから――この場を突破できる鍵があるとしたら、そこだ。

俺はさっきの質問をもう一度口にする。

「吉野は何の記憶を忘れて、捻じ曲げていた？　桜井夢見が【白線】にのまれたというなら、吉野の見た、あの夢見の遺体はなんなんだ」

彼を《祟り柱》に変貌させた決定的な後悔。それは、妹の変わり果てた遺体を見た時のものだ。山に埋められていた遺体が土砂崩れによって見つかった。首と胴に分かれた妹の遺体。それを見て、吉野は絶望したんだ。

でも本当に夢見が【白線】で失われたなら、遺体が残るはずもない。

「どうして私にそれを聞くの？」

「お前は知っているんじゃないか。桜井夢見の、あの顔は――」

『いいこと、おしえてあげる』

「あの白い家で俺と遊んでいた姉妹の……妹の方だ」

※

「でも、へいきなの。だってこのまちには、かみさまがいるんだから」

「かみさま？」

「わたし、知ってるのよ。このまちのかみさまを——」

彼女はくすくすと笑いながら声を潜める。離れたところにいる花乃たちに聞こえないようにだろう。俺はそれを察してベンチにいる彼女の口元に耳を寄せた。

彼女はうれしそうに言う。

「かみさまは、わたしの、おにいちゃんなの」

「なにそれ。ユメミはふつうの人間じゃん」

「ほんとのことよ。このやまのうえに、おにいちゃんがいるの。わたしとは、ぜんぜん、あえなくなったけど、すごいおにいちゃん、なのよ」

舌足らずに、少し自慢げに。

彼女の語る話に俺は興味を持つ。渋る彼女にせがんで、詳しい場所を聞く。

そうして一人で山に向かった俺が出会ったのは、吉野だった。

※

ぼんやりと、部分部分しか思い出せない記憶は、吉野の記憶と重なったことでいくらかの輪郭を持つ。

「俺がずっと一妃だと思っていたのは一妃じゃなかった。桜井夢見だ」

あの白い家で、昭和四十年代に消えたはずの彼女が、若いままの姿でそこにいた。

……いや、違うな。彼女は一点だけ変わり果てていた。

「ユメミは、子供の俺とよく遊んでくれた。色んなことを教えてくれた。たくさんの話をした。一緒に悪戯をしたり、花乃たちを驚かせたり。庭のベンチが彼女の指定席だった。子供の俺は、それを不思議に思ったりしなかった」

「蒼汰くんも最初は少し夢見を見て驚いてたよ。花乃ちゃんは恐がってた。でも『事故に遭ってこうなった』って夢見がいったら、蒼汰くんはそのまま受け入れてくれたの。昔から本当に優しいし、異常なくらい偏見がないよね。でもそんな蒼汰くんだから今の花乃ちゃんもちゃんと愛せているんだと思う。それは美徳だよ」

「どんな姿になったって、花乃は花乃だろ」

あるいはユメミが遊んでくれた記憶がどこかに残っていたから、教卓の上にいた花乃を見ても恐れずに済んだのかもしれない。

十年前に出会った彼女もまた——テーブルに置かれた首だけの姿だったのだから。

『そうたくんと、かのちゃん、だね。よろしく、ね』

舌足らずだったのは、彼女が子供だったからじゃない。首だけしかなくて、発声が大変だったからだ。今の花乃と一緒だ。花乃を抱いた加月くんが恐る恐る口を開く。

「先輩、このバッグにいるのは……」

「俺の妹だ。『血汐事件』に巻きこまれて首だけで生還した。その状態で生きている。桜井夢見もそうだったんだ。彼女も消えた時の年齢のまま今まで生きて、一年前にこの山中で遺体が発見された。『血汐事件』が起きてしばらくのことだ」

山の中から首と体が切断された身元不明の遺体が発見されたと、新聞にも載ったはずだ。吉野が見たユメミの遺体はそれだ。逆に言えば、吉野はそれまで首だけになった妹が生きていることを知っていたんだ。だから彼女の死を知って一年前から不安定さが増し始めた。

「吉野様の妹⁉　あの未解決事件の遺体がですか？　時代が合いませんよ！」

「そうなんだけど、事実だ」

一応の推論はあるけど、ばらばら過ぎてうまく繋がらない。

でも俺よりもっと詳しい人間はいるはずだ。

俺と遊んでいたのが桜井夢見だったなら。一妃と俺はどこで会っていたのか。

「一妃。お前は昔も、吉野から俺を守ってくれたよな」

吉野が見た記憶。神域を侵した俺と、それを追ってきたお姉さん。

俺を庇って「先に帰ってて」と言った彼女の、その顔。

「一妃が、俺の知る『お姉さん』だ。お前はあの時からずっと変わらないままだ」

首だけの桜井夢見と姉妹のように暮らしていた少女。この街の多くを知り、【迷い家】の主として人を守り、怪奇たちに無視できない真実を突きつける存在。

俺の前に現れて、家族のように一緒にいた女。

「お前は一体、何者なんだ?」

九——異郷

一妃は、俺の問いに大きな目をまたたかせる。

濃い紫に見える両眼。それを俺は光の加減かカラーコンタクトだと思っていた。

でも違う。一妃は本当に紫色の目をしているんだ。彼女はくすりと笑う。

「蒼汰くん、今更そんなことを聞いてくるなんて遅いよ」

「それには完全同意。吉野の記憶を見るまで思い出せないのはどうかしていた」

「私のことって人間は記憶しづらいみたいなんだよね。何日か会わないでいると顔も声も忘れちゃって、ただ『誰かいたな』ってぼんやり覚えているだけになるの。それに蒼汰くんはあの時、地柱の力を浴びて熱を出しちゃったでしょう？　覚えてなくてもしょうがないよ。もともと私より夢見の方とよく遊んでいたしね」

それは事実だ。一妃がよく遊んでくれていたのは花乃の方で、俺がお姉さんについて覚えていることは、いつも優しかったこと、よくお菓子を出してくれたこと、吉野を前にして俺を守ってくれようとしたこと、くらいしかない。

それでも俺はそんなお姉さんのことが好きだった。大事に思っていた。

「お前はどうして【白線】にのまれたはずのユメミと暮らしていたんだ？　あそこが【迷い

家】というなら、どうしてユメミは首だけになったんだ」

ユメミは【白線】から生還した。ただし、俺が会った彼女は首だけだ。それは花乃とも共通している。『血汐事件』の時、吉野はあの場にいなかった。なら花乃に警告して、その手を引いたのは——

「お前が二人を助けたのか？　お前も実は地柱なのか？」

『異郷』からの浸食に干渉できるだけの力を持った存在。全部で四人いるという地柱の残り二人を、俺は知らない。なら一妃もまたかつて人であり、神の役目を継いだ人間なのか。

すぐ外で【白線】がぎちぎちと音を立てている。

二つの世界がせめぎあう傍らで、一妃は綺麗すぎる顔で微笑んだ。白い日傘を優美に回す。

「確かに夢見と花乃ちゃんを浸食領域から引っ張り出したのは私だけど。地柱なんて不自由なものじゃないよ。私は外からこっちの世界に来てるだけ」

「は？　その言い方だと、まるで別の世界の……」


『異郷』

どことも知れぬ、正体の分からぬ世界の裏側。

時折浸食し、人間たちを持ち去っていくもう一つの世界。

「正解だよ、蒼汰くん」

思わず言葉を失くした俺の心を読んだように一妃は笑う。その笑顔は俺の記憶にあるお姉さんのものと同じだ。誰からも忘れられていく、身軽で孤独な少女。

「後世家の巫女なんて言われるけど、後世家なんて本当は存在しないんだよね。人間が勝手に私に名字をつけただけ。私は一妃。ただの一妃だよ。千年近く前に床辻に来て、それ以来この街に住んでる」

「千年前って、それ……」

「うん。監徒も知らないことだけど、実は【迷い家】の主人は代替わりなんてしてないの。最初からずっと私一人だよ」

濃い紫の瞳が、力を帯びて細められる。

人じゃないものの目。長い時をこの街で生きてきた存在。

その正体は異郷からの来訪者だ。彼女はずっと床辻で密やかに生きてきた。

俺は一瞬、何もない枯野で一人日傘を差す一妃の姿を幻視する。それは子供の頃見たお姉さんの背中と重なるものだ。綺麗で、遠く感じる。いつも笑っている一妃のもう一つの姿だ。

一妃は薄煙を上げる白線を背にして、白い日傘を肩に預ける。

「それで？　どうする蒼汰くん？　私をこの【白線】の向こうへ押し出してみる？」

「ちょ、何だそりゃ。家族にそんなことするわけないだろ」

悪い冗談はやめてほしい。時間がないんだ。目を丸くする一妃に俺は尋ねる。

「俺が知りたいのは、お前が【白線】に対抗できるかだ。二人を【白線】から助けた時、頭しか助けられなかったのは何かの代償が必要だからか？　なら俺を代償に、ここから花乃と加月くんを出せないか？」

「先輩⁉」

二重になっている白線。その間に現出しているものは違う世界だ。

浸食はまだ終わってない。二人をここから逃がすにはそれなりの力が必要だ。もし俺を踏み台にそれが叶うなら。それで構わない。

俺の問いに、一妃はふっと微苦笑する。

「蒼汰くんは、本当に変わらないね」

「おに、ちゃ……待っ……て……」

その声に、加月くんがバッグの側面を捲って花乃を出してくれようとした。

ちょうどその時、加月くんの後ろで灰色の光が瞬く。

「危ない！」

言いながら俺は手を伸ばして、でも届かない。

けどその時一妃が動いた。くるりと回した日傘の柄がバッグの持ち手を引っかける。

一妃は全体重をかけてバッグごと加月くんを引いた。その代わりにブーツを履いた足がバランスを崩してよろめく。灰色の光が一妃のすぐ脇を斜めに貫いた。

「一妃、大丈夫か！」

「っと、危なかった」

悪戯めいて一妃は笑う。俺はその笑顔にほっとして——そのまま凍りついた。

「……一妃？」

俺の視線を追って一妃は自分の足を見る。

今の一閃は一妃の左足を掠めていったようだ。服の裾が切れてふくらはぎから膝までに浅い傷が走っている。

だがその傷より、肌の白さよりも、俺の目を引いたのは膝にある古傷の方だ。

うっすらと残る三角形の傷。それがどうしてできたか俺は知っている。公園で転んだ拍子に折れた枝が刺さってできたんだ。あの時俺はあわてて花乃をおぶって病院に走った。

「なんでだ……？」

この一年間ずっと俺が探していたもの。それが、どうしてここに。

「なんでお前が花乃の体を……」

「あ、ばれちゃった？」

一妃はあっけらかんと小さく舌を出して笑う。

その笑顔に悪びれたところはない。まるでゲームをしている時やささいな秘密が見つかった時と変わらない。曇りのない微笑は、ただ綺麗だ。一妃は慈しむように花乃の足についてしまった傷を見下ろす。

「あのね、別に【白線】内から人を出すのに代償なんていらないよ。ただ私が動けるようになるために体が必要だったから、もらっただけ」

「……なんでだ？」

一妃が何を言っているのか、よく分からない。

分からないから聞いているのに一妃は怪訝そうな顔をする。

「え。なんでって言われても。私の本当の体は遠くにあるし。動けないと不便でしょ？」

「でも花乃の体だ……」

「知ってるよ。それまで借りてた夢見の体に限界が来たから、花乃ちゃんの体に替えたんだもん。床辻に来てから私はその度ごとに違う体を借りてたよ。けど誰の体でもいいってわけじゃないんだ。それなりに力があって私と相性のいい人間じゃないと。花乃ちゃんはその点、滅多にない逸材なんだよね。その分、怪奇とか《異郷》とかにも狙われやすいんだけど」

嬉しそうに、誇らしげに、一妃は花乃のことを語る。

「あ、でも昔一緒に遊んでたのは、花乃ちゃんの体目当てじゃないよ。ただ単純に二人を好きだっただけ。けど向こうが花乃ちゃん欲しさに卑怯な手で呼び出したりするんだもん」

「呼び出すって……『血汐事件』のことか」

「そうそう。向こうは浸食の時にしかこっちに干渉できないけど、素質がある人間には声を届かせたりできるんだよね。ほら、花乃ちゃんにも『血汐事件』の時、嘘の電話が来たでしょう？　そうやって人を操ったりしてくるんだけど、そんなので花乃ちゃんをあっちに取られちゃうくらいなら私が、って思うでしょ？」

一妃は言いながら襟のボタンを外す。

顕わになった白い首元。そこには俺のあげた銀のペンダントがかかっている。

一妃の指が、ペンダントの下をすっと横になぞった。

そこには確かに、うっすらと細い接ぎ目の線が入っていた。


「先輩！」

突然こみあげてくる吐き気に、俺は口を押さえて体を折る。

ぐるぐると視界が回る。気持ちが悪い。

今までまったく気づかなかった。

なのに――俺の目の前にいる、彼女は何なんだ。

子供だった俺を守って、すっかり大きくなった俺たちも助けてくれて、家族同然の存在になって、そして俺の妹の体を奪った「何か」。

ずっと一妃の存在に安心しきっていた。一緒にいてくれることに感謝していた。花乃同様に一妃のことも大事だと、守ろうと思っていて、でも現実はこれだ。最初から終わりきっていた。

「花乃のことを、大事にしてくれていたんじゃないのか？」

「え、大事だよ。だからちゃんと守ってるし」

「っ、なら、なんでだ！」

《異郷》に連れて行かれそうになったからって、その体を先に奪おうなんて普通の人間は思わない。何一つ理解できない。

息苦しさに俺の息は浅く、早くなる。一妃はそれに気づいて心配そうな顔になった。

「蒼汰くん、大丈夫？」

「お前がそれを聞くのか……」

「それは聞くよ。蒼汰くんのことも大事だし」

嘘じゃないと分かる答えに、俺は吐き気をこらえる。

――きっとユメミの時もそうだったんだろう。

吉野の記憶で見た彼女は、花乃と同じ怪奇の存在を感知しやすい人間だった。それはつまり『異郷』からも狙われやすかったということで、まさに【白線】に捕まりそうになった時に、一妃はユメミを拾い上げた。そしてその体を奪って、首だけになったユメミと暮らしていた。

吉野はそのことをきっと十年前に知ったんだ。俺を追いかけてきた一妃に出くわし知った。

それでも吉野は怒りをのみこんだんだろう。命は助かったのだからと我慢して、けれどそんな彼に、ある日彼方から女の声が届いた。

一妃の故郷である《異郷》からの声。その声が「浸食を見逃せば、一妃から妹の体を取り戻してやる」と吉野に囁いたんだ。吉野は誘いに縋り、でもそれは《異郷》が花乃を誘い出すための罠だった。結果、起きた『血汐事件』で一妃はユメミから花乃の体に乗り換えた。

自分がしたことが裏目に出て妹を失った……それが《祟り柱》の生まれた原因だ。

なら俺はどうすればいいのか。ここまで吉野と同じ道を辿っている俺は。

ずきずきと痛む額を俺は押さえる。

「花乃が大事だっていうなら、体を返せよ……」

「え、やだ。蒼汰くんを助けられなくなっちゃうし。それに私が体を使っていた方が、花乃ちゃんが《向こう》に呼ばれる心配もないよ」

「そうじゃないだろうが！」

思わず俺は声をあらげて——びっくりしている一妃と目が合った。

濃紫の瞳には、悪意も、害意もない。

ただ驚いているだけだ。一緒に暮らさないかってさっき聞いた時と同じだ。

「お前……」

不意に全てが腑に落ちる。

理解できないのは当然だ。

裏切られた、なんて思うのは違うんだ。間違っている。

ただ一妃にとってそれは、当たり前のことなんだ。

「……本当に、人間じゃないんだな」

「あ、うん。そうだよ」

「だから俺や花乃の気持ちが分からない」

「そうなのかな。でも、私はちゃんと蒼汰くんのことを愛しているよ」

歌うように美しい声で、真摯な感情に満ちた目で、彼女は語る。

「愛してるから君の手助けをするし、君が死ぬまでちゃんと見守る。君ができるだけ笑っていてくれたらいいと思うし、私も隣で笑っていたい。──そこに、君の気持ちは必要ある？」

少しだけ困ったような、それでいて完璧な微笑。

まるで一方的な。

次元の違う感情で愛でるような。

ああ、一妃はこうなんだ。

人間じゃないから、人間の感情が分からない。それを理解する気もない。

綺麗で、自由で、気ままで、我がままで、生意気で、純粋な、

「……人と違い過ぎる」

「うーん、でもそれは仕方なくない？　違う生き物なんだから」

話しても伝わらない。伝わっても理解されない。

違う生き物だから。人間でさえないから。

そんな自分の愛を抱えて彼女は生きている。

「お、にぃ、ちゃ……待っ、て」

花乃の声が聞こえる。一妃はひどく優しい目で花乃の方を見た。

人ならざる慈愛の目。その目は最初から変わらない。花乃を抱き上げたあの時のように。

きっと一妃は同じ目で、『異郷』に沈む学校から花乃を引き上げたんだろう。そして自分と花乃のために花乃から体を引き取った。一妃にとってはお互いにメリットがあるから、自然にそうしただけだ。悪意も害意もない。むしろ善意だ。

そう、分かったからこそ心が決まった。

「……決めた」

一妃にとって人間は対等な相手じゃない。

そんな相手に助けを望めるほど今の俺には力がない。何かを失わない自信がない。

なら賭けるのは、やっぱり俺自身だ。

俺はこちらを指さしたままの白い狒狒を見る。加月くんが察して止めようとするその前に、狒狒に向けて宣言した。

「お前に力は返さない。俺は、この継承を受諾する！」

白い狒狒はそれを聞いて憎々しげに牙を剝く。低い唸り声を上げながら、けどその姿はたちまち透けて消えていった。途端、内臓が裏返りそうな激痛が襲ってきて俺は歯を食いしばる。

「っ……！　ぐ……」

地柱の継承。床辻に据えられた四本の人柱。

人ならざるものへ存在が書き換えられようとする、その眩暈の中で俺は声を上げる。

「お、れは……、けど、地柱にはならない！　この力を以て人として生きる！　これ以上何一つ奪わせない！　この土地や『異郷』がそれを阻むなら、その全部を終わらせる！」

花乃の体を取り戻して、当たり前のように幸せに生きられるように。

それを為した俺が、遠い未来に精神を蝕まれて堕ちてしまわないように。

半分を受諾し、半分を否定する。

どう生きて、どう死ぬか、その権利を手放す気はない。

「俺は自分の力で、意志で、自分の未来を選択する！」

俺自身の存在をかけた宣言。

地柱の力を吸い上げて、呪刀それ自体が黒く染まっていく。

そうして生まれた黒刀を俺は改めて手に取った。じりじりと迫ってくる《異郷》目がけて、腰を落として踏みこむ。息を止めて一閃。漆黒の刀を振るう。

音はない。ただ灰色の景色が切り裂かれ、外周の白線に亀裂が走った。《異郷》はそこから、左右に揺らいで退いていく。

生まれる細い道を見て、一妃は笑った。

「うん。いいと思う。蒼汰くんらしいよ」

「他人事みたいに言うな」

「蒼汰くんらしいから、助けてあげる」

彼女はそう言って足元から頭上へ舞うように真白い日傘を振る。

そこから散っていく風が、彼女の真なる力が、残る《異郷》を綺麗に掻き消していく。

懐かしいあの日、俺をかばって地柱を退けたように。

一妃は俺を見て嬉しそうに笑った。

「それで、私をどうする？　首を斬り落として『向こう』に送り返したりする？」

「すごいこと言うな。家族にそんなことするわけないだろ」

紫の目が大きく見開かれる。なんだちゃんと驚くのか。ちょっと安心した。

俺は一妃のびっくりした顔に、つい笑ってしまう。

そうだよな。一妃とユメミは何十年も仲良く暮らしていたんだ。完全に何も通じ合わないわけじゃない。最初から彼女は、通りすがりの子供と遊んでくれるくらい優しかった。

「俺のことを執拗なほどフラットって言っていたのはお前だろ」

一妃が、人間を理解しない別の存在でも。

俺と花乃を大事に思ってくれるのは事実だ。そして俺が一妃と花乃のいる家を温かく思ったのも本当。真実を知ったからって自分のその感情を否定するのはフェアじゃない。

だから一妃の優しさと愛情が、あとほんの少しだけ俺の感情に添ってくれるように。

俺が、まったく違う彼女と上手く折り合いをつけられるように。

「一妃。お前はこれから、こんな俺と向き合っていくんだ」

十――呼び声

カーテンを開け、窓を開け放つ。

そこから入ってくる光は、部屋の中を一気に明るく染め上げた。一年半もの間使っていなかった自分の部屋を、花乃は少なくない感慨を以て見つめる。

カーテンを束ねていた一妃が振り返って微笑んだ。

「眩しい？　レースのカーテンもつけようか」

「うう、ん。だいじょ、ぶ……です」

白いチェストの上にいる花乃は、一生懸命答える。

一妃は楽しそうに掃除を始める。そんな彼女の姿を見ながら花乃はおずおずと切り出した。

「おに……ちゃ、に……やっぱり、言わない、んです、か？」

「またその話？　いいのいいの。そんなに変わらないし」

一妃が花乃の体を持っていると知れたあの夜から、兄が一妃に出した条件は一つ「勝手に何かを決めない。話し合ってお互いの理解に努める」だ。兄は一妃が、理解できない気まぐれで動く存在で、夢見の体が朽ちたから花乃の体を奪ったと思っているのだろう。

けれど花乃は知っている。兄より少し早く『血汐事件』の時のことを思い出したからだ。一妃が人とは違う思考と感情で動いている存在なのは事実でも、確かに彼女は、二重の意味で自分を助けてくれたのだと。

幼い頃から、自分を呼ぶ声に悩まされていた。見えないものが見えてしまうより、ずっとそれは深刻だ。見えるものはこの街にいるものだが声は違う。もっと遠くの、全く別のどこかから自分めがけてかけられる。

それが聞こえなかったのは、子供の頃一緒に遊んでくれたお姉さんの傍だけで、でもそのお姉さんとも「あんまり長く私たちと一緒にいると、花乃ちゃんが色んなものに見つかってしまうから」ということで会えなくなった。近くの山の中にとても恐いものがいるのは薄々感じていたので、仕方がないのだとのみこんだ。

自分をどこかに呼びこもうとする声は、成長するにつれ狡猾に、執拗になっていった。

家に電話してくる、緊急時を装う、知っている人間の声を使う、玄関のインターホンを鳴らす。手を変え品を変え、それは花乃を連れて行こうとする。

だから花乃は、家に一人でいた時にかかってきた電話が、事故に遭った両親が助けを請うその声が、本物の両親であったか否か今でも分からない。その時は恐くて、咄嗟に受話器を置いて一人震えていた。兄にも未だに言えていない。

両親が亡くなって、兄を支えるためにも普通でいなければと気を張った時もあった。必死で目の前のことをやっていれば、声など気にならなくなるだろうと。

けれどその糸は、ある日ぷつんと切れてしまった。友達と一緒の学校帰り、「花乃ちゃん」と友達の声で肩を叩かれて振りむいた——そこに誰もいなかったことで限界になってしまった。恐くて、ただ恐くて、自分の部屋に閉じこもった。ドア越しにかけられる兄の声だけが安心できた。兄はちゃんと二人だけで決めたノックを忘れないでいてくれたので。

「わたし、を、たすける、ために……ユメミ、ちゃん、が……」

「夢見がそれを選んだんだよ。自分は充分生きたから、花乃ちゃんを助けて欲しいって」

夢見と花乃。怪奇を知覚でき、『異郷』からさえも存在を感じ取れる稀少な素質を生まれ持った少女たち。彼女たちはまるで人外にとっての誘蛾灯だ。成長するにつれてその灯は強くなり、多くが大人になる前に神隠しに遭う。そんな人間の存在を完璧に覆い隠すには、より強い存在の影に隠すしかない。——つまり、一妃に自分の体を差し出す疑似死によって。

けれどそれでも守れるのは一度に一人だけだ。桜井夢見は、その一人に花乃を選んだ。

そして【白線】が校内を浸食していく中、体の交換は行われた。死んだ夢見の体は吉野の神域に埋葬され、花乃は己の体を《異郷》の姫に預けた。

首だけになった花乃は、物心ついて初めておかしな声の聞こえない状況が普通になった。そのことに自分でも驚くほどほっとした。

「……わたし……今の、ままで……いいの」

あれだけ必死になってくれる兄を見ていながら、ひどい妹だと思う。本当に何もできない上に薄情で申し訳ない。けれど、もう一度恐怖の中に戻れる自信はない。一人の部屋に閉じこもって、かけられる声に怯えて生きたくない。兄と、一妃と、少し歪でも一緒に暮らせる今の状況が幸せなのだ。ただ一妃にとっては、どうなのか。

「いちひ、さん……は、自分の……からだ、とりもどし、たい……？」

「んー。あれは『向こう』の姉のところにあるから。姉と会わなきゃいけないくらいなら、今のままでいっかなって。こっちで暮らしているの楽しいしね」

机の上の埃を拭きながら一妃は微笑む。

「それに私、蒼汰くんと花乃ちゃんのことが大好きだし。蒼汰くんね、子供の頃に私を庇って言ってくれたんだよ。『だいじな人はおれがまもる』って。そんなこと言われたの初めてだったし、あれ嬉しかったなぁ」

濃紫の瞳が大切な宝石を愛でるように細められる。

それはきっとまぎれもない愛情だ。たとえ人間のものとは違っていても。

「心配しないで、花乃ちゃん。私がどこでも好きなところに連れて行ってあげる。見たいものを見せてあげる。花乃ちゃんが死にたいって思う日が来るまで、ずっと守ってあげるからね」

「……あり、がと、いちひ、さん……」

窓から吹きこむ風が、開け放たれたドアを通って抜けていく。

顔をくすぐる懐かしい草木の香り。そこから見える鮮やかな景色に花乃は頬を緩めた。

※

目を覚ました俺は、左鎖骨の上辺り、微かに違和感の残る肌をさすってみる。

マイクロチップを埋めこまれたらしい場所に微かに固いものが触れる気がするけど、気のせいか？　よく分からない。

「気分はどうですか、先輩」

施術用のベッドに横になっていた俺を、制服姿の加月くんが覗きこんだ。

「大丈夫。これで終わった？」

「はい。先輩は地柱でありながら人間、という珍妙な存在になっていますからね」

「めちゃくちゃはっきり言うじゃん」

「監徒としても監視と枷はつけておきたいということで。位置情報監視・力の一部封印・データ取得・緊急時の無力化、などの機能が、科学と呪詞の両方で入れられています。……止められなくてすみません」

「別にいいよ。当然のことだと思うし」

今回の事態を受けて監徒は相当に混乱したらしい。人的被害も多かったし、沙那さんのイレギュラーな行動という問題もあった。国には説明を求められ、今でも上層部が説明に苦慮しているらしい。そりゃそうだよな。俺みたいな部外者が地柱を継承しちゃったんだし。国に引き渡されて解剖されたりしたらどうしよう。

「加月くんは勝手に残って怒られたりしなかった？」

「多少は。けど事態を収めたのは先輩ですからね。上層部が文句を言う権利はないです。名目上はあなたが東の『蒼汰様』なんですから」

「その呼び方やめて頼む」

俺はこれから監徒の監視を受けて、床辻で暮らしていくことになっている。

もちろん【白線】を防ぎ続けるのは俺の大事な役目だ。幸い《祟り柱》がいなくなったから怪奇の出現も減るはずだっていうし。当面はなんとかしのげるだろう。

ただ俺は、それをしながら別の道を探ろうと思っている。地柱を人から選出して長い間拘束するやり方を変えられないかとか。今の俺だからこそできることもあるはずだ。

俺はベッドから起き上がると、両手を挙げて伸びをした。その時、まるでタイミングを見計らったようにベッドサイドで俺のスマホが鳴る。手に取ってみると発信元は『花乃』だ。

「妹さんですか」

その言葉に俺は答えない。花乃のスマホは『血汐事件』以来行方不明だ。そして最後にそこから電話をかけてきたのは――花乃じゃなかった。

俺は通話ボタンを押して、スマホを耳に当てる。

『妹さんの体を、取り戻したくないですか？』

血まみれの校舎で聞いたのと同じ女の声。俺はその声に感情のない声音で返す。

「吉野のこともそうやって騙したのか？」

『方法は、一つだけです』

「花乃を俺の高校に呼びだしたのもお前だな。『異郷』の人間か？」

『………』

「諦めろ。俺はもうお前の声を聞かない。浸食も許さない」

吉野と同じ轍は踏まない。そう宣言して通話を切ろうとする俺に、声は言った。

『首だけの私の妹と引き換えに、あなたの妹の体を取り戻してあげます』

「は？　花乃はお前の妹じゃ――」

そこで俺はふと気づく。

『異郷』からの声が言う「首だけの妹」は、花乃のことじゃない。

一妃だ。あいつは自分の体がないから他の人間の首から下を借りているんだ。

なら、この声の相手は一妃の――

「……どうして一妃を取り戻したいんだ」

家を出て、元の世界をも飛び出してきた一妃だ。どんな事情で連れ戻したいというのか。

声はすぐに答える。

『あの子が生きていると迷惑なので。家族の始末は家族がつけるものでしょう？』

「は？」

感情の分からぬ声。理解しがたい言葉。

それは確かに一妃と似ていて、でも決定的に違う。あいつの持っているものを持っていない。

スマホを握る手に力がこもる。

「一妃は……俺の家族だ。俺は家族を引き渡したりしない」

『あの子の家族は私だけです』

「知るか。二度とかけてくるな」

そう言って俺は通話を切ると、すぐさま履歴から電話帳の『花乃』の番号を着信拒否に入れる。隣で聞いていた加月くんは啞然とした顔だ。

「今の、誰と話していたんですか……」

「間違い電話だ。無関係な他人」

あからさまな嘘に加月くんは溜息をついただけだ。俺はベッドから降りると、籠に畳まれていた自分の服を手に取る。

「さて、じゃあとりあえず家に帰るか。一妃と花乃が待ってる」

「先輩の神経が太くてよかったですよ」

「動じないわけじゃないんだけど、動じると周りに八つ当たりしたり、しわ寄せ起こしそうだから。できるだけしないようにしてる」

「それを神経が太いって言うんですよ」

加月くんは「もう帰っていいですよ。僕はまだやることがあるんで」と病室を出て行く。忙しい中、わざわざ様子を見にきてくれたんだろう。ありがたい話だ。こんなことになって、俺にできることはせめて地柱の役目をちゃんと果たすことくらいだ。

そしてもう一つ――一妃と向かい合うこと。

あいつが花乃に体を返す気になるように。あいつの本来の体を取り戻せるように。

食卓を共にして、何度も話を重ねて、お互いの感情をすり合わせていく。

ただそれだけだ。俺の思う家族が当たり前にやろうとすることだ。

俺は制服に着替えると病室を出た。総合病院の玄関を出ると、そこに彼女は待っている。

白い日傘を差して、籠バッグを提げた一妃は、俺を見つけると笑顔になった。

「あ、蒼汰くん。来た来た」

「待たせちゃったか。ごめん」

「ううん。花乃ちゃんと丘の展望台回ってきたからちょうどだよ」

そんな風に言う一妃と並んで俺は歩き出す。さっそく一つ目の話を切り出した。

「あのさ、実は俺、『百の怪奇を倒すと妹の体が戻る』って言われていたんだけど」

「え、何それ。……あ、ひょっとして『向こう』からでしょ」

一妃の持つ籠バッグの中で花乃が「ひっ」と小さく息をのむ。やっぱりそうなのか。

「でも、なんで『異郷』の人間が『百の怪奇を倒せ』なんて言ってくるんだ？」

「んー、床辻の怪奇って『地柱がいるから怪奇になった』ってものも多いから、地柱と力が連動してたりするんだよね。だから徒に怪奇を倒すと地柱の力に揺らぎが出ちゃって――」

「まさか【白線】が発生しやすくなるとか」

「うん。そういう罠だと思うよ。『向こう』はこっちに来たがってるし」

「うへぇ」

俺は何のために今まで……。藁を摑んだと思ったら藁ですらなかった。

思わずげっそりして足を止めた俺に、一妃は歩きながらくすくすと笑う。

「百行く前に分かってよかったね」

「次からは先にお前に相談するわ……」

一妃は本当のことを言わないことはよくあるけど、嘘は滅多につかない。全部分かってから思い返すとそのことがよく分かる。だから俺の方がそうと分かっていれば話し合いもスムーズに進むはずだ。多分きっと。

「ちなみにお前の本当の体ってどこにあるの？」

「えー、そんなこと知ってどうするの？」

「そりゃ普通聞くだろ。花乃の体を返して欲しいんだから」

「私は自分の体に未練ないから返さないよ。元の体は私を一番嫌ってる人のところにあるし」

俺はその言葉に、さっきの電話のことを思い出す。

——一妃の体は、やっぱりあの姉のところにあるんだろうか。ここは違う別の世界に。

ただ一妃は、自分の体にも故郷にも家族にも執着していない。振り向かない。

でも……故郷や家族はともかく、体は一妃のものだ。花乃のことを別にしても、体が自分を嫌っている家族に奪われたままなんて、やっぱりおかしいと俺は思う。

だから、『異郷』から一妃の体を引き戻せる可能性があるのなら、俺は——

「蒼汰くん、どうしたの？」

「あ、いや、なんでもない」

数歩前を行く一妃は不思議そうに首を傾げると、ふっと微笑した。俺に向かってバッグを通した手を差し出す。

「私のことなんていいから、蒼汰くんはなんでも自分たちのことを相談してよ！　助けになるよ！　二人は私の大事な友達だからね！」

俺に向かってのばされた白い手。

その手に俺は、一瞬息をのむ。

小さな手は、ずっと俺が探していた花乃の手だ。

最後にいつ握ったか思い出せない妹の手に、俺は自分が走ってきた数年間を想起する。その記憶の奥底にある、子供の頃のある日のことも。

『蒼汰くん、今日でいったんお別れだよ。花乃ちゃんは素質がありすぎる。私たちといると、夢見みたいにいつか『向こう』に目をつけられるかもしれない』

『おれが、かみさまを怒らせたから？』

『違うよ』

お姉さんの手が、うなだれた俺の頭をなでる。

『蒼汰くんが大きくなった頃に、また会いに行くよ』

白い指が顎にかかる。そうして俺の顔を上向かせると、彼女は笑った。

『だからその時も……きっと私を守ってね』


彼女は、約束を違えなかった。

人ならざる愛で、俺たちの前に戻ってきた。

その愛の形は俺の望むものと違うのかもしれないけど、きっとそれはお互い様だ。

「一妃……お前は、俺の大事な家族だよ」

「嬉しい！　私も愛してるからね！」

「ちょっと違うんだよな……」

言いながら俺は一妃に歩み寄ると二人分の手を取る。

握った手は、温かくて柔らかい。胸をよぎるのは後悔と同じだけの希望だ。

だから、この全部を抱えて俺は彼女と歩き出す。

彼女と再会したあの日が、確かに最善だったと言えるように。

いつか本当に、もう一度花乃の手をも引けるように。

歩いていく。

あとがき

古宮九時と申します。この度は『不可逆怪異をあなたと　床辻奇譚』をお手に取ってくださり、ありがとうございます。私自身は第二十回電撃大賞の応募者なのですが、電撃文庫自体から出すのはかなりの久しぶりで、組版などに懐かしさを覚えております。そうしているうちに世はいつの間にか第三十回電撃大賞の応募受付中……時が過ぎるのは早いですね……。いつまでも「拾い上げられてから二年目くらい」の面構えを白々しくしていたいものです。

不可逆怪異は、私の「ちょっとした不思議な話」「都市伝説」「忌まわしげな因習話」が好き、というところから来た作品です。得体が知れない、正体不明のまま終わるちょっと嫌な感じの小話などが昔から好きなのですが、今回はホラーではなく都市伝奇ものということで、それらを力で押し通る冒険活劇にしてあります。

作中に出てくる【禁忌】も、実在（?）のものを使うと障りがあるかと思い、全部創作させて頂きましたが、似たものに出くわしたらすみません。この話に書いてある対処法はあてにならないので逃げてください。こういうやばい話の対処法で一番多いのは「関わらないこと」です。主人公たちも、きりのいいところで引っ越した方がよかったと思います。もっとも、何事にも手遅れというものはあるのですが……。

ちなみにこの話はこれ一冊で一区切りとなっておりますが、またの機会があればこの街を舞台に、厄めいた事件を一つお目にかけたいと思います。

では最後に謝辞を。

いつもいつもいつもお世話になっている担当様方、ありがとうございます！「現代伝奇やりたいんですよ、現代伝奇！　なんか忌まわしいやつ！」という私に、今作を書かせてくださってありがとうございます。たくさん小さな怪談を書けて楽しかったです！

そして今作を無二の格好よさで彩ってくださった二色先生、ありがとうございます！　カバーのあまりのスタイリッシュさに、本当に私の話か三度見くらいして感動しました。動きとセンスのある世界観を本作に与えてくださって感謝でいっぱいです！

そしてこの本をお手に取ってくださった皆様、架空の街を舞台とした冒険譚、疑似家族ができるまでのお話にお付き合いくださり、ありがとうございます！　作中日本はこんな状態ですが、皆様は安全な場所でこれからも様々なお話にお付き合いくだされば幸いです！　どうぞ怪しい禁忌には近づきませんように。

ではまた、どこかの時にどこかの場所で！　ありがとうございました！

古宮　九時

本書に対するご意見、ご感想をお寄せください。

ファンレターあて先
〒 102-8177　東京都千代田区富士見 2-13-3
電撃文庫編集部
「古宮九時先生」係
「二色こぺ先生」係

本書は書き下ろしです。

電撃文庫

不可逆怪異をあなたと
床辻奇譚

古宮九時

◆◇◇

2023年 1月10日　初版発行
2024年 1月25日　再版発行

発行者　山下直久
発行　株式会社KADOKAWA
〒102-8177　東京都千代田区富士見 2-13-3
0570-002-301（ナビダイヤル）
装丁者　荻窪裕司（META＋MANIERA）
印刷　株式会社 KADOKAWA
製本　株式会社 KADOKAWA

●お問い合わせ
https://www.kadokawa.co.jp/（「お問い合わせ」へお進みください）
※内容によっては、お答えできない場合があります。
※サポートは日本国内のみとさせていただきます。
※ Japanese text only

※定価はカバーに表示してあります。

ISBN978-4-04-914823-7　C0193　Printed in Japan

電撃文庫　https://dengekibunko.jp/

電撃文庫創刊に際して

文庫は、我が国にとどまらず、世界の書籍の流れのなかで〝小さな巨人〟としての地位を築いてきた。古今東西の名著を、廉価で手に入りやすい形で提供してきたからこそ、人は文庫を自分の師として、また青春の想い出として、語りついできたのである。

その源を、文化的にはドイツのレクラム文庫に求めるにせよ、規模の上でイギリスのペンギンブックスに求めるにせよ、いま文庫は知識人の層の多様化に従って、ますますその意義を大きくしていると言ってよい。

文庫出版の意味するものは、激動の現代のみならず将来にわたって、大きくなることはあっても、小さくなることはないだろう。

「電撃文庫」は、そのように多様化した対象に応え、歴史に耐えうる作品を収録するのはもちろん、新しい世紀を迎えるにあたって、既成の枠をこえる新鮮で強烈なアイ・オープナーたりたい。

その特異さ故に、この存在は、かつて文庫がはじめて出版世界に登場したときと、同じ戸惑いを読書人に与えるかもしれない。

しかし、〈Changing Times,Changing Publishing〉時代は変わって、出版も変わる。時を重ねるなかで、精神の糧として、心の一隅を占めるものとして、次なる文化の担い手の若者たちに確かな評価を得られると信じて、ここに「電撃文庫」を出版する。

1993年6月10日
角川歴彦